누군가에게, 도시는…

그리운 곳…

탈출하고
싶은 곳…

사랑하는
이가
있는 곳…

떠났으나 떠나지 못한 곳…

눈물겹게
아름다운 곳…

당신의 마음속 도시는
어디입니까?

# 나의 도시,
# 당신의 풍경

20편의 글,
187장의 사진으로 떠나는

우리.

도시.

풍경.

기행.

"당신의 마음속 도시는 어디입니까?"

질문 앞에서 멈칫한다. '도시'는 일상의 공간일 뿐, 도시가 풍경으로 다가온 적이 있던가. 답을 찾기 위해 카메라를 들고 전국을 떠돌았다. 애써 외면해온 우리 도시의 풍경을 찾아서.

**홀로
풍경 앞에
서보라**

경주 불국사에서, 나주의 고즈넉한 능 앞에서 나는 얼마나 부끄러웠던가. 부산 자갈치시장의 생동감, 속초 대포항을 뒤덮은 비릿한 삶의 향기, 항구와 바다가 빚어내는 그 다채로운 정조에 나는 얼마나 감탄했던가. 길 위에서 인사를 나누거나 그저 스쳐 지나가는 사람들의 눈빛에서 나는 진정한 한국의 얼굴을 보았다. 나의 작업은 이 땅에 대한 나의 무지와 편견을 벗어던지는 반성과 깨달음의 시간이었다.

"멀리 떠날 필요 없어. 우리 도시의 숨결을 느껴봐. 이 아름다운 풍경들이 사라지기 전에."

작업이 횟수를 더해갈 때마다 연신 감탄하며 재촉하는 내게 사람들은 되물었다.

"경주는 수학여행 때 가봤지만 별것 없던데?"

"강원도? 하도 많이 가서 이젠 신물이 나!"

"아니 왜 그 돈으로 제주도를 가요? 동남아를 가고 말지."

그 물음에 대한 답으로 기꺼이 이 책을 건넨다. 시인, 소설가, 인문학자 등 우리나라 대표 필자 스무 분이, 태어나서 유년 시절을 보냈거나, 지금 터를 잡고 살고 있거나, 혹은 특별한 애정을 가지고 있는 도시의 풍경을, 그곳을 사랑하는 속내를 풀어냈다. 그 유려하고 유쾌한 글들에, 지난 팔 년 동안 떠돌며 카메라에 담아온 이 땅, 우리 도시의 풍경들이 함께한다.

필자들이 그려내는 스무 개의 풍경은, 그 도시가 만들어낸 원체험이기도 하고, 그 도시를 가장 아름답게 여행하는 법이기도 하며, 그 도시에 대한 지독히 개인적인 경험인 동시에 당대의 흔적이 포개지고 겹쳐지는 우리 자신의 모습이기도 하다. 어떤 풍경이든 당신은 느끼게 되리라. 우리나라 도시의 풍경이 이렇게나 다채로울 수 있음을, 한국은 이미 다양한 아름다움으로 가득한 곳이었음을!

함께하는 사진들은 숨어 있거나 감춰진, 대단한 곳을 찾아다니며 촬영한 것이 아니다. 그저 당신이 살고 있거나 고향으로 둔, 관광 홍보책자에도 실리는 지극히 평범한 곳이다. 그 사진들을 통해 새로운 풍경을 재발견하게 될 주체는 바로 당신이다. 한 사람 한 사람이 이 사진과 마주하여, 오늘의 풍경과 이미 사라진 풍경들, 앞으로 없어질지도 모를 풍경들에 관심을 갖게 되길 희망한다.

홀로 풍경 앞에 섰을 때 비로소 감동할 준비가 된 것이다. 글로 먼저 도시를 느끼고, 사진으로 그 도시를 음미하시길. 나의 도시를 당신의 풍경으로 채우시길.

2008년 8월  임재천, 김경범

# 차례

우숨대울
제멋대로
속독시키는,

김연수 소설가

삼청동에서 산다는 건 그런 의미였다.
어쨌든 여기가 세계의 중심이라는 것. 늘 그렇듯이 중심은 참으로 고요하다는 것.
그게 모기든 취객이든 들끓는다면 그건 거기가 변방이라는 것.

딸꾹거림

우주의 돌님

서울에서 살게 된다면 삼청동에서 살아야겠다고 생각한 것은 1988년 여름의 일이었다. 그때 나는 고등학교 3학년이었는데, 그런 주제에도 짧은 여름방학을 이용해서 친구와 함께 서울에 놀러 갔었다. 그때 내게 서울은 얼마나 큰 도시였던지. 당시에는 우주에 관한 책들을 즐겨 읽었는데, 서울만 해도 이처럼 거대하니 우리 은하, 하물며 태양계가 얼마나 너른 공간인지 짐작할 수도 없을 정도였다. 맞다. 이건 옛날 서울역 역사를 빠져나오는 시골 촌놈이나 받을 수 있는 충격이었다.

그러다가 친구는 서울에서 유학하는 누나의 방에 가서 잠을 자고, 나는 내가 좋아하던 한 시인을 만나러 어느 출판사를 찾아갔다. 그 시인은 고불고불하게 계속 이어지는 서울의 뒷골목에 있는 한 출판사에서 편집장을 하고 있었다. 얘기인즉슨, 그 출판사에서는 『우주심과 정신물리학』이라는, 천문학 책도 아니면서, 그렇다고 심리학 책도 아닌, 그러니까 '宇宙心'이라고 하는 이상야릇한 주제를 다룬 책을 펴낸 적이 있는데, 그래서 그 책의 좋은 독자가 되려면 천문학에도 좀 관심이 있어야만 하고 심리학 쪽도 기웃거려봐야만 했는데, 하필이면 내가 딱 그 책의 열혈독자가 될 수 있었다.

그래서 그 출판사에 그 책에 관한 독후감을 적어서 보냈는데, 그 시인(그는 그 책을 번역한 사람이기도 했다)이 내 글을 읽고는 "글을 잘 읽었습니다"라는 내용의 편지를 보내온 것이었다. 몇 번 더 편지가 오갔거나 연락이 됐을 것이고, 내가 서울에 간다는 사실을 알자 그 시인은 얼굴이나 한번 보자고 얘기했다. 시인은 내가 생각했던 것보다 훨씬 더 멋있었고, 그는 앞에 앉은 내게 김천에서는 한 번도 들어본 적이 없는 그런 종류의 이야기를 들려줬다. '와! 와! 와! 이건 정말 대단하구나.' 그 순간부터 나는 이 우주공간에서 내가 알지 못하는 영역에 대해서 관심을 가지게 됐다. 우주는 그처럼 넓었으니까 열아홉 살의 내가 알지 못하는 부분은 너무나 많았다.

어둠이 내리고 난 뒤, 우리는 아마 뭔가 먹었을 것이다. 그 다음에 나는 그를 따라 버스에 올라탔다. 그 버스에서 나는 마침내 그걸 보고야 말았다. 그러니까 서울올림픽을 앞두고 화려하게 조명을 비추고 있던 세종문화회관을. 세상에, 그 건물은 또 얼마나 거대하던지. 세종문화회관의 크기에 압도당해 실신 지경이었던 내 눈앞으로 이번에는 광화문이 들어왔다. "광화문은 / 차라리 한 채의 소슬한 종교"라던 서정주의 시를 읽은 건 그 다음의 일이었지만, 역시 내 눈에도 "광화문은 차라리 한 채의 거대한 우주"와 같았다. 종점 바로 직전의 정류장에서 우리는 하차했다. (그 뒤로 나는 여러 번 '종점 바로 직전의 정류장' 근처에서 살았는데, 젊은 유학생은 늘 그 언저리에서 방을 구할 수밖에 없었으므로 그건 청춘의 주거지에 관한 메타포이기도 했다.)

어두운 거리에는 행인들이 별로 없었다. 군데군데 양복을 입은 사람들이 서 있었다. 그들은 한쪽 귀에 이어폰을 꽂고 있었다. 여름 더위에 못 이겨 거리로 나와 라디오를 듣는 주민들…… 이라고는 절대로 상상할 수 없었다. 그들은 청와대를 경비하는 사복경찰들이었다. 우리가 내린 정류장 맞은편에는 입구에서는 나무밖에 보이지 않는 대저택이 있었고, 그 대저택 앞에서는 경찰들이 바리케이드로 입구를 봉쇄하고 있었다. 시인은 비폭력시위에 나선 성직자처럼 그 바리케이드를 향해 곧장 걸어갔다. 그의 무기는 주민등록증이었다. 주민등록증을 확인한 경찰들은 바리케이드 한쪽을 열어줬다. 그 안쪽은 정말이지, 쥐새끼 한 마리도 보이지 않는 정적의 거리였다. 시인의 집에 도착했을 때, 나는 아까 본 그 대저택이 총리공관이며 불빛이 환한 담장 너머가 청와대라는 사실을 알게 됐다.

그날 저녁의 일. 그 집에서 잠을 자야만 했는데, 방은 하나뿐이었다. 하나뿐인 그 방에는 불행하게도 시인의 아내도 있었다. 한방에서 세 명이 같이 자는 것이었다면 아마도 나는 따라가지 않았을 것이다. 오오오, 우주는 이렇게도 넓고도 큰데 나는 바리케이드 안쪽 청와대 담장 옆의 작은 방에 고립된 것이었다. 바리케이드와 사복경찰들을 뚫고 내가 그 방에서 도망친다는 건, 그러므로 도저히 불가능한 일처럼 보였다. 체념한 내게 시인의 아내가 청바지는 벗고 자라고 말했다. 나는 화들짝 놀라서 대답했다.

"저는 원래 항상 청바지를 입고 잡니다."

"그럼 지금까지 너는 잠옷을 입고 다닌 것이란 말이더냐?" "남쪽 지방에서는 잘 때 청바지를 입는다는 소리냐?" 내 눈에는 그런 문장들이 뭉게뭉게 방 안을 떠다니는 모습이 보였다.

"동생보다도 더 어린데 뭐가 부끄러워요. 바지 벗고 편하게 자요."

시인의 아내가 다시 말했다.

"부끄러워서 그런 게 아닙니다. 원래 옷 입고 잡니다."

다시 한번 내가 말했다. 더이상 두 사람은 내게 바지를 벗고 자라고 권하지 않았다. 하지만 그런 나를 보고 웃지도 않았다. 이윽고 불이 꺼졌다. 몸이 갑갑해서 죽을 것 같다고 생각하면서도 나는 나를 놀리지도, 강제로 바지를 벗기지도 않은 두 사람이 고마웠다. 나는 정복경찰과 사복경찰이 이십사 시간 경계근무를 서고 있는 청와대 바리케이드 안쪽에서 버클을 꽉 채운 청바지를 입은 채 잠이 들었다. 마치 성처녀라도 된 듯한 기분이었다.

그로부터 육 년이 지난 뒤, 내가 삼청동에 방을 구한 것은, 그러므로 우연이 아니었다. 이번에는 상황이 조금 나빠져서 마을버스 종점에 내려서도 십 분 정도 더 걸어가야만 하는 곳이었다. 삼청동으로 이사하자마자 나는 전입신고부터 했다. 바야흐로 나는 스물다섯 살이었고, 시인이었고, 또 소설가였다. 잠잘 때마다 청바지를 입고 허리띠를 졸라맸기 때문이라고 말할 수는 없지만, 어쨌든 내가 봐도 '인생, 그것은 미지수'였다. 인생을 움직이는 건 말하자면 '宇宙心'이라고나 할까. 제멋대로다.

전세계약서에 사인하고 한 달을 살고 난 뒤에야 그게 공유지에 무허가로 지은 건물이라는 걸 알게 됐다. 허탈했다. 그럼 주인이라고 말한 사람은 무엇의 주인이란 말인가? 이런 소박한 질문에 복덕방쟁이는 자신이 주인이라고 소개했던 그 사람은 점유권의 소유자라고 말했다. 공유지라고 하더라도 실질적으로 그 땅을 점유하고 있으면 점유권이 생기며, 삼십 년 정도가 지나면 자기 땅이 될 수도 있다고 그는 설명했다. 전세방으로 돌아오면서 나는 담장 너머 청와대 뒷산을 바라봤다. 거기에는 아무도 점유하지 않은 땅들이 즐비했다. 그렇군. 그랬던 것이군. 그래서 그렇게 많은 경찰들이 바리케이드를 치고 사람들의 접근을 막았던 것이군. 그랬던 것이든 어쨌던 것이든 삼십 년 정도가 지나면 자기 땅이 될 수도 있는 곳에서 전세를 살게 되면 방을 뺄 때 필연적으로 들어오는 문 위에 가위를 매달아놓는다든지 하는 일을, 그것도 몇 달 동안 해야만 한다는 사실은 더 나중에야 알게 됐다.

그러거나 말거나, 삼청동은 서울의, 아니 한국의 최중심지라고 할 수 있다. 2008년 여름 촛불시위가 계속되는 동안에도 그랬지만, 옛날에도 시위가 벌어지면 삼청동으로 진출하려는 게 시위대의 궁극적인 목표였다. 내가 살 때도 삼청동의 초입인 동십자각 부근에는 늘 전경들이 길을 막고 서서 수상쩍어 보이는 사람들을 검문했다. 나는 가끔 청바지를 입고 잠을 잘 뿐, 생김새로 봐서는 수상쩍게 보일 리는 전혀 없는 사람이었다. 하지만 전경들이 검문을 서고 있을 때, 그 검문을 피한 적은 한 번도 없었다. 눈빛이 날카로워 혁명가의 풍모가 어쩔 수 없이 배어났기 때문이라고 말하기에는 그 심사가 좀 '宇宙心'을 닮은 것이고, 이유는 단 하나. 그때 내가 스물네 살이거나 스물다섯 살이었기 때문이었다. 검문을 당하면 나는 지체 없이 주머니에서 주민등록증을 꺼냈고, 주민등록증 상의 주소지를 확인한 전경들은 맥없이 뒤로 물러섰다. 삼청동 산 5-1번지. 거기가 삼십 년 정도가 지나면 자기 땅이 될 수도 있는 곳이라는 걸 아는 전경은 아무도 없었다. 역시 촌놈들. 그래 가지고서야 청와대를 안전하게 지킬 수 있을까?

그러므로 시내 쪽에서 엄청나게 많은 최루탄이 터지는 날에도 삼청동 주민들은 명상을 즐길 수 있을 정도였다. 삼청동은 서울에서 가장 살기 좋은 동네였다. 첫번째 도둑이 없었다. (그러니까 세상에는 제정신이 박힌 도둑들이 많았던 것이다.) 술이 취해서 시비를 거는 사람은 있었을지도 모르지만, 술이 취하려고 하는 예비 동작을 취하면 바로 진압해버렸는지 내 눈으로 본 적은 한 번도 없었다. 밤이면 삼청터널 길을 통제했기 때문에 자동차가 다니지 않았다. 가장 좋은 것은 여름에도 모기가 없어서 창문을 열어놓고 잠잘 수 있다는 점이었다. 모기들을 진압하는 것도 청와대를 지키는 사람들의 임무였으므로 여름이 시작될 기미만 보이면 청와대 외곽에다가 모기약을 말 그대로 쏟아부었다. 총리공관 맞은편 언덕에서 그 광경을 봤을 때는 나는 그게 다 최루가스인 줄 알고 깜짝 놀랐었다. 모기들은 알 차원에서 죄다 진압됐다.

　말했다시피 내가 살았던 곳은 산 5-1번지. 조금만 걸어가면 약수터가 나오는 곳이었다. 그 집에서 살 때, 나는 수도경비사령부의 보호 아래 친구들과 밤새도록 술을 퍼마시곤 했다. 밤을 꼬박 새운 뒤에는 그 약수터까지 걸어가서 물을 마시기도 하고, 삼청공원에 가서 괜히 멀쩡한 시민인 것처럼 배드민턴을 치기도 했다. 모두 구토를 수반하는 현기증 나는 일이었지만, 그때는 왜 그렇게 밤마다 잠을 자지 않았던 것인지 모르겠다. 내게는 더 많은 청바지가 필요했던 것인지도 모른다. 친구와 약수터에서 물을 받고 있으면 새벽 어스름 속에서 머리를 산발한 사람이 다가오기도 했다. 귀신이라기보다는 귀신보다 더 무서운 사람이었다. 친구는 물을 받다 말고 미친놈처럼 노래를 불렀다. 나의 과거는 어두웠지만…… 뭐 그런 노래였다. 듣고 있노라면 그놈의 미래 역시 그다지 밝아 보이지는 않았다.

　노래를 들은 그 귀신이라기보다는 귀신보다 더 무서운 사람은 흠칫 놀란 듯 걸음을 멈추고 어둠 속에서 우리를 쏘아봤다. 그 시선에서는 '뭐, 이런 宇宙心 같은 경우가' 하는 느낌이 물씬 풍겼다. 머뭇머뭇 우리에게 다가오지는 못하고, 그렇다고 다시 온 길을 되짚어 도망가지도 못한 채 그 귀신이라기보다는 귀신보다 더 무서운 사람은 가만히 서 있었고, 내 친구는 고개를 꾸벅 숙이며 인사했다. "팬입니다." 그렇다. 우리는 팬이었고, 그는 술이 취해서 약수터 뒤 집으로 돌아가던 전인권이었던 것이다. 김천 내 방에 들국화의 브로마이드를 붙여놓던 열여섯 살 시절에만 해도 우리가 이웃사촌이 되리라고 생각한 적은 한 번도 없었다. 우주가 내 손아귀에 다 들어온 듯한 느낌이었다.

　처음에 집을 구하려고 삼청동을 찾아갔을 때, 내 마음에 꼭 들었던 총리공관 옆 이층은 나중에 알고 봤더니 시인 이문재씨가 살던 곳이었다. 영문학과 동기생이 구한 한옥은 소설가 신경숙씨가 살던 곳이었다고 한다. 밤마다 마실 갈 때면 삼청동길 옆에 있는, 새벽의 전인권씨를 연상시키는 형상의 카페에 자주 들르곤 했는데, 거기 가면 늘 소설가 이제하 선생을 볼 수 있었다. 거기서 한 몇 년 더 살았다면 아마도 칼

국수를 좋아했다던 김영삼씨도 볼 수 있지 않았을까나. 삼청동은 세상에서 가장 좁은 우주였다. 그러므로 내가 아는 서울이란 바로 삼청동뿐이었다.

　　삼청동에서 살면서 가장 힘든 것은 자정 무렵 택시를 잡는 일뿐이었다. 시내 어디에 있든 택시를 타고 가기에는 너무나 가까운 곳이었기 때문이었다. 걸어다니면서 원하는 모든 것을 구할 수 있는 곳이 삼청동이었다. 종로까지만 나가면 거기에 뭐든지 다 있었으니까. 천재지변이나 전쟁이 일어난다고 해도 나는, 비록 그게 점유권 위에서 자는 것이나마 나의 방으로 돌아가 청바지를 입었든 청치마를 입었든 편안하게 잠들 수 있었다. 삼청동에서 산다는 건 그런 의미였다. 어쨌든 여기가 세계의 중심이라는 것. 늘 그렇듯이 중심은 참으로 고요하다는 것. 그게 모기든 취객이든 들끓는다면 그건 거기가 변방이라는 것.

　　삼청동의 초입에는 전인권씨가 경영하던 라이브카페가 있었고, 내가 좋아라 하고 행복해하며 다녔던 잡지사가 있었고, 거기서 조금 더 걸어올라가면 밤이면 삼청동 주민들이 모여서 술을 마시던 치킨집이 있었다. 그 다음부터는 쭉 어두운 길이고, 혼자 걸어가면 많은 경찰들이 나를 지켜보던 길이었다. 마지막 슈퍼는 뜻밖에도 총리공관을 지나 용수산 옆골목 초입에 있었다. 뭔가를 사려면 거기서 사야만 했다. 그 슈퍼가 문을 닫으면 편의점까지 이십 분은 족히 걸어내려가야만 했으니까. 그러므로 아마도 점유권만 가진 게 분명할 집들 사이 좁은 골목길을 걸어갈 때면 늘 내 손에는 맥주가 한두 병 들려 있었다. 여전히 '宇宙心'은 내게 이해 불가의 영역이었지만, 맥주 한두 병에 취해가는, 모기 하나 없이 참으로 시원한 삼청동의 여름밤 정도라면 이해 불가의 인생이어도 그리 나쁜 것만은 아니라는 생각이 들었다.

김연수　　서울에서는 고작 칠 년밖에 살지 못했던 불우한 상경인. 그 칠 년 동안은 늘 북한산 자락의, 종점이나 종점 바로 직전의 정류장 근처에서 살았다. 이번에는 서대문 바깥의 북한산 자락에서 한번 살아볼까는 생각으로 집을 구하기 위해 길을 나섰다가 산꼭대기 연탄보일러에 크게 상심한 나머지 3호선을 타고 갈 수 있는 한 가장 먼 곳까지 갔다가 그만 일산에 눌러앉았다. (사실은 서울에서 더 오래오래 행복하게 살고 싶었답니다.) 지금은 일산에 만족하고 있지만, 밤이면 스쿠터를 타고 서울까지 나가는 일이 많다. 고가도로를 달릴 때면 고층 건물들과 불 밝힌 언덕을 보면서 서울은 여전히 어쩔 수 없이 아름다운 곳이라고 생각한다.

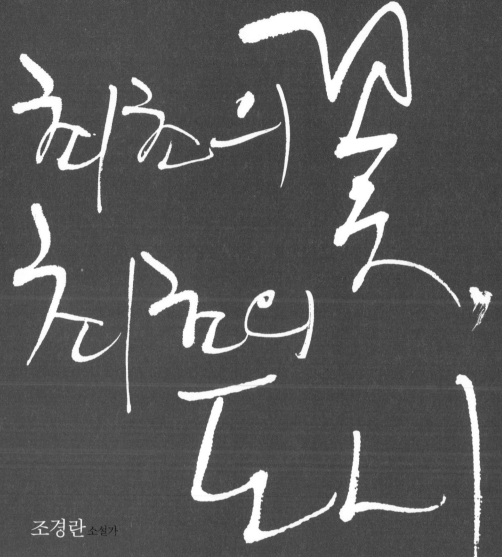

# 처음의 꽃, 처음의 도시

조경란 소설가

나에게는 도시 자체가 하나의 텍스트로 느껴질 때가 있다.

독해하고 해석해야 하는 까다로운 책.

멋진 일과 충격적인 일, 그리고 동시에 다양성과 지루함이 공존하는 마술적인 장소.

그렇게 다양한 층위를 갖고 있는 '도시'가

나로서는 '광화문'이라고밖에는 말할 수 없는 것이다.

# 손탁호텔이 있던 자리

*

서울에서 태어나 지금껏 서울에 살고 있지만 '서울깍쟁이'라는 말은 성년이 되어서야 처음 들어보았다. '하늘을 떠받드는 동네'라는 뜻의 봉천동奉天洞, 그것도 산1번지가 내 본적이다. 눈길이 닿는 곳마다 병풍처럼 산으로 둘러싸여 있었고 사시사철 다른 빛깔의 꽃이 피고 졌다. 다람쥐처럼 쪼르르 아까시나무를 오르고 내리는 것은 일도 아니었다. 온종일 나무에 턱하니 올라앉아 저쪽 나무에 앉은 친구와 손나발을 불며 이야기를 나누거나 국어책을 읽었다. 동생들이 생긴 후부터는 동생들을 끌고 산을 오르고 나무를 타고 꽃을 꺾으러 다녔다. 그 시절의 봉천동은 '서울'이라고 말하기는 어려웠을 것이다. 너 저쪽 산동네에 사는구나. 학교에 입학하자 담임선생님이 그렇게 말했던 것을 지금도 선명히 기억하고 있지만 그때는 그게 무슨 뜻인지도 몰랐다. 사람이 사는 곳에는 당연히 산과 나무가 있고 새가 있고 꽃이 있고 대문이 없는 줄 알았으니까.

그런 봉천동이 내 세계의 전부였다. 적어도 열일곱 살이 되기 전까지는.

초등학교와 마찬가지로 중학교도 집에서 가까운 곳에서 다녔다. 사춘기가 시작되었고 집이 아닌 곳에 가보고 싶어졌다. 익숙한 것, 자주 본 것 말고 이 세상에는 다른 것이 존재한다는 것도 처음 알게 되었다. 책을 읽기 시작했던 것이다. 지금도 나는 그것을 운명이라고 생각한다. 학군도 아닌 정동에 있는 여학교에 전교생 중 딱 두 명이 배정되었고 그중 한 명이 나였다. …… 정동이라니. 그런 데도 있어요? 나는 선생님에게 물었다. S여고를 중퇴한 것이 평생의 한으로 남아 있는 엄마와 버스를 타고 한강을 건넜다. 내 기억력이라는 건 대체로 믿을 수 없는 것이지만 나는 그때 내가 처음으로 한강을 건넜다고 믿고 있다. 그만큼 한강을 건넌 일이 흥분되고 두렵게 느껴지기도 했으니까.

엄마와 나는 교정을 거닐었다. 지금부터 내가 다니게 될 학교의 교정은 그후에도 내가 누려보지 못할 사치스럽고 화려한 공간으로 남아 있다. 늘 보고 자란 나무들, 배꽃들이야 그렇다고 쳐도 단체관람 영화에서만 보던 테니스장이라든가 생전 처음 본 노천극장 같은 것들은 나를 압도하기에 충분했다. 막 시골에서 올라온 여학생처럼 나는 엄마 손을 한시도 놓지 않았다. 엄마는 그 학교에 대해서, 그 학교가 있는 도시에 대해서 잘 아는 사람처럼 나에게 이것저것 말해주었다. 하나도 기억나지는 않지만 그 말을 할 때의, 나로서는 도저히 이해할 수 없던 뿌듯함과 자랑스러움이 한꺼번에 배어나오던 붉은 얼굴은 잊을 수가 없다. 서대문 쪽으로 들어간 교정을, 나올 때는 다른 문으로 나오게 되었다. 학교에 교문이 세 개나 된다는 사실도 어리둥절할 따름이었다. 버스정류장을 향해 얼마쯤 타박타박 걸어갔을 때, 엄마가 나에게 말했다. 여기가 광화문이란다.

광화문光化門. 역시 처음 듣는 지명이었다.

열일곱 살. 어쩌면 그때 나는 첫사랑이란 것을 경험했는지도 모른다. 릴케의 말처럼 사랑이라는 게 우리를 더 넓은 곳으로 불러내는 것이 사실이라면 말이다. 봄이 시작되었고, 아침마다 나는 잘 손질한 옷을 차려입고 한강을 건너 광화문으로 갔다. 아침 햇살에 한강이 반짝거리는 것을 볼 때마다 가슴이 두근거렸다. 흔들리는 버스 손잡이를 단단히 잡은 채 수줍은 목소리로 혼자 내 이름을 소리내어보았다. 京蘭. 부모가 나에게 준 최초의 선물이었다. 서울의 꽃이 되어라, 라고 나는 내 인생에게 은밀한 주문을 걸기 시작했다.

1902년 10월, 고종은 덕수궁 옆에 호텔을 세워 자신에게 커피를 처음 소개하여 환심을 산 독일계 프랑스인인 앙투아네트 손탁이라는 여성에게 운영을 맡긴다. '손탁호텔'. 우리나라 최초의 호텔이며, 그 호텔이 있던 자리에 내 모교가 있었다. 중구 정동 30번지. 내 청소년기의 주소다.


집을 짓다

*

지역적인 '광화문'의 의미라면 보통 세종로사거리 주변을 지칭할 것이다. 나에게 '광화문'이라는 것은 세종로 한복판에 서 있는 이순신 장군 동상을 중심으로 탈것을 이용하지 않은 채 동서남북 걸어다닐 수 있는 모든 곳을 의미한다. 그래서 그때나 지금이나 나는 정동이나 서대문·세종로·태평로·인사동 간다, 라고 말하지 않고 '광화문 간다'라고 말하는 것이다. 어리버리했던 열일곱 살 때부터 그 주변 일대 그리고 러시아공사관과 옛 정동구락부, 서울시립미술관, 정동제일교회, 미국대사관저, 덕수궁 돌담길을 매일 매일 걸어다녔다. 처음에 그 위풍당당한 건물과 크기에 마음을 빼앗긴 것과는 달리 나는 모교에 적응하지 못했다. 산동네가 아닌 곳에서 온 아이들과 친구가 되는 것도 어렵게 느껴졌고 원했던 문예반도 성적순으로 자르는 통에 들어갈 수 없었다. 불어 시간에는 독일어 공부를 했고 독일어 시간에는 국어 공부를 했다. 보충수업 시간이 되면 지금은 나의 문학적 선생이 된 작가들의 책을 들고 나와 노천극장에 앉아 밤이 올 때까지 읽었다. 어디선가 테니스공이 튀는 경쾌한 소리가 들렸고 웃음소리, 기합 소리 같은 것들이 간간이 들렸다. 글씨가 전혀 보이지 않을 때쯤이면 교실로 쑥 들어가 가방을 챙겨들고 동문으로 나왔다. 선생도 수위 아저씨도 나를 잡지 않았다. 무슨 일이 있는 모양이구나, 뭐 그런 얼굴로 보충수업도 안 마친 학생을 순순히 보내줬다. 동문을 나가 오른쪽으로 내려가면 덕수궁, 왼쪽 옛 MBC 건물, 그러니까 지금의 정동극장 쪽으로 계속 올라가다 다시 길을 돌면 거기서부터 광화문이었다. 숨어들듯 곧장 '공씨책방'으로 갔다.

십 년 후, 나는 작가作家가 되었다.

아버지는 봉천동에 있는 우리 집 옥상에 '옥탑'을 올렸다. 사람들이 보통 '옥탑방'이라고 부르는 그런 방 하나를 말이다. 작가가 된 1996년도부터 나는 그 방에 살기 시작했으며 지금도 거기 살고 있다. 소설가란 지금까지 자신이 지은 생을 허물고 그 벽돌로 '소설'이라는 새로운 집을 짓는 사람이라는 밀란 쿤데라의 말을 떠올리며 그 방에서 소설을 썼고 어떤 것은 흔들리고 무너지기도 했지만 더러 어느 소설은 시간이 지나도 허물어지지 않는 튼튼한 집으로 자라는 것을 경험하기도 했다. 글을 쓰지 않는 시간에는 버스를 타고 광화문으로 갔다. 그 거리에 공씨책방도, 육교도, 자주 가던 분식점도, 그 시절 자주 만나던 사람 들도 사라지고 없지만 지금은 교보문고도 가고 세종문화회관도 가고 내 첫 소설의 중요한 공간이 되었던 식당 '나무와 벽돌'에도 간다. 한 시절 가장 가까웠던 사람의 직장 또한 그곳이어서 옥탑방에 있지 않은 시간의 대부분을 광화문에서 보내는 것이 전혀 이상하게 느껴지지 않았다. 약속장소를 정할 일이 있으면 '광화문이요'라고, 마치 내가 사는 동네라도 되는 것처럼 무람없이 말하게 되었다. 낯선 나라에서 몇 달씩 시간을 보내다 집에 돌아오면 다음날 가장 먼저 가는 데도 광화문이다. 나를 절반으로 나눈다면 글을 쓸 때의 나, 글을 쓰지 않을 때의 나로 나눌 수 있듯 내가 사는 곳을 절반으로 나눈다면 역시 봉천동과 광화문으로 나눌 수 있을 것이다. 약속이 없는 날에도, 글이 써지지 않는 날에도, 책을 사거나 맛있는 커피가 마시고 싶거나 영화나 전시 같은 것이 보고 싶은 날에도 어디에 있든 나는 맨 먼저 광화문으로 갔다. 그러면서 아마 나는 본격적인 '서울깍쟁이'가 되어갔을 거였다.

세종로사거리를 횡단할 수 있는 기회가 생겼다. 자동차들이 쌩쌩 다니고 인파도 많은 그런 복잡하고 활기가 넘치는 시간에 말이다. 광화문에 오래 다니다보니 이런 일도 생기는군. 나는 속으로 씩 웃었다. 카메라에 불이 들어오고 PD가 큐 사인을 보냈다. 한 손에 책을 든 채 나는 당당하게 광화문 거리를 활보했다. 공중파방송의 문화 프로그램이었는데 코너 이름이 '예술 예찬'이었다. 어디서 무슨 소문을 들었는지 PD는 나에게 광화문이라는 거리를 한번 예찬해보는 게 어떻냐는 제안을 해왔다. 나로서는 거절할 이유가 없었다. 거긴 '광화문'이었으니까. 그날 이후 한 번 더, 차량까지 통제시킨 세종로사거리를 걷게 된 적이 있었다. 2002년 월드컵 때도 사회적으로 크고 작은 문제들이 있을 때도 세종로나 서울광장에 한 번도 나간 적이 없었지만 이번에는 사정이 달랐다. 2008년 5월, 미국산 쇠고기 수입 문제가 불거지면서 광화문 일대는 온통 촛불로 일렁거리기 시작했다.


## 2008, 광화문 연가

*

지난해 말, 서울시는 왕복 16차선인 세종로를 10차선으로 줄여 중앙에 광장과 분수대를 만들겠다는 '서울시 복원계획'을 발표했다. 그 계획의 일환으로 현재 덕수궁에 있는 세종대왕 동상을 올해 말쯤 세종로로 옮겨오겠다고 한다. 그렇게 된다면 아마 런던 트래펄가 광장의 넬슨 동상이나 워싱턴 한복판, 링컨 기념관에 있는 링컨 좌상처럼 현재의 이순신 장군 동상뿐만 아니라 세종대왕 동상까지, 이 두 개의 동상이 서울의 심장 세종로를 대표하는 명물이 될 것이다. 그 동상들을 어떻게 잘 조화를 이룰 수 있게 배치하느냐가 새로운 과제로 떠오르고 있는 모양이다. 그러나 역사적인 의미는 차치하고라도 개인적으로 지금의 나에게 세종로·광화문을 대표하는 명물은 흥국생명빌딩 앞에 우뚝 서 있는 '망치 든 사람'이라는 조너선 보로프스키의 설치작품이다. 거대한 한 남자가 망치 든 손을 한시도 쉬지 않은 채 천천히 들었다 내렸다 하는 고독한 움직임을 멀리서 혹은 가까이서 보고 있노라면 새삼 노동의 신성함 같은 것이 떠오르고는 한다. 글이 안 써져 도망치듯 나온 날에는 어서 집으로 돌아가 책상 앞에 앉아야 할 것 같은 의무감도 불쑥불쑥 든다. 이 조각상 역시 광화문을 오가는 사람들이 더 잘 볼 수 있도록 서울시의 도시 건설계획에 따라 2m 정도 차도 쪽으로 옮기는 작업이 현재 진행중이다. 세계적으로 다섯 개가 세워져 있다는 '망치 든 사람' 조각상을 도서전이 열리던 독일 프랑크푸르트에서 보았을 때, 나는 마치 광화문에 서 있는 것 같은 익숙한 느낌을 받았다. 공공 조형물의 중요성을 그때 처음 느꼈던 것 같다.

도시는 문명을 상징한다. 그것은 즉 진보와 문화를 상징한다는 말과 다르지 않을 것이다. 우리가 '도시'라고 말할 때 그것이 담고 있는 것들이 있다. 이를테면 높은 빌딩과 화려한 광고판들, 아스팔트, 그 길을 질주하는 자동차들, 소음, 가로수들, 공원, 그리고 그 도시를 상징하는 강. 이런 것들이 구성하고 있는 거대한 공간. 도시에 대한 정의를 내린다면 나는 그렇게 말할 수 있을 것 같다. 그 거대한 공간은 또한 소설을 쓰는 나에게는 '시장'의 의미를 포함하고 있다. 그 공간에는 주인공이 되는 인물, 즉 사람들이 살고 있기 때문이다. 소설을 쓰는 일은 근본적으로는 이야기를 만드는 일이며 모든 이야기는 '인간'으로부터 비롯된다. 그런 의미에서 나에게는 도시 자체가 하나의 텍스트로 느껴질 때가 있다. 독해하고 해석해야 하는 까다로운 책. 멋진 일과 충격적인 일, 그리고 동시에 다양성과 지루함이 공존하는 마술적인 장소. 그렇게 다양한 층위를 갖고 있는 '도시'가 나로서는 '광화문'이라고밖에는 말할 수 없는 것이다.

이십여 년 전, 빈손으로 이 거리에 처음 왔을 때 나는 앞으로 내가 어떤 인생을 살게 될까 상상한 적이 있었다. 다른 것은 몰랐지만 지금처럼 내가 여기 서 있게 되리라는 것, 태어나고 자란 봉천동이 그랬듯 이 도시가 나의 일부를 형성하게 되리라는 것을 어렴풋하게나마 예감했다. 광화문의 넓고 좁은 길을 오가며 나는 수없이 많은 것을 가슴에 담고 새겼다. 어떤 것은 추억으로 어떤 것은 소설로 남았다. 이 세상엔 변하는 것도 많지만 영원히 변하지 않는 것들도 있다. 예술가로서의 나는 '변하는 것'과 '변하지 않는 것' 사이의 접점에 선 그런 예술을 하고 싶다. 변하는 것을 유행, 혹은 기술이라고 한다면 변하지 않는 것은 우리가 버릴 수 없는 것, 지속적으로 반복되는 것을 뜻할 것이다. 도시 속에는 옛것과 새것, 변하는 것과 변하지 않는 것이 공존한다. 길과 길들은 연결되어 있다는 것, 그 중심에는 언제나 사람들이 있다는 것. 도시는 나에게 이런 것을 가르쳐주었다.

광화문은 나의 첫번째 도시이자 내가 경험한 첫번째 근대의 장소다. 우리가 도시에서 잃어버린 것, 도시가 버린 것, 분실된 것, 깨진 것, 사라진 것, 다시 주워야 할 것들에 대해 생각한다. 나는 그것들을 모아 '소설'이라는 인공물로 변화시키는 작업을 한다. 그리고 그것은 이제 무엇으로도 바꿀 수 없는 나의 직업, 나의 소중한 삶이 되었다.

조경란　　　일대가 거의 제재소였던 봉천동에서 태어나고 자랐다. '도시'가 나의 '제2의 자연'이라고 생각한다. 사랑을 하다 말다 한 적은 있지만 소설을 쓰다 말다 한 적은 없듯, 도시를 떠나 살아본 적도 없다. 나이가 들어서도 도시에 살고 싶다.

30.
서울의 길은 끊어졌다고
생각하는 순간 다시 이어진다.
길은 삶의 또다른 이름이며,
서울은 수많은 길이 만들어낸 거대한 집이다.

36, 37.
너른 쉼터이자 길의 모체인 한강은
도심 속의 바다이다.
강북과 강남의 양안을 잇는
지하철은 거미줄처럼 얽힌 선로를 오르내리며
숱한 꿈과 욕망을 실어나른다.

41.
다양한 삶의 스펙트럼이야말로
서울을 서울답게 만드는 요체이며 근간이다.
사람이 아니라, 고층 빌딩과 네온사인에 집착한다면
서울은 공중누각으로 전락할 것이다.

# 인천, 배꼽과 상륙의 도시에 대한

김중식 시인

인천의 운명 또는 지정학적 위치는 관문이다.

물의 문화와 뭍의 문화 거창하게 대륙 문화와 해양 문화의 접점, 강화도 북단에서 마주하게 되는

이데올로기 대치의 현장이다.

위기든 기회든, 대한민국의 가능성이 집약된 곳이다.

황해 경제권 수운의 배꼽이란 게 인천에 대한 제일감第一感이다.

# 구술사

**얼어붙은
바다**

아버지는 충남 당진 생, 어머니는 충북 청원 문의마을 생이시다. 결혼 후 맥아더 장군의 동상이 있는 자유공원으로 신혼여행을 와서 정착하셨다. 인천에는 6·25전쟁 때 경기 북부, 황해도 등지에서 내려온 분들이 많다. 박정희 대통령의 경제개발계획 이후엔 일자리와 기회를 찾아 충청도에서 올라온 분들이 적지 않다. 나의 부모도 그러했다.

인천시 중구 유동 2번지 '순창한의원' 단칸셋방에서 태어났다. 그 동네에서 백혈구의 아메바성 이동처럼 바쁘게 이사 다녔다. '배다리'라고 불리는 동네였다. 근대 이전에는 그곳까지 바닷물이 드나들었던 모양이다.

유년의 어느 겨울방학. 당진 할아버지 댁까지 배를 타고 갔다. 어두컴컴해진 시각에 큰 배에서 노 젓는 나룻배로 갈아탔다. 연안의 얕은 바다가 얼어붙은 상태였다. 소년은 엉금엉금 기어 뭍으로 갔다. 인생 최초의 바다는 어둠과 두려움의 이미지로 다가왔다. 바다를 기어다녔다니 종교체험 차원의 추억인 것도 같다.

지난 백 년간 한국의 기온은 1.5℃ 높아졌다. 세계 평균의 두 배다. 이젠 한강 물도 얼지 않는다. 인천에 대한 기억과 지금의 인천은 체온 일 도 차이다.

**배다리,
격변 한국의
축소판**

인천고등학교 드넓은 터에 새로 생긴 중앙국민학교에 입학했다. '조기입학'의 비결은 담배 두 보루였다. 동네 친구들이 일제히 입학하자 같이 놀 친구가 없다며 어머니가 인생 최초이자 최후로 교육청 관계자에게 '뇌물'을 쓰셨다. '체육지정학교'여서 스포츠에 관한 한 지복을 누렸다.

꼬맹이가 수상한 기운을 느꼈다. 동네 집집마다 나무대문과 나무창틀을 달고 있었다. 한집에 여러 가구들이 살고 있었으므로 대문은 밤에도 열려 있었다. 그런 집은 담장도 낮았다.

중산층쯤 되는 집들은 철제대문과 창틀을 달았다. 담벼락 위에 촘촘히 박아놓은 병조각이나 사금파리 역시 철가시로 대체됐다. 동네에는 철공소를 하시던 우리 아버지가 만든 것이 적지 않았다. 우리 집 경제의 전성기였다.

전성기는 짧았다. 이내 알루미늄의 시대가 도래했다. 새시가 철을 대체했다. 불과 십 년 이내에 목재에서 중금속으로, 다시 경금속의 시대로 바뀌었다. 문명의 삼 단계를 순식간에 통과했다. 농업시대와 철기시대의 수공업적 공산품들이 일거에 퇴락했다. 산업구조의 거대한 변화가 1973년 전후 제1차 오일쇼크 시기와 맞물리면서 동네와 도시를 완전히 바꿔버렸다.

철공소와 죽세공품점 밀집 지역이던 배다리가 몰락했다. 동네가 삼 인 안팎의 고용을 창출하던 '중소기업단지'에서 뿔뿔이 일용직 노동자와 도시 빈민이 사는 곳이 되었다. 그들 가운데 대부분은 인천 일대의 중화학공업단지로 몰려갔을 것이다. 배다리의 몰락과 공단 지역의 팽창은 동전의 양면이었을 것이다.

아버지가 운영하던 철공소의 성실맨 '갑식이형'은 훗날 전도사가 되었다. 갑식이형은 자주 자전거를 태워주었다. 한번은 자전거 뒷자리에 탔다가 왼쪽 엄지발가락이 바큇살에 끼였다. 맨발이거나 고무신을 신었을 것이다. 발가락이 잘릴 뻔했다. 그 흉터가 지금도 남아 있다. 비 오는 날엔 간지럽고, 그 발가락을 의식할 때도 간지럽다.

무릇 열정과 재주는 시대 흐름을 타야 한다. 시인은 참 시대 착오적이다. 인천 출신의 김영승, 박형준 시인은 영혼의 귀족들이다. 그러나 생활은, 찬란한 극빈이다. 그들의 눈에서는 늘 여린 아지랑이가 피어오른다.

## 갯벌

개인사 속에 지역과 역사라는 시공간이 들어오기 시작했다. '사회과부도'와 운송수단 시내버스와 자전거 덕분이었다.

　사회과부도를 처음 받았을 때 고구려가 눈에 확 들어왔다. 신라를 미워하기 시작했다. 지상紙上 전쟁을 통해 광개토대왕 시절의 강역疆域을 회복해내곤 했다. 제자리걸음으로 세계일주를 했다.

　'지역주의'에도 눈을 떴다. 인천이 서울의 위성도시라는 표현이 영 불편했다. 라디오로 일기예보 들을 때 울릉도, 백령도의 날씨와 파고波高까지 나오면서도 사 대 도시 인천이 호명되지 않는 것이 짜증났다. 팔십만 명 인구의 인천시가 백삼십만 명의 대구를 따라잡아 '빅스리'가 되기를 희구했다.

　활동반경도 비약적으로 팽창했다. 친구 또는 동네 형을 따라 자전거와 버스를 타고 이동할 줄 알게 되면서부터였다. 여행의 시작과 끝은 바다였다. 바다와 관련한 두번째 이미지는 갯벌에서 촉발됐다. 바닷물은 바다 끝에 햇살에 반짝이는 물결로 보일 뿐이었다.

　인천 갯벌은 (지금의 여느 서해 갯벌과 마찬가지로) 막막했다. 깊이 슬퍼지는 순간을 체험했다. 아, 삶이여. 그땐 '삶'이라는 단어를 몰랐던 것 같다. '사는 거'라는 말을 내뱉은 이후 말을 잇지 못했던 일이 기억난다. '산다는 게 참 거시기한 거 같다'는 정도의 말을 하고 싶었던 듯싶다. 원시인의 근원적 슬픔이 그랬을까. 많은 이들이 그렇겠지만 나는 동해 일출을 보며 웃는 사람보다 서해 낙조 앞에서 우는 사람을 좋아한다. 그런 편벽이 당시의 경험과 상관관계가 있는지 없는지 모르겠다.

인천 앞바다 섬 출신인 기형도, 장석남 시인이 그런 부류들이다. 달이 낳은 자식인 바다와 닮아 있다. 빛을 잃거나 놓아버리는 찰나의 아름다움과 슬픔에 대해 노래하는 부류들이다.

부모가 연안부두에서 포장마차를 하는 친구와 연안부두 근처를 배회하곤 했다. 긴 방파제 하나를, 인천의 상징이자 랜드마크이던 갑문식 독이라고 지레짐작하면서도 뭔가 어색하다는 의심을 품었다. 갯벌에 나가 그 흔한 굴을 돌로 캐서 먹었다.

언젠가는 망둥어 낚시를 했다. 물 반 망둥어 반이었다. 낚싯바늘에 몸통이 꿰여 나오는 놈들을 비웃었다. 망둥어 낚시는 손맛을 느끼는 레저가 아니었다. 망둥어 낚시는 낚싯대를 드리웠다 건져올리는 단순노동에 불과했다.

비슷한 시기에 자전거 대여업소들이 번창했다. 상대적으로 차량과 인적이 드문 월미도를 주로 갔다. 거기서 약수 한 사발 마시고 돌아왔다. 인간이 손을 대서 아름다워지는 자연이란 없는 것 같다. 지금 가면 유원지일 뿐이다.

버스를 타고 소래에 진출한 것도 그즈음이었다. 수인선 협궤 철로 주변의 잡초들, 기워서 쓰다 버린 그물과 어구들, 붉거나 자주색인 해초들, 그 위에 엎어진 목선들. 어촌 풍경과 짠 내음을 느끼기는 그때가 처음이었다. 연안부두의 경우 앞바다에는 정박중인 거대상선이 즐비했고, 앞도로에는 크기를 가늠하기 힘든 트레일러들이 먼지를 일으키며 쉴새없이 오가는 항구였을 뿐이었다.

함께 간 동네 형들이 소래철교를 건너갔다. 철로 침목 외에는 밑이 휑하니 뚫린 철교였다. 번지점프해도 좋을 만한 높이와 빠른 밀썰물이 내려다보이는 조망, 그리고 강한 바람 속에서 열 살

소년은 울면서 침목에서 침목으로 몸을 끌며 건넜다. 철교 중간에 대피처가 있었지만, 협궤열차가 오가는 시간이었다면 무슨 일이 벌어졌을지 장담하기 어려운 순간이었다. 지금의 소래철교는 밑과 옆을 다 막아놓은 육교이다. 소래蘇來라는 지명은 당나라 소정방이 왔대서 생겼다고도 한다. 내소사來蘇寺도 그러하리라. 믿거나 말거나.

훗날 문학청년 시절에는 소래포구에서 뮤즈의 강림을 기다리다 비너스를 만난 일이 있었다. 연예인들이 잡지 화보를 찍으러 오곤 했다. 거기서 황신혜가 내게 먼저 말을 건 일화가 있다. 소래포구는 가장 돈이 적게 드는 단골 여행지였다. 협궤를 따라 걷거나 갯벌 또는 염전 쪽으로 내려가 버려진 목선에 오래 머물곤 했다. 거기서 졸시 「수차」 따위를 구상하거나 썼다.

야구

동산중학교를 거쳐 동산고등학교를 다녔다. 70년대 말 80년대 초 한국사회의 격변이 먼 산 너머에서 들리는 포성 소리처럼 느껴졌다. 뭔가 들리는데 아무것도 보이지는 않았다. 김중배, 최일남 선생의 칼럼을 읽으며 시대에 대한 불만을 키우거나 해소했다. 알루미늄 배트의 경쾌한 금속성 타격음이 없었더라면 그 시절에 뭔 일 있었으리라.

한 해 선배인 여태구 선수는 프리배팅 때 운동장 끝 개울을 지나 담장 너머로 홈런 타구를 날렸다. 고교 야구가 최고의 인기 스포츠였다. 동산고가 전국야구대회 8강에 오르면 그때부터 전교생이 1호선 타고 서울 동대문운동장에 가서 응원전을 펼쳤다.

졸업 후 동산고는 정민태, 위재영, 송은범, 류현진 같은 초고교급 투수들이 나타나 전국을 평정하곤 했다. 학창 시절에 못 했던 한풀이를 하곤 했다. 티셔츠를 벗고, 바지를 걷고, 오징어를 안주 삼아 팩소주를 마시며 관람했다.

막 출범한 프로야구도 대단한 볼거리였다. 삼미슈퍼스타즈는 꼴찌를 양보할 기색이 없었다. 그럴수록 인천 팬들은 삼미슈퍼스타즈에 환장했다. 1번 타자 조흥운 선수는 타조처럼 생겼다. 몸에 맞는 볼로 나가서 2루를 훔치다 비명횡사하곤 했다. 그래도 팬들은 환호했다. 도루를 시도한 자체를 즐겼다. 이제 전국구 스타가 된 슈퍼스타 투수 감사용 선수에게 사인을 보낸 포수 금광옥 선수는 중심 타자 역할을 톡톡히 해냈다. 꼭 학교 선배라서 하는 이야기가 아니다.

야간 홈경기가 벌어지면 조명이 학교 앞산 능선을 타고 넘어왔다. 교실 창문 너머 뱀처럼 기어가는 능선을 보며 아이들은 몸을 꼬았다. 이듬해 하이라이트가 펼쳐졌다. 재일교포 너구리 투수 장명부 혼자서 프로야구 판세를 뒤집었다. 꼴찌를 해도 귀여워 죽겠는데 그 아이가 갑자기 일등을 해버리면 기뻐 미치지 않겠는가.

일부 아이들이 학교 담을 넘어 영화 〈친구〉의 한 장면처럼 공설운동장까지 달리고 또 달렸다. 집어등을 향해 돌진하는 오징어떼! 다음날 등교하자마자 반쯤 죽었다. 그래, 때려라. 맞는 게 두려운 게 아니었다.

8회쯤 되면 경기장 문을 열어주는 관례가 있었다. 어떤 날은 학교 탈출이 더뎠다. 운동장에 들어서 전광판을 보니 9회 말투 아웃 상태였다. 해태 타이거즈에 4 대 1인가 석 점 차로 뒤지고 있었다. 그라운드를 보니 만루 상태였다. 상대 투수는 당대 최고의 강속구를 지닌 이상윤 선수, 타자는 4번 김진우 선수였다. 관중들은 이미 짐승이었다. 가능성 희박한 '홈런'을 연호했다. 마운드에서 공이 뿌려졌다. 길고 곧은 하체를 지녔던 강속구 투수는 '딱' 소리가 나자마자 뒤도 돌아보지 않은 채 제자리에서 무너졌다. 그것으로 끝이었다. 1루를 향해 전력질주하던 타자가 속도를 줄이며 두 손을 번쩍 치켜들었다. 만루 홈런이었다. 그날 세상에서 가장 밀도 있고 경제적으로 야구경기를 보았다.

　　나는 우리 사회에서 학연이 지연보다 질기다고 생각한다. 단적인 사례가 프로야구 응원팀에서 엿보인다. 현재 인천을 연고지로 하는 팀보다, 인천 연고를 버렸으나 고교 선후배들이 선수와 스태프로 뛰고 있는 팀에 더 애정을 느낀다.

전철

수도권 전철이 개통한 때는 1974년 8월 15일, 육영수 여사가 문세광의 흉탄에 맞아 돌아가신 그날이었다. 개통 당시 인천 지역의 정차역은 여섯 개였다. 인천-동인천-제물포-주안-동암-부평이 그들이다. 지금은 열한 개 역이 있다. 인천-동인천-도원-제물포-도화-주안-간석-동암-백운-부평-부개. 거기에 부천, 서울 지역에 새로 생긴 역까지 합치면 기차 타고 서울로 가는 길은 서울과 대전만큼 멀어졌다.

　　그리하여 당대의 KTX는 새마을호와 무궁화호를 거쳐 간이역에 다 서는 비둘기호쯤으로 '전락'했다. 수도권이 팽창하고 유입 인구가 늘었기 때문이리라. 거기에 국회의원 선거도 한몫했다고 본다. 선거 전후로 새로운 전철역이 생겼다. 아님 말고.

　　1984년 서울에 있는 대학에 진학했다. 지옥철을 타고 다녔다. 사람과 사람 사이에 끼여 공중부양 상태로 영등포나 노량진역까지 갈 때도 있었다.

서울 가면 며칠씩 인천에 안 오고, 인천에 오면 며칠씩 서울에 가지 않는 생활이 이어졌다. 통학전철에서 친절한 선배를 가장한 인천의 오픈 또는 언더그라운드 학생운동 조직원들은 술과 밥으로 많은 후배들을 낚았다. 그때 누구라도 그러했듯이 시험 거부, 경고, 근신, 학점 2.0에 배 끝이 스치는 저공비행을 이어갔다.

**옐로하우스**

비슷한 시기, 근대 한국의 첫 공창소娼 '옐로하우스'로 이사 갔다. 어머니가 거기에 식당을 여셨다. 발정난 개처럼 솟구치던 성욕에 혓바닥 내밀고 헉헉대던 시절. 유토피아를 꿈꾸는 인간 이성의 힘그것은 시대적 요구과 극기훈련이것은 내면의 투쟁으로 본능을 억압 내지 승화시켰다.

서울에서 막차 타고 와서 택시를 잡아 집으로 가면 택시기사들이 거스름돈을 주지 않으려 했다. "아이 뭐, 좋은 데 가시면서." "그게 아니라 집이 여기라서." 홍등 유리벽 속의 마네킹처럼 예뻤던 아가씨들이 다들 좋은 데 시집가서 잘살고 있기를.

최근 기사에 따르면 그곳은 2009년 안에 백여 년의 역사를 마감한다. 고층 아파트 단지로 재개발된다. 종사자 수가 많았을 때 삼백여 명이었다고 하는데 믿기 어렵다. 당장 33호 집에만 열댓 명은 족히 넘었는데, 33호 집은 다른 데에 비해 중소 규모였다. 그리고 여관이라기보다는 아가씨들이 임대료 내고 자기 방을 신혼방처럼 꾸민 뒤 손님을 지극정성으로 모신 값비싼 오피스텔에 가까운 곳이었다. 아무튼 그곳에서 살던 약 십 년 기간이 그곳의 전성기와 겹친다는 소식이다. 이하 기사 내용 일부.

"인천 옐로하우스는 1883년 인천항 개항으로 일본인 거주지가 형성되면서 시작됐다. 1902년 당시 형성된 일본식 유곽이

옐로하우스의 전신이다. 일본인들과 해방 후 미군, 외항선원 등이 주된 고객이었다. 1962년 3월 군사혁명정부는 사회 정화사업의 하나로 이 유곽을 바닷가 변두리였던 지금의 장소<sub>숭의동 47-1</sub>로 이전시켰다. 옐로하우스라는 이름도 이때 새로 지은 가건물들의 외벽을 미군부대에서 얻어온 노란색 페인트로 칠하면서 붙여졌다. 이후 인근에 시외버스터미널이 옮겨오고, 인천항이 붐비면서 90년대 초까지 옐로하우스는 '전성기'를 맞는다. 가건물들은 4, 5층짜리 여관으로 증축됐다."

## 인더스트리아

인천의 아이덴티티는 뭘까. 딱히 떠오르지 않는다는 점에서 혼합형의 도시라고 우겨보자. 사회과부도에도 그렇게 나와 있었다. 도시 유형으로 미로형 도시<sub>서울 성곽 내</sub>와 방사상 도시<sub>진해</sub>, 그리고 혼합도시가 있는데 그게 바로 인천이었다. 미로와 방사가 섞인 '짬뽕 도시'이다. 항만, 공단 지역은 방사형이지만 서민들이 지지고 볶으며 사는 곳은 미로형이다.

대학 시절 외지 출신 친구들이 인천으로 놀러 오면 나는 가이드로서 도시 투어를 시켰다. 관광객들의 대체적인 첫인상은 "〈미래소년 코난〉에 나오는 인더스트리아 같다"는 것이었다. 한 친구는 섬에 놀러 갔다가 부두로 들어올 때 "하늘에 거대한 매연천막이 쳐져 있는 것 같다"고 말했다. 소싯적에 부평 지역 공단에 갔다가 길을 잃었을 때 가도 가도 똑같은 길과 똑같은 콘크리트 공장에 절망한 적이 있었다. 낙타가 사막을 건너는 기분이었으리라.

인천은 항만도시이자 산업도시이다. 배우기로는 '관문도시'이다. 앞바다가 내려다보이는 시립도서관의 건물 한 채는 일제 때 지은 목조건물이다. 삐걱거리는 목조계단과 일본식 정원이 지금도 남아 있다. 자유공원 밑 중국인 거리나 항구 주변 곳곳의 적산 가옥도 이국적 풍취를 자아낸다.

그렇다. 인천의 운명 또는 지정학적 위치는 관문이다. 뭍의 문화와 물의 문화 거창하게 대륙 문화와 해양 문화의 접점, 강화도 북단에서 마주하게 되는 이데올로기 대치의 현장이다. 위기든 기회든, 대한민국의 가능성이 집약된 곳이다. 황해 경제권 수운의 배꼽이란 게 인천에 대한 제일감第一感이다.

근현대사에서 인천은 상륙의 배꼽이었다. 병인양요와 신미양요, 강화도조약, 제물포조약 등으로 열강들이 지 맘대로 상륙했다. 일본군은 나가사키나 시모노세키 등지에서 인천으로 상륙했다. 1941년 조선 주둔 일본군이 사만육천 명일 때 김포에 육군비행연대를 두고, 강화를 해군 근거지로 삼았다. 해방 후 미24군단이 일본에서 인천으로 상륙했다. 6·25전쟁 때 맥아더 장군이 상륙했다. 지금은 김포공항과 영종도 국제공항을 통해 모든 게 거침없이 들어온다.

이에 앞서 아펜젤러, 스크랜턴이상 감리교, 그리고 언더우드장로교가 상륙했다. 해방과 6·25전쟁 때 평안도, 황해도 인민들이 뱃길 따라 상륙했다. 국가 주도 개발연대 시대에 전라도, 충청도 도민들이 상륙했다.

투표 성향은 짬뽕이다. 여촌야도與村野都 시절의 인천仁川은 인촌仁村이다. 공단 지역은 진보적인 정당에 제법 표가 쏠린다.

---

김중식　　1967년 인천에서 태어났다. 그 도시의 중앙국민학교와 동산중·고교를 나왔다. 인천 교구 가톨릭대학생연합회 학술부장 및 총무를 지내기도 했다. 1988년으로 기억하는데 인하대 주최 대학 문학상을 타기도 했다. 그때 심사위원이 조병화, 김재홍 선생님이었던 것 같기도 하고, 아닌 것 같기도 하다. 1990년대 중반 결혼 이후 서울에서 살고 있다. 부모와 여동생 둘은 지금도 인천에 살고 있다. 시집 『황금빛 모서리』가 있다.

56.
배가 월미도 선착장에서 멀어질수록
육지는 짙은 그리움으로 변모한다.
목적지인 영종도 선착장에 배가 닿을 때,
그리움은 다시
바다로 옮겨질 것을 아는
속절없는 항구의 별리.

58, 59.
아직도,
작은 배는 고기를 기다리고
사람은 그 작은 배를
기다리고……
세월은 아무것도 기다려주지 않는데
북성포를 서성이는
추억의 그림자는 빛깔도 선명하다.

60.
세상 만사 노을빛에 젖어 처연해지는
하루의 끄트머리.
얼굴 붉어진 바위도,
다시금 어디론가
발길을 옮기는 사람들도
모두 허허로운 시간 속의 풍경으로
잔잔히 출렁이는
밀물지는 을왕리.

## 길

아스팔트와
시멘트가 깔린 길은
사람을 위한
길이 아니다.
생명을 잃어버린 길이다.

그 위를 걸어가고
스쳐 지나가는 것들의
흔적이 남는 길,
그 길이야말로
생명의 길이요 사람의 길이다.

우리나라 방방곡곡,
사람의 향기로 가득한
수많은 길이
당신을 기다리고 있다.

# 불회하늘 경로림

오정희 소설가

그 봄에서 여름, 가을이 가기까지
나는 이 도시의 곳곳을 정처 없이 헤매고 다녔다.
깃들이는 것, 길들여지는 것이
정신의 안주와 나태함으로 여겨지던 시절,
나는 배회자이고 탐색자였다.

내가 삼십 년을 넘겨 살고 있는 고장 춘천은 도시를 에워싼 넉넉한 물 때문에 호반의 도시, 물과 안개의 고장, 수향 등의 낭만적 이름으로 불리운다. 봄내라는 예쁜 애칭도 갖고 있다. '봄내'를 소리내어 불러보면 정말 봄시냇물의 맑고 명랑하고 다정하게 흐르는 물소리가 들려오는 것 같지 않은가. 내가 춘천에서 살기 시작할 무렵 인상 깊게 들은 소리가 '물이 운다'는 것이었다. 큰 물이 얼거나 녹을 때 토해내는, 흡사 우주로부터의 신호음인 양 멀리서부터 쩡쩡 울려오는 소리를 두고, 강가에 터 잡고 살아가는 사람들은 '물이 운다'는 의인화된 표현을 썼다. 그렇게 울음으로 몸을 푼 물은 흰 비단폭 같은 안개로 피어오르고 강가에 줄지어 선 메마른 나뭇가지에 눈물 같은 눈꽃을 피운다.

경춘선 열차의 종착역인 춘천역 광장을 지나칠 때면 방금 도착한 기차에서 내린 사람들이 여행자로서의 기분을 한껏 내며 오래된 역사를 배경으로 사진을 찍는 모습이 쉽게 눈에 띄곤 하였다. (1939년 경춘선 개통과 함께 세워졌던 춘천역은 경춘선 복선철도를 위한 궤도와 역사 이설로 휴업중이어서 지금은 남춘천역이 임시 시종착역이 되었다.) 청량리―춘천. 기차로 달려 두 시간이 채 안 걸리는 93.5km의 짧은 거리에도 불구하고 강원도에 대한 심리적인 거리감 때문에 '나들이'가 아닌 '여행'이라는 단어를 서슴지 않고 쓸 수 있는 것이리라. 또한 낯선 곳에의 기대감, 일상을 떠나왔다는 홀가분함이 일탈의 해방감을 주기에 그렇게 '특별한' 생의 한순간을 카메라에 담는 것이리라.

　　아주 오래전 식민지 시절에 지어진 낡은 역사와 어수선하고 초라한 역 광장은, 날씨가 맑든 궂든, 그곳에 모여들고 흩어지는 사람들이 귀향객이든 나그네든 혼자든 여럿이든 자연스러운 조화로 품어안는다. 오래된 것들이 갖는 힘과 품격으로, 어떠한 것들도 넉넉히 감싸안을 수 있는 것이리라.

　　그들은 아마도 동양 최대의 담수호라는 소양댐과, 그 물 건너 천년고찰인 청평사를 관광하고 춘천의 명물로 익히 알려진 닭갈비와 메밀막국수로 식사를 하고 〈겨울연가〉 촬영지 중의 하나인 명동 거리, 배용준과 최지우의 엠블럼 앞에서 사진을 찍으면서 춘천을 보고 느끼고 알았다고 할 것이다.

1978년 봄, 나는 서울 살림을 정리하여 남편의 직장이 있는 춘천으로 이주해왔다. 『서울은 만원이다』라는 이호철의 풍속소설이 나온 것은 그보다 십 년 남짓 이전인 1966년의 일이었다. 어떤 사람들은, 날로 사람살이의 환경이 나빠지고 있는 서울을 빠져나가게 된 것이 부럽다고도 하였으나 나로서는 이주移住가 아닌 '이식移植'이라는 말이 어울릴 만큼 강원도 춘천이라는 지명이 멀고 낯설었다.

그럼에도 불구하고 이곳으로 등 떠민 것은 아무것도 가진 것 없이 아무도 모르는 곳에서 새로이 살기 시작해보고자 하는 내 안의 요구와, 외로움과 적막감이 나를 깊고 강하게 해주리라는 기대였다. 스승께서는 이제사 겨우 첫 창작집을 낸 신출내기 작가인 내가 자극 없고 느슨한 지방 소도시의 생활에서 문학적 열정이 사그라질까 염려하시는 한편 문학은 혼자 할 수 있어야 한다고 독려해주기도 하셨다.

봄바람이 사납게 불던 날, 헌책 더미가 주종을 이루는 살림살이들을 실은 트럭의 조수석에 앉아 산과 강을 낀 구불구불한 길을 두 시간 가까이 달린 끝머리, 절정에 이른 개나리의 노란빛들이 아우성처럼 엉겨들 즈음 남편이 말했다. "다 왔어. 이제 춘천이야."

첫돌이 안 된 아기를 붉은 누비포대기에 둘러업은 젊은 아낙이었던 나는 봄볕 속에 적막하고 고즈넉하게 가라앉은 도시를 마치 전생의 풍경인 양 기시감과 낯섦이 기묘하게 혼합된 눈길로 바라보았다. 춘천에서 태어나고 성장기를 보낸 남편은 손을 들어 멀고 가깝게 겹겹으로 도시를 에워싼 산의 능선들을 짚어가며 대룡산과 삼악산, 용화산이라고 말했다.

그 봄에서 여름, 가을이 가기까지 나는 이 도시의 곳곳을 정처 없이 헤매고 다녔다. 깃들이는 것, 길들여지는 것이 정신의 안주와 나태함으로 여겨지던 시절, 나는 배회자이고 탐색자였다. 햇빛도, 바람도, 거리의 풍경도, 그 안에서 살아가는 사람들의 모습도, 간유리 저편의 세상처럼 모호하고 수상쩍었다. 주머니를 뒤집듯 이 도시의 모든 것을 샅샅이 보고 싶고 갑옷 속에 숨긴 몸을 투시해보고 싶었다. 아니, 그래야 할 것만 같았다. 낯선, 그리고 오랫동안 살아가야 할 도시는 내게 정체가 파악되지 않는 모호한 생명체였다. 도심의 뒷골목과 장터 마당, 도시를 가둔 강물, 이 세상의 시간에서 돌아앉은 듯한 무중력의 적요로움뿐인 선사 유적지를 헤매는 동안 얼굴에는 잘 여문 채송화 씨앗 같은 주근깨가 까맣게 돋아났다. 젊은 어미의 불안과 외로움에 감염된 아기는 잠시도 등에서 떨어지지 않고 나는 '무엇보다도 중요한 것은 살아야 한다는 것이다'라고 되뇌며 비장하게 마음을 일으켜세우곤 하였다.

개발이 이루어지지 않은 대개의 중소도시들처럼 춘천 역시 큰길을 한 걸음만 벗어나면 옛 모습을 그대로 지니고 있었다. 처마를 맞댄 집들 사이로 실 같은 골목길들이 끊일 듯 이어지고 막다른 곳인가 하면 또 어디론가로 소통하듯 뚫려 있어 이상한 나라의 앨리스처럼 미로와 같은 길들을 헤매다보면 이 도시가 가만가만 숨쉬며 몸 일으키는 소리, 어디선가 흐르는 물소리 같은 것이 마음 안으로 스며들었다.

넉넉한 물과 비옥하고 너른 땅 춘천은 구석기시대로부터 사람이 살았고 성읍국가인 맥국의 천년고도였다. 의암호 안의 섬인 중도의 선사시대 유적들이 남아 있는 곳에서 하릴없이 하루해를 보내다보면 어디에선가로부터 무리지어 흘러들어와 움집을 짓고 강과 숲에서 먹이를 구하고 자손을 퍼뜨리며 살았던 옛사람들이 환각처럼 찾아오기도 하였다. 물 건너가 바로 수만 년의 시간인가, 선사시대에 발을 디디고 물 저편을 바라볼라치면 예술적 상상력을 한껏 발휘한 붉은 벽돌건물이 눈에 들어왔다.

의암호반의 어린이회관은 김수근 건축의 개성과 특징이 한눈에 드러나는 장중한 건물로, 강을 향해 머리를 두고 날개를 편 나비의 형상이다. 먼 곳으로부터 정다운 벗들이 찾아올 때, 혹은 가만가만 내리는 비에 마음이 그만 하염없어질 때면 나는 곧잘 이곳을 찾곤 했다. 혼자여도 둘이어도 셋이어도 좋은, 수려하고 고즈넉한 분위기를 한껏 누리노라면 자신이 귀히 존중받는 존재인 양 소중히 여겨지고 물가에 나비를 앉힌 건축가의 섬세하고 다정한 동심이 느껴졌다.

문학은 그 시대의 소산이자 작가를 에워싼 토양의 산물이기도 할 것이다. 선택의 여지 없이, 생활의 필요에 의해 옮겨온 탓에 나 자신이 이곳에 속해 있는가, 이곳에서 진정 살고 있는가, 지금 이곳에서의 삶이 일종의 해리현상이나 꿈이 아닐까, 아득해지는 마음으로 스스로 물을 때가 있다. 삼십 년을 살았어도 나는 내가 살고 있는 도시의 어떠한 것도 예사롭거나 당연하지 않다. '작가로서의 눈'을 견지해야 한다는 자의식의 작용도 있을 것이다. 언제나 조금은 서먹하고 낯설 만큼의 거리, 바라보고 표현하기에 알맞은 객관적인 거리를 유지하고자 하는 긴장, 즉 중독이 되거나 관습화되지 않으려는 필사적인 마음의 저항이 숨어 있는 것인지도 모른다. 시인 천상병은 이 세상에 소풍 온 것이라고 했지만 이 생이란, 이승이란, 이 세상이란 기실 얼마나 낯선 곳인가. 그러나 언제부터인가 암암리에 내가 쓰는 글에 이 도시를 에워싼 물과 안개가 잠입해들어오기 시작했다.

이 도시에서 태어났거나 성장했거나 한 시절 머물러 살았던 작가 시인 들의 글을 조금 예민하게, 주의 깊게 읽는다면 그들의 글 속에 체취처럼 배어 있는 원죄의식과 불안과 권태와 이 도시를 에워싼 안개로 표상되는 미망과 그들만이 감지하는 숨은 눈을 느낄 수 있을 것이다.

나는 이 도시를 주인공으로 한 소설을 쓰고 싶었다. 일찍이 김승옥의 「무진기행」에서 소설의 주인공이, 무진에서 만나는 햇볕의 밝음과 해풍에 섞여 있는 소금기와 서늘한 공기를 합성하여 수면제를 만들 수 있겠다고 상상하였듯이 이 도시가 숨기고 있는 수많은 미로와 물세수한 듯 단정하고 어여쁜 자태 뒤에 숨긴 불온한 열정과 나른함과 권태 욕망 들을, 야행성의 동물처럼 밤이면 가만가만 숨쉬며 몸 일으키는 이 도시의 이야기를 쓰고 싶었다.

경기도의 도계道界를 넘어 강원도 땅으로 들어선 경춘선 열차가 종착역을 턱밑에 두고 잠시 머무는 곳이 김유정역이다.

이상과 더불어 30년대 한국문학을 이끈 천재작가 김유정의 작품들을 섭렵한 사람들일지라도 그가 춘천 출신이고 작품의 무대와 정서의 뿌리가 춘천 외곽의 실레마을이라는 것을 아는 사람은 드물다.

김유정의 생가가 복원되고 문학촌을 연 것은 2002년의 일이다. 2004년에는 실레마을이 있는 신남역을 김유정역으로 변경하였다. 우리나라에서 특정인의 이름을 기려 역의 이름을 지은 것은 처음일 것이다. 그가 춘천의 실레마을에서 태어났는지 서울에서 태어났는지는 미상으로 남아 있고 춘천에 머문 것은 이십삼 세인 1931년부터 이십오 세인 1933년까지 이 년에 지나지 않는다. 판소리 명창인 박녹주를 향한 구애가 끝내 거절당하자 본가가 있는 춘천에 내려와 간이학교인 금병의숙을 운영하고 농민운동을 하면서 당시 춘천 근교에서 살아가던 하층민들의 삶과 정서를 소설로 생생하게 그려냈다.

그의 소설들, 폐결핵이라는 병마, 스물아홉 나이의 요절, 몇 장의 흐릿한 흑백사진 외에는 아무런 것도 남기지 않은 종생終生은 오직 김유정이라는 소설가의 운명성으로밖에는 풀 길이 없다.

김유정이 1937년 3월 18일에 친구 안회남에게 보낸 편지.


"나는 참말로 일어나고 싶다. 지금 나는 病魔와 最後 談判이다. (⋯⋯) 나에게는 돈이 時急히 필요하다. 그 돈이 없는 것이다. (⋯⋯) 내가 돈 百圓을 만들어볼 작정이다. (⋯⋯) 또다시 探偵小說을 飜譯하여보고 싶다. 그 外에는 다른 길이 없는 것이다. 허니 네가 보던 中 아주 大衆化되고 興味 있는 걸로 한둬 卷 보내주기 바란다. (⋯⋯) 그 돈이 되면 于先 닭을 한 三十 마리 고아먹겠다. 그리고 땅군을 디려, 살모사, 구렁이를 十餘 뭇 먹어보겠다. 그래야 내가 살아날 것이다. (⋯⋯) 나는 지금 막다른 골목에 맞닥드렸다. 나로 하여금 너의 팔에 依支하여 光明을 찾게 하여다우. 나는 요즘 가끔 울고 누어 있다."

그리고 열하루 뒤에 그는 세상을 떠났다.

"나는 요즘 가끔 울고 누어 있다." 나는 이 편지를 그의 문학인생의 마지막 절창으로 본다.

하루하루의 삶이 일상성 속에 갇혀 매양 똑같이 되풀이된다 해도 존재하는 모든 것들은 부단히 변화하게 마련이다. 나의 생도, 내가 살고 있는 이 도시도 그러하다. 도심을 벗어나면 어디나 눈에 띄던 논과 밭, 복사꽃이 흐드러져 도원경을 이루던 과수원의 풍경들은 조금씩 조금씩 지워지듯 사라지고 고층 아파트들이 우뚝우뚝 섰다. 변화와 소멸과 생성의 속도는 삶의 리듬과 비례하는 것인지도 모르겠다. 도시는 자체의 생명력과 역동성으로, 저대로의 운명성으로 움직여가는데 내가 알고 있던 것들, 친숙했던 것들은 얇은 미농지가 덮이듯 흐릿하게 멀어지고 기억의 지층 속으로 묻힌다.

시인 기형도씨는 나와 첫인사를 나누자마자 대뜸 그가 경험했던 어느 봄날 오후, 춘천의 햇볕과 바람과 물에 대해 이야기했다. 그것들이 그의 마음 안에 만들어준 특별한 울림과 공간에 대해 설명할 적당한 어휘를 찾느라 눈을 조금씩 찡그려가며 말하던 모습이 인상적이었다. 그를 다시 만난 일은 없었지만 오래지 않아 그가 세상을 떠났다는 소식을 접하고는 춘천의 햇볕과 바람과 물에 대해 설명하려 애쓰던 얼굴을 떠올리며 안타깝게 짧았던 생애 중 춘천에서의 어느 아름다운 봄날 오후를 애도했다.

---

오정희    1947년 서울에서 태어났다. 1978년 강원대 교수로 임용된 남편을 따라 춘천으로 이주했고, 이후 2008년 현재까지 효자동, 후평동, 퇴계동으로 옮겨가며 살고 있다. 소설집 『불의 강』 『유년의 뜰』 『바람의 넋』 『불꽃놀이』, 장편소설 『새』, 동화 『송이야 문을 열면 아침이란다』, 산문집 『살아 있음에 대한 노래를』 『내 마음의 무늬』 등이 있다. 이상문학상, 동인문학상, 동서문학상, 오영수문학상, 리베라투르 상 등을 수상했다.

78.
내 그리움은 춘천역이다.
경춘선 선로가 들썩일 때마다 또렷이 보이는 춘천역.
2008년, 숱한 추억으로 가득했던 춘천역은
이 세상에 없다.

83.
사랑의 언약과 우정의 맹세가
나이테처럼
켜켜이 쌓인 그 자리,
당신과 내가 머물렀다 떠나간
슬픈 시간의 잔해.

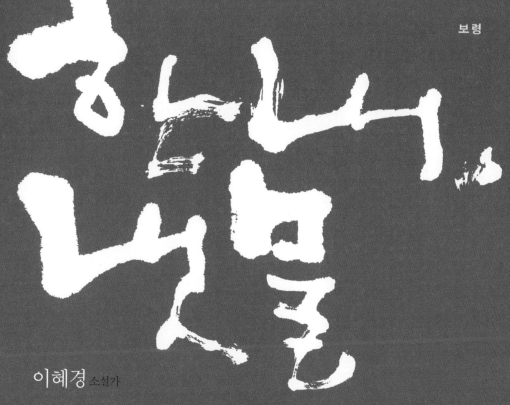

이혜경 소설가

식구들이 꿈에 나타날 때면 대개 고향집이 배경이 된다.
유년기를 보낸 태생지의 기억은 그리도 독해서, 나는 아직도 그곳을 떠나오지 못한 것이다.

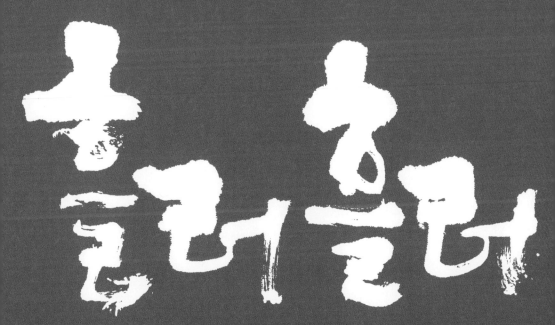

## 한내, 유년기를 다독이던

보령이라는 지명은 내게 낯설다. 아니, 아주 낯설지는 않다. 보령군 대천읍이라는 지명은 내가 주소를 적기 시작한 이래 나와 함께했다. 그러나 내게는 보령보다는 대천이 익숙하고, 그보다는 '한내'가 더 편하다. 한내, 큰 내. 그곳에서 보낸 유년기를 떠올릴 때면 그 기억의 한중간을 가로지르는 내. 내가 첫 기억이라고 생각하는 기억에도 그 내는 어김없이 등장한다.

물이 마른 내에는 하얀 옷을 입은 사람들이 가득 엎어져 있다. 나는 그들 사이에서 몸을 일으킨다. 쨍, 귀가 울리는 듯한 정적. 움직이는 것은 아무것도 없고 잔 바람결조차 느껴지지 않는다. 무섭다. 하얀 옷더미가 햇발을 반사한다. 눈이 금방이라도 멀 것처럼 부시다. 나는 그 하얀 시신들 사이를 비집으며 걷는다. 누굴 찾는 것일까. 단 한 사람이라도 좋으니 살아 있는 사람을 만나고 싶었던 걸까. 그때, 우렁찬 노랫소리가 허공에 번진다. 배를 저어 가자 험한 바닷물결…… 눈부시게 흰 옷을 입고 집단학살을 당한 듯 겹쳐 쓰러진 사람들 위로 노래는 우렁우렁, 위협하듯 쏟아진다. 정적일 때와 또다른 공포가 엄습한다. 나는 그 위협에서 벗어나려 허둥거리다 잠에서 깨어난다. 집엔 아무도 없고, 옆집 전파사의 스피커에선 〈희망의 나라로〉가 커다랗게 울려퍼지고 있다.

다섯 살 무렵의 그 꿈은 어쩌면 아이 때엔 기억한다는 전생의 한 장면이었을까. 어쩌다 라디오에서 울려나오는 〈희망의 나라로〉를 듣게 되면, 지금도 내 속 깊은 곳에서 두려움이 진동한다. 거짓된 희망으로 선동하는 이를 볼 때와 같은 두려움이.

어린 시절, 마음을 어찌지 못할 때면 나는 냇가로 향했다. 집을 나서면 바로 국도가 나오고, 그 길을 따라 남쪽으로 내려가다 사거리를 지나면 이내 내가 나온다. 그러나 홀로 평안을 찾기 위해 갈 땐 큰길로 나서지 않는다. 부엌 뒤쪽의 뒷문으로 나서서, 공동우물을 한 번 들여다보고 내쳐 걷는다. 푹 꺼진 눈두덩이 날카로워 보이는 화교 아주머니의 중국 음식 식료품상이 있는 골목을 지나 다시 큰길을 지나면 냇둑에 이른다. 행상 아주머니들이 펜치로 삶은 다슬기의 끝을 톡톡 분지르며 삶을 견디는 곳. 원뿔형으로 만 종이에 담아준 다슬기를 옷핀으로 콕 찔러 빼먹으며 냇둑을 어슬렁거린다. 짭조름하고 쌉싸래한 다슬기를 씹으며 냇둑에 앉아 물비늘이 반짝이는 냇물을 오래 지켜보다보면, 보이지 않는 손이 내 작은 가슴을 가만가만 다독여주었다.

먼 곳에서 온 아이와 처음 만난 것도 그 내에서였다. 이방과의 자발적인 첫 접촉으로 기억하는 만남. 열 살 무렵의 겨울방학이었다. 내에서 스케이트 타는 오빠에게 점심 먹으라는 말을 전하러 집을 나섰다. 냇물이 얼어붙은 걸로 미루어 아주 추운 날씨였을 것이다. 징검다리를 건너 오빠가 있는 곳으로 가는데, 내 또래로 보이는 한 아이가 징검돌 위에 오롯이 쪼그리고 앉아 곱돌로 그림을 그리고 있었다. 곧 가겠다는 오빠를 두고 먼저 돌아올 때에도 아이는 여전히 거기 있었다. 그 아이에게 말을 건 나는 그애가 입을 떼자마자 그만 반해버렸다. 축축 늘어지는 고향 말투에 익숙한 내게, 그애의 언 입에서 나온 당차고 감칠맛 나는 경상도 사투리라니. 무슨 말로 그애를 일으켰는지 모르지만, 스케이트를 수습한 오빠가 돌아왔을 때 밥상머리엔 이미 그애가 앉아 있었다. 사기공장 기술자인 아버지를 보러 대구에서 온 혜옥이. 그 겨울, 우리는 날마다 붙어다녔고, 개학 무렵 그애가 돌아간 뒤에도 몇 번 편지가 오갔지만, 그 또래의 열정이 그러하듯 흐지부지 소식이 끊겼다. 그러나 하얗게 얼어붙은 내의 한가운데, 징검돌 위에 외롭게 쪼그리고 앉아 있던 그애의 영상은 내 기억 속에서 환하다.

혜옥이 떠난 뒤에도 나는 자주 그 내를 건너야 했다. 우리 집 개가 내 건너편 마을의 개와 정분이 났기 때문이었다. 집에 늘 개를 키우고 있었으므로, 메리거나 케리, 아니면 똘이거나 쫑으로 불렸을 그 개. 그런데 그 한 쌍은 어디서 눈이 맞은 것일까. 그들이 사는 집 사이엔 꽤 긴 골목이며 자동차가 다니는 큰길이 있었고, 무엇보다도 몬터규 가와 캐풀렛 가의 높은 담장 못지않게 너른 내가 있었는데. 열정에 사로잡힌 우리 집 개는 호시탐탐 대문간을 노리다가 누군가가 들어오거나 나갈 때면 문틈을 비집고 쏜살같이 뺑소니쳤다. 저녁밥을 먹을 때까지 돌아오지 않으면 그 집으로 가서 데려와야 했다. 그 집에 이르면, 정작 그 집 개는 목줄로 마루기둥에 묶여 있고, 우리 개는 쌀쌀맞은 그 집 주인의 된소리가 언제 날아올지 몰라서 눈치를 보아가며 멀찌감치 엎드린 채 연인 아니 연견을 하염없이 바라보고 있었다. 달래고 어른 끝에 개를 데리고 물빛 어두워진 내를 건널 때면 내 마음도 가뭇해졌다. 누군가를 사랑하는 일은 그렇게, 자기를 낮추고 모멸을 감수해야 하는 것일지도 모른다고 짐작하며 나는 내를 건넜다.

# 서해, 물 썬 갯벌

그 내는 남서로 흘러서 서해바다에 이르렀다. 조개껍질이 물살과 세월에 바스러져 모래가 되어 깔린 대천해수욕장이 멀지 않은 곳이었다. 여름이면 대천역 앞은 그 읍에선 파격으로 느껴지는 옷을 입은 관광객들로 붐볐다. 그러니 소읍의 엄격한 부모들에게 여름철의 해수욕장은 아직 생각이 덜 여문 자기 자녀가 가서는 안 되는 곳, 갔다간 허파에 바람 들기 십상인 곳이었다. 더 자랐다고 쉬 허용되는 것도 아니었다. 미군부대가 있고, 군부대가 주둔한 곳이 으레 그러하듯 유흥가가 형성된 곳이었으므로.

해수욕장에 가서 처음으로 바닷물에 몸을 담근 건 초등학교 6학년 무렵이었다. 해양훈련인가 하는 명목으로, 학교에서 단체로 갔다. 벗은 옷은 개어서 바람에 날려가지 않도록 백사장에 가방으로 눌러두고, 호루라기 소리에 맞춰 준비운동을 마치고 바닷물에 조심조심 발을 담갔다. 발가락 사이로 쓸려나가는 모래의 감촉. 수영을 배운 적이 없어서, 물이 가슴팍으로 차오르는 곳에 들어서기만 해도 무서웠다. 물속에 있는 시간보다는 조개껍질을 줍는 시간이 더 많았을 것이다. 그렇게 시간을 보내다가 옷을 갈아입으려고 벗어둔 옷을 집어든 순간, 옷 아래서 볕을 피하던 굵다란 갯지렁이가 툭 떨어졌다. 놀란 내 눈엔 뱀이나 다름없는 크기였다. 엄마야, 나는 그만 펄쩍 뛰며 물러났다. 그 뒤로 한동안, 나는 그 갯지렁이가 내 몸에서 나온 것일지도 모른다는 의구심에서 벗어나지 못했다. 이문구 선생의 『관촌수필』로 알려진 관촌에서 살던 어린 날, 둑길을 가로막은 염소를 피하려다 논에 빠졌을 때 다리에 붙은 거머리를 보며 그랬던 것처럼.

중학교 시절, 나와 가장 친했던 아이는 해수욕장에서 북쪽으로 한참 올라간 주포면의 바닷가에서 살았다. 겨울이면 김을 뜨느라 벌겋게 언 손등이 쩍쩍 갈라지던 사람들의 마을, 은포리. 그애에게 우편물을 보낼 때면 주소 아래 '남양군도'라고 써야 했는데, 그때마다 남양군도라는 지명이 왠지 겉돈다는 느낌을 지울 수 없었다. 남태평양 어디쯤에나 있을 법한 지명이 반도 서해안 작은 마을에 왜 거창하게 달라붙은 걸까. 오랜 궁금증은 뒷날, 향토사학자인 친구의 남편이 보내준 『보령의 지명』이라는 책을 통해 풀렸다. 중심 마을인 은포리에서 남쪽 바닷가라서 그런 이름이 붙었다고.

남양군도에 있는 친구네 집에 가려면 간석지의 농수로 옆으로 난 길을 오래 걸어야 했다. 그 길의 흙은 개흙이어서 유난히 보드라웠다. 이따금 나는 그 길을 운동화도 양말도 벗은 맨발로 걸었다. 맨발을 간질이는 마른 개흙이 일깨운 관능은 물이 썬 갯벌에 이르면 그만 가슴이 턱 막히는 막막함에 밀려났다. 뒷날, 한 선배 시인은 동해와 서해를 비교하다 말했다. 뻘도 없는 것이 무슨 바다여. 젊은 시절엔 동해가 좋더니 나이 들수록 서해와 남해가 좋아진다고 말한 사진작가도 있었다. 그러나 어린 눈에 비친 갯벌은 그저 짙은 콘크리트 빛깔이어서, 보면 볼수록 굳어가는 콘크리트처럼 가슴이 딱딱해졌다. 그 시절, 냇물이라면 얼마든지 오래 바라볼 수 있었지만, 갯벌은 되도록 고개 돌리고 싶은 무엇이었다.

그애의 집에는 큰어머니가 있었다. 백모가 아니라 아버지의 본처였다. 본처와 소실과 소실의 소생이 한집에서 사는, 그런 일들이 그 시절에는 아주 드물지 않았다. 아이를 낳지 못한 큰어머니와 한집에서 사는 일이 어찌 편안했을까. 처진 입매에 설움을 달고 지내던 그애는 학교에서 날마다 보면서도 자주 편지를 보냈다. 사랑이라는 단어를 잦게 쓴 편지였다. 사랑에 주린 아이였으므로, 그애는 그 단어를 자주 썼을 것이다. 그때, 내가 보낸 편지에 나도 사랑이라는 단어를 썼을까. 사랑이라는 단어는 예나 지금이나 입에 올리는 순간 마음에서 꽁무니를 빼는 듯하니, 아무래도 안 그랬기 쉽고 안 그랬기를 바란다. 그애는 집 뒤편의 야산에서 찾은 자수정을 자주 내게 선물했는데, 우정의 징표였던 자수정들은 다 어디로 흩어진 것일까. 대천읍이 보령시로 변하는 동안 많이 바뀐 시가지의 어느 땅 아래 묻혀 있는 기나 아닐까.

갯벌을 오래 지켜볼 수 있을 만큼 세월이 흐른 뒤, 나는 바다를 혼자 찾기 시작했다. 장항선 열차를 타고 고향역에서 내리면, 고향집으로 향해야 할 발걸음은 자주 버스정류장으로 향했다. 바다가 보고 싶은 것뿐이야, 하고 속으로 중얼거리면서. 그러나 실상은, 집에 머무르는 시간을 단축시키려는 의도임을 나는 알고 있었다. 아코디언 연주를 들으면 몸 안의 피가 쏠리는 듯하고 걸핏하면 맨발로 땅을 딛고 싶어하는 걸로 미루어 전생의 어느 한때는 집시였을 거라고 스스로 믿던 내게, 토박이들이 살고 있는 고향의 견고한 질서는 버거웠다. 이미 떠돌이의 기질이 몸에 배기 시작한 나는 집을 코앞에 두고도 철 지난 해수욕장이나 고깃배들이 정박한 어항으로 가는 버스에 오르곤 했다. 해안을 어슬렁거리다보면 집으로 갈 용기가 생기고, 그러면 바다를 등지고 읍내로 향하는 버스에 올랐다.


## 성주산, 검은 물이 흐르던

*

그리고 그곳엔 산이 있다. 초등학교 교가 첫머리에 등장하던 봉황산은 읍 가까이 나지막하게, 성주산은 멀리서 우뚝하게. 초등학교 시절, 봉황산 아래 학교를 벗어난 아이들은 청천저수지 근처까지 열을 지어가며 길가에 꽃을 심었다. 아니면 코스모스 씨앗을 뿌렸던가? 그 길은 또 성주산과 이어지는 길이기도 했다.

성주산에는 백제 법왕 때 창건되어 신라 때 중창된 성주사가 있었다고 전해진다. 큰 절 어귀의 계곡이면 어김없이 있는, 쌀뜨물로 계곡 물이 하얬다는 전설이 전해지는 곳. 쌀뜨물이 가라앉아 뽀얗던 계곡 물이 탄가루 내려앉은 검정 물로 바뀌어 흐르는 동안, 융성하던 절은 국보와 보물 몇 점, 그리고 도 지정 문화재 몇 점이 드문드문 흩어진 폐허가 되었다. 그 폐허 귀퉁이에 일반 주택처럼 허술하게 지은 법당에 몇 번 간 적이 있다. 그곳은 한때 내 정신적인 스승이었던 스님이 머물던 곳이다. 6·25전쟁중에 북에서 단신으로 내려온 그분은 대처승이었다. 일제시대 신사였던 읍내의 대승사에 계시던 그분이 그곳을 내주고 성주산에 깃들게 된 것도 그 때문이었을 것이다. 대처승인데다 신도 집에서 식사를 할 때면 비린 반찬도 드셨지만, 그분은 그 시절 내가 만날 수 있었던 남자 어른들 중에서는 유일하게 연민을 가진 분이었다. 어린 내 눈에는 그렇게 보였다. 내가 만난 스님 가운데 진정한 스님을 꼽으라면 나는 그분을 먼저 떠올릴 것이다. 사람이 정신적인 아버지를 선택할 수 있다면, 나는 그분의 딸이 되려 했을 것이다. 성주사지의 절마저 내놓고 더 깊은 골짜기로 들어간 뒤에도 새벽이면 어김없이 도량석을 돌던 스님의 목탁 소리가 귓전에 쟁쟁하다.

성주산에는 무연탄탄광이 있었다. 탄광에선 사고가 잦았고 읍내의 정형외과는 호황이었다. 탄광사고로 다치거나 죽은 광부의 가족과 탄주 측이 보상금을 놓고 많네 적네 싸우는 과정에서 살인이 벌어지기도 했다. 중학교 1학년 때, 같은 반 친구의 아버지가 돌아가셔서 담임과 반장, 그리고 내가 성주산으로 문상하러 간 적이 있다. 그 친구의 아버지도 광산에서 일하다 돌아가신 것인지는 기억나지 않는다. 그저, 상가에서 먹은 애호박볶음의 향기만 남아 있을 뿐.

문상 온 여중생이 기특했던지 아니면 어린 나이에 아버지를 여읜 조카 생각 때문이었는지, 친구의 삼촌은 밥을 뜬 내 숟가락에 애호박볶음을 올려놓았다. 아주 맛있다면서. 그가 가장 좋아하는 반찬인 듯싶었다. 새우젓을 넣고 볶은 애호박볶음은 우리 집 밥상에도 자주 오르는 음식이었지만, 나는 그때까지 입에 댄 적이 없었다. 애호박의 풋내 때문이었는지 새우젓의 비릿한 냄새 때문이었는지 모르지만 못 먹는 음식이라고 치부해두고 있었다. 하지만 그날 그 자리에선 못 먹는다는 말을 할 수 없었다. 나는 냄새를 들이마시지 않도록 숨을 조절하며 입에 넣고 급히 씹어 삼켰다. 그 삼촌은 밥상머리를 지키고 앉아 내가 밥을 뜨기 무섭게 애호박볶음을 올려놓았고 나는 생목 오르는 걸 참으며 꾸역꾸역 먹었다. 문상을 마치고 나오는 길, 산간의 변덕스러운 날씨는 소나기를 뿌렸다. 길가에서 버스를 기다리던 담임은 우리를 다방으로 데리고 갔다. 무던한 성품으로 반 아이들의 신망을 얻던 반장과 나란히 앉아 있었지만, 담임을 짝사랑하던 그때의 나로선 담임과 단둘이 앉아 있는 것이나 다름없었다. 그 이름도 유구한 정다방에서 마신 게 사이다였던가 칼피스였던가. 몇 년 전, 버스를 타고 그곳을 지나다 그때까지도 남아 있는 정다방 간판을 보는 순간, 마른땅이 소나기에 젖어들며 피어오르던 흙냄새와 비릿하던 애호박볶음의 냄새가 한꺼번에 되살아났다. 삼십여 년이 한순간에 지워졌다.

보령을 떠나온 지 삼십여 년, 내가 살았던 집은 남녘 끝자락의 항구도시에서 인도양의 섬에 이르기까지, 삼십여 군데가 넘는다. 부모님이 돌아가신 뒤에는 호적을 옮겼으니 이제 본적지도 아니다. 그런데도 식구들이 꿈에 나타날 때면 대개 고향집이 배경이 된다. 유년기를 보낸 태생지의 기억은 그리도 독해서, 나는 아직도 그곳을 떠나오지 못한 것이다.

이혜경   1960년 충남 보령에서 태어났다. 먼 곳으로 전학 가거나 전학 온 아이들을 부러워하며 초등학교와 중학교를 마치고 고등학교 진학을 위해 보령을 떠났다. 떠났다고 생각했는데, 아직도 못 떠난 것 같다. 소설집 『그 집 앞』 『꽃그늘 아래』 『틈새』, 장편소설 『길 위의 집』이 있다. 현대문학상, 이수문학상, 동인문학상 등을 수상했다. ·

94.
사라진 절을 지키고 서 있는 부처여.
당신의 바뀐 얼굴만큼이나 풍경은 슬프고 슬프다.

98, 99.
전선에 널린 창고, 빨랫줄에 매달린 물고기.
비슷해 보이지만
자못 다른 보령 색(色).

# 사람

언뜻 보기에
무뚝뚝해 보이는 사람도
인사를 건네면
이내 환한 웃음을 건네준다.
겁먹은 듯한 얼굴로
거리를 두던 아이도 이내
카메라 앞에서
장난꾸러기가 된다.

사람의 빛으로
세상의 어둠을 닦아내는 사람들.
겪어보면 정겨운,
우리네 한국 사람들.

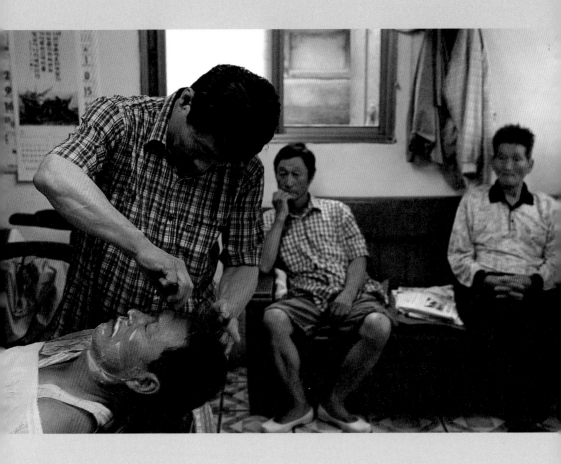

# 청호동, 그, 푸른 벽

**함성호** 시인, 건축가

청호동을 길이로 관통하고 있는 거리에는
언제나 바닷바람에 이리저리 뒹굴고 있는 뽑힌 머리카락 한 줌이 구석에 몰려 있었고,
어느 집에서 악다구니 쓰는 소리, 파도 소리가 뒤섞여서
스산하게 울리고 있었다.

속초라고 하면 흔히 설악과 바다를 떠올리지만 속초의 지리적 환경은 설악과 동해 외에도 두 개의 커다란 호수가 존재한다. 북의 영랑호와 남의 청초호가 그것이다. 속초의 남쪽에 자리한 청초호는 사실 호수라기보다는 바다로부터 육지로 거대하게 휘어져들어온 만灣에 가깝다. 그러나 영랑호는 석호潟湖이다. 석호는 해수면이 상승하면서 파랑에 의해 밀려온 모래로 바다와 단절된 호수를 말하는데 강릉의 경포호, 속초의 청초호, 영랑호, 그 북쪽으로 송지호, 화진포호까지 계속 석호군이 이어진다. 말하자면 속초는 대관령에서 금강산까지 이어지는 동해안의 수많은 석호군 중에서도 영랑호와 청초호, 이 두 개의 석호 사이에 위치한 도시이다. 이 두 개의 호수 사이에 자리한 속초의 지리 상황을 가장 잘 보여주는 장소가 바로 미시령고개 정상이다. 미시령 정상에서 동해안 쪽으로 내려다보면 이 두 개의 호수는 마치 해골의 눈과 입 모양으로, 신화적으로 뚫려 있다. 해골은 바다 쪽으로 측면하여 있고, 영랑호는 해골의 텅 빈 눈을, 청초호는 해골의 벌어진 입을 닮아 있다. 나는 이 바다를 향하고 있는 해골의 두 개의 호수에서 자랐다. 내가 자랄 때만 해도 이미 청초호는 그물에 걸려온 죽은 생선들의 시체와 목선에서 흘린 기름들로 그야말로 죽은 호수였다. 해골의 텅 빈 입. 그곳에서 우리는 배를 띄우고 낚시를 했다. '마른 연못에서 고기 잡기'가 아니라 '죽은 호수에서의 낚시'로 우리는 지루한 사춘기를 죽은 호수에 띄워 보내고 있었다. 청초호에서는 언제나 죽은 것들만을 낚았다면, 영랑호에서는 동네 꼬마들 사이에서 '똥고'라고 불리던 새까맣고, 크기는 세 치가량 되는 민물고기가 잡혔다. 호기심이 많은 물고기였는지, 어리숙한 놈이었는지, 미끼도 없는 빈낚시를 잘도 물었다. 그래서 우리는 일단 빈낚시로 '똥고'를 잡고 그것을 미끼로 다른 물고기들을 잡았다. 텅 빈 해골의 눈에서는 그래도 멍청한 물고기라도 살았다.

지금은 속초가 양양보다 훨씬 큰 시가 되었지만 원래 속초는 양양군에 편입되어 있던 작은 읍이었다. 그러다 해방이 되면서 소련군이 진주해 있었고, 6·25전쟁 발발로 남한 땅이 된, 이른바 수복지구이다. 속초가 1963년 읍에서 시로 승격된 것은 순전히 6·25전쟁으로 인한 이, 동족상잔의 비극적인 인구 이동 때문이다. 1·4후퇴 때 주로 함흥, 청진, 원산 등지의 함경도 지방에서 연합군의 퇴각을 따라 남한으로 내려온 이들이 전쟁이 끝나면, 고향으로 돌아가기 가장 쉬운 곳을 택해 임시로 정착한 곳이 속초였고, 그중에서도 주로 청호동 일대였다. 항상 남북 관계의 희망적인 국면이 이루어질 때마다 각 방송사들이 단골메뉴처럼 실향민들의 인터뷰를 따가는 곳이 바로 속초시 청호동이다. '아바이마을'이라고 불리는 곳. 누가 이렇게 전쟁이 오래 지속될 것이라고 알았겠는가? 그들이 고향을 떠나온 데는 다들 각자의 이유가 있겠지만 그때, 보내는 사람도, 떠나온 사람도 불과 며칠이면 다시 볼 수 있을 거란 걸 의심한 사람은 아무도 없었다고 한다. 그들은 학교에 다녀오듯 가볍게 이별하고, 근 반세기를 헤어져 있었던 것이다. 사랑하는 부모, 사랑하는 친지들, 사랑하는 연인들이 그렇게 남과 북으로 갈라져 서로에 대한 그리움으로 얼마나 까맣게 속을 태웠을 것인가? 까까머리 소년이 백발이 되어 청호동 백사장에서 늙어가고 있는 것이다. 당연히 그들에게 희망이라는 것은 오직 하나, 귀향뿐. 그래서 저 청호동의 거칠고, 허무한 풍경들이 이루어지는 것이다.

청호동은 청초호를 사이에 두고 속초 시가와 분리되어 있다. 지금은 내가 살던 때와는 비교도 안 되게 깨끗해져 있지만 원래 청초호는 예부터 빼어난 경관을 자랑하던 석호였다. 이중환의 『택리지』에는 양양의 낙산사 대신 이 일대를 관동8경의 하나로 들고 있고, 과거에 양양군에 군수가 새로 부임하면 사또 환영연을 이 호수 위에서 베풀었다고 한다. 밤에 나무판자 위에 숯불을 피워 물 위에 띄워놓고 배에는 술과 안주를 실은 뒤 기생과 지방 유지들이 함께 타고 풍악을 울리며 불꽃놀이를 하였다고 하니 가히 장관이었을 것이다. 겨울철마다 찾아오는 고니의 도래지이기도 했던 청초호는 바다의 조류가 모래를 날라놓아서 생긴 호수이고, 청호동은 바로 그 사주에 자리잡고 있는 동네이다. 실향민들이 이 청호동에 자리잡기 전에 이곳은 아름다운 백사장과 거대한 솔숲으로 꽉 차 있었다고 한다. 그러나 고향 가까운 곳에 자리잡았다가 전쟁이 끝나면 얼른 고향으로 돌아가고 싶은 사람들이 청호동으로 몰려들면서 이곳의 아름다운 자연은 여지없이 파괴되고 만다. 실향민들은 거대한 소나무를 잘라 판자로 켜 집을 짓기 시작했고, 드넓던 백사장은 빼곡히 들어찬 집들로 그 풍광을 잃어갔다. 생활하수를 처리하기 위한 정화시설 같은 것은 그때에는 생각할 수도 없었을 것이고 자연히 청초호는 배에서 발생하는 폐유와 잡다한 오물로 썩어갔다. 고향쪽을 잃은 '아바이'들의 '억장' 뒤에는 다시 회복될 수 없고, 또, 분단이 극복된다고 해도 도저히 달랠 수 없는 자연의 '억장'이 있었던 것이다.

난개발이라고 할 수 없을 정도로 이렇게 무자비하게 만들어진 청호동 거리는 바다를 면하고 기다랗게 형성된 사주로 자연히 역시 기다란 길을 사이에 두고 바다와 청초호에 면해 동네가 이루어져 있다. 속초 시내에서 청호동으로 들어가는 길은 두 가지이다. 하나는 육지로 빙 둘러서 가는 것이고, 흔히 이용하는 다른 하나는 '갯배'라고 불리는 동력 없는 멍텅구리 배를 타고 들어가는 길이다. 갯배는 뗏목처럼 간단한 부유물을 만들고 육지의 이쪽과 저쪽을 밧줄로 연결해서 그걸 당겨 배를 움직이는 원시적인 선박(?)이다. 지금도 그렇겠지만 이 갯배는 청호동 주민에게는 돈을 안 받았는데 무슨 '증'이 있어서 청호동 사람과 아닌 사람을 구별하는 것이 아닌, 그냥 돈 받는 사람이 척하니 알아보고 구별했다. 내가 속초에 살 때만 해도 한 번 타는 데 오원이었는데, 그 돈이 아깝기도 하고 불합리한 것 같기도 해서(같은 속초 사람인데?) 은근슬쩍 청호동에 사는 사람처럼 자연스럽게 통과하다 여지없이 걸려 욕은 욕대로 먹고 돈은 돈대로 빼앗겼으니 나는 그 눈썰미가 참으로 신기했다.

　그만큼 청호동 사람들은 시내에 있는 사람과는 분위기가 달랐다는 얘기인데, 그건 말할 것도 없이 속초 원주민들과는 구별되는 그들의 절망감의 반영이었을 것이다. 단적으로 말해서 남한의 삶은 그들에게는 삶이 아니었다. 그들에게는 빨리 가야 할 다른 삶이 있었다. 그러나 점점 더 분단이 고착화되어가자 그들은 어쩔 수 없이 여기서의 삶을 꾸려나가지 않을 수 없었고, 정착할 수밖에 없었지만 여전히 그들이 영위해야 할 진짜 삶은 휴전선 저쪽에 있었다. '아바이'들은 그런 그들의 억장 무너지는 가슴을 밤새 술로 풀었고, 쌈박질에, 마누라를 때리고 자식들을 학대하면서 하루하루의 삶을 견뎌나갔다. 그런 가장을 둔 아낙네들의 삶 또한 정상적일 수가 없는 노릇이어서, 따지고 보면 비슷비슷한 처지의 이웃집 여편네들과 머리끄덩이를 붙들고 남편이 숙취로 곯아떨어진 대낮에 그녀들 나름대로의 울분을 서로가 서로에게 적의로 드러내곤 했다. 당연히 부모들의 그런 울분은 아무것도 모르는 자식들에게도 전염이 되었고, 청호동 아이들은 속초의 다른 아이들보다 왠지 더 거칠었다. 시절도 거칠어서 종종 고기잡이에 정신이 팔린 어선이 분계선을 넘어 납북되는 일이 일어났고, 그럴 때마다 우리들은 수업을 하다 말고 공설운동장으로 모여야 했다. 그때 우리들은 붉은 글씨로 '멸공'이라고 적힌 머리띠와 흰 장갑을 책가방에 항시 넣고 다녔다. 교련복에 머리띠를 두르고 구호를 외치며 공설운동장에 도착하면 시관계자들과 학생 웅변이 토해지고 그 끝에 유명한 동네 깡패 하나가 나와 칼로 배를 긋는 것을 절정으로, 짚으로 만든 김일성 인형을 태우는 걸 끝으로, 다시 학교로 돌아와서 수학 문제를 마저 풀었다. 손가락을 뜯어 혈서를 쓴 아이들은, 각자 손가락을 뜯는 노하우를 열을 내서 떠들어댔고, 곪은 상처를 며칠씩 싸매고 다녔다.

그럴 때마다 우리는 걸핏하면 학교에서 도망쳐 흰 백사장에서 고래고래 소리를 치며, 패거리를 지어 싸움을 하고, 난장을 벌였다. 그런 순간의 침묵이 흐를 때마다 바라보는 바다는 언제나 넘을 수 없는 벽이었다. 거대하고 아스라한 푸른 벽. 청호동을 길이로 관통하고 있는 거리에는 언제나 바닷바람에 이리저리 뒹굴고 있는 뽑힌 머리카락 한 줌이 구석에 몰려 있었고, 어느 집에서 악다구니 쓰는 소리, 파도 소리가 뒤섞여서 스산하게 울리고 있었다.


그리고 지금 청호동은 급격하게 변화하고 있다. 관광엑스포 전시장으로 청초호가 부분적으로 매립되고, 시내와 청호동을 잇는 다리가 계획되었다. 나는 정박한 빈 배들로 가득한 어판장 위를 날고 있는 갈매기떼의 칠판을 긁는 것 같은 울음소리를 듣는다. 그곳에 서면 갯배를 타고 서로 호응하며 지나치던 청호동에 살던 벗들의 얼굴과 썩은 청초호에 배를 훔쳐 띄우고 고래고래 소리 지르던 배 주인을 농락하던 한 시절이 생각난다. 눈이 내리던 청초호에서 부우부우 고동을 울리며 귀항하던 어선들과 똑딱선 뒤에서 담배를 피우며 키를 잡고 물살을 가르던 어부들. 청호동 바닷가에 널린 오징어들의 고 투명한 몸. 아 한밤중에 혼자서 갯배를 끌며 넘어오던 그 어둠은 다 어디로 갔을까?


청호동 방파제 너머 떠다니는 섬이 있다는 걸 사람들은 믿지 않는다.
장화를 신은 채 청호동 사람들마저 잠들고
흥남이나 청진 물이 속초 물과 쓰린 속으로
새섬 근처에서 캄캄한 소주를 까다가 쓰러지면
북쪽으로 날아가는 새섬을 사람들은 보지 못한다.


헐떡거리며 짐승처럼 날다 바다의 벽에
다치고 돌아와 죽은 듯이 잠드는
청호동 방파제 너머 새섬을 사람들은 모른다.
청호동 사람들의 동해 밑바닥 국적 없는 고기를 잡거나
모래 위에 집 짓고 아이들을 낳는 사실을
믿거나 믿지 않는 건 무서운 일이다.


나룻배 끊기면 흐르는 땅 모래 껴앉고 아바이들 잠드는
청호동 방파제 너머 이남 물과 이북 물이
야 이 간나이 새끼 마이 늙었구만 하며
공개적으로 억세게 무너지면
동해 속으로 사라질 청호동은 잠시 객지일 뿐이고

분명히 객지여야 한다.


청호동 방파제 너머 청호동 사람들의

흐르는 섬이 있다는 걸 사람들은 믿지 않는다.


—이상국, 「청호동 새섬」 전문

함성호    속초 중앙동에서 태어나 속초 중앙동에서 자랐다. (이사 한 번 가는 게 소원이었다.) 대학을 가기 위해 처음 백두대간을 넘었다. 경기 지역은 그렇다 해도 충청 지역은 충격이었다. 외국 같았다. 나지막한 산, 넓은 들이 인상적이었다. 모든 것이 더이상 신기하지 않을 무렵 시를 썼다. 지금은 시를 쓰고, 미술에 관한 글을 쓰며 건축 설계를 하며 살고 있다.

동명항 방파제를 오르내리며 정해진 곳만을 비추는
헤드랜턴의 불빛처럼 우리네 인생의 좌표도 이미 정해져 있을지도 모른다는 생각.
갈고리에 걸린 문어처럼 벗어던지고 싶은 쓸쓸한 생각.

120.
바다에 작은 동요도 일으키지 않는
해녀의 자맥질이
보는 이의 마음에 잔잔한 파장을 일으키는
고요한 시간,
오후의 영금정.

122, 123.
생을 마감한 채 또다른 존재의 생을 위해
시멘트 바닥에 누워 있는 물고기들을 위로라도 하듯
아침 햇살이 넘실거린다.
활기찬 어판장 풍경에 마음을 빼앗긴 아이에게
눈부신 햇살은 어떤 의미가 있을까?
이 세상을 이루는 모든 것들,
하나같이 귀중하고 또한 헛된 존재들.

# 해안 바다와 산과

심상대 소설가

동서 어디로 가든 자신의 고향이 제일이라지만,
그래도 백두대간 동쪽 내 고향은 좀더 특별한 곳이다.
누군가 이다음 내 고향을 찾아가는 이가 있어,
사방천지가 동양화 같은 풍경 앞에 주저앉아 탄식할지라도
날 탓하지는 마라.

# 들과 시의 땅

# 1.

내 고향은 강원도에서도 백두대간 동쪽 땅이다. 그곳은 한쪽으로는 험준한 산맥이 쏟아져내려 만든 산자락 비탈밭이 있고 다른 한쪽에는 쪽빛 바다가 있다. 그래서 누군가는 산골짜기의 적막을 멋대로 형용하고 바다의 풍광을 당돌하게 묘사하는 나를 태생적으로 축복받은 소설가라 한다. 아무렴! 틀린 말이 아니다. 그러나 이제 이곳에서 고향 이야기를 시작하면서, 나는 산이나 바다보다는 그곳에서 떠오르는 해에 대한 경배를 우선 하겠다.

소설가가 된 뒤 전라도 광주에서 살던 나는 이태 만에 고향으로 돌아갔다. 1994년인가 1995년인가 하여튼 그해 12월 하순 어느 날, 나는 삼척MBC PD인 친구 김준희한테 이끌려 태백산 정상에 올랐다. 당시에 내가 살던 동해시에서 방송국이 있는 삼척시를 거쳐 두어 시간 만에 태백시에 도착하니 저녁 무렵이었다. 시내 여관에서 스태프와 함께 잠을 잤는데, 잠들기 전 고주망태가 되도록 술을 마셨다. 새벽녘 친구가 흔들어 깨울 때까지 술은 조금도 깨지 않아 추위를 느끼지 못했을뿐더러, 취중의 호기로 옷도 제대로 갖춰 입지 않은 채 촬영장비를 이고 진 그들을 따라 겨울 산을 오르기 시작했다.

우리의 목적은 태백산 정상에서 일출을 배경으로 신년 메시지를 전하는 특집 프로그램 촬영이었다. 지금껏 나는 얼음과 눈으로 미끄러운 태백산 산길을 오르던 그 고역스런 미명의 등정을 기억한다. 딱딱하게 언 산길은 시린 발을 아프게 했고, 싸락눈을 몰아와 이마와 뺨을 할퀴던 바람의 속도와 냉기는 그야말로 살을 에었다. 어둠 속에서 보자니 그악스런 바람 탓에 키 낮은 주목들은 모두 가로퍼진 채 한쪽으로 기울어져 있었다. 김준희는 "다 왔다, 다 왔다" 하면서 나를 속였지만 산정까지 오르는 데는 한 시간이 넘게 걸렸고, 산정에 올라서도 날이 밝으려면 한참 기다려야 했다.

그러나 추위보다 더 심각한 문제는 갈증이었다. 수풀을 뒤져 깨끗한 눈을 움켜서 입에 퍼넣었지만 해갈될 성싶지 않았다. 카메라맨인가 오디오맨인가 하는 친구가 산 아래로 조금 내려가면 절간이 있다고 알려줬고, 나는 혼자 미끄럽고 어두운 비탈길을 더듬어 가기로 했다. 조심조심 발을 디디면서 이 지경에도 물을 탐하는 육신의 이기심에 놀랐다. 한참을 내려가자 절간 요사가 어슴푸레 나타나더니 공양간 문틈에서 솟아나오는 김덩이가 보였다. 플라스틱 바가지 하나 가득 물을 얻어마시고 나자 정신이 살아나며 추위가 몰려오는 중에 기막힌 물건이 내 앞에 서 있었다. 절간 마당 한쪽에 버티고 선 커피자판기였다. "야, 내 육신의 욕구도 어지간하고 내 술버릇도 어지간하지만 참으로 인간이란 족속의 장삿속도 기막히구나" 하고 탄식했다. 등짐으로 지고 온 게 아니라 헬리콥터로 운반했으리란 걸 모르지 않았으나 그 경황중에도 산꼭대기의 커피자판기는 나를 실소케 했다.

갈증을 해소하고 스태프가 있는 산정으로 돌아오자 오한이 시작됐다. 추위도 추위지만 이러다가는 방송을 하지 못할 거라는 생각이 들었다. 다른 이들은 저마다 파카의 깃을 세우고 머플러로 얼굴을 동인 채 산정에 있는 제단 한쪽 벽 밑에 모여 웅크리고 있었다. 그나마 부실한 의복으로 깡깡 언 나는 제단 정면에 있는 철제함을 부둥켜안았다. 바람으로부터 촛불을 지키기 위해 둘러막은 장방형 철제구조물의 표면은 촛불의 온기로 따뜻했다. 그 제단은 단군을 받드는 곳이었고 촛불은 단군께 올리는 치성의 증표였으므로, 나는 고약한 자세로 신성을 모독한 셈이었다. 육신의 욕구로 인해 어마어마한 불경을 저지르면서도 두렵다는 생각을 하지 못했다. 우선은 내가 살아야 한다는 절박함뿐이었다.

그러다가 곧 동쪽 하늘이 훤해지며 해가 떠오르기 시작했다. 불시에 어둠과 냉기가 가시며 쌩쌩거리던 바람 소리도 멎었다. 단군님의 보살핌이었던지 촛불의 온기 때문이었던지 나는 오한을 걷어내고 간장종지 쪼가리처럼 떠오르다가 이내 산나물 소쿠리만큼 커지는 해를 배경으로 NG 없이 한방에 촬영을 마쳤다. 친구에게 마이크를 건네준 뒤 해를 바라보는 순간 혈거부족의 원망과 태양 숭배사상의 근저를 깨달았다.

내 고향은 그곳이라 생각한다. 해가 뜨는 태백산 꼭대기. 밤새 빛과 볕과 만상의 형상과 천지의 질서를 기다리며 발가숭이 인간이 웅크려 있는 곳. 접신接神을 꿈꾸는 곳. 그리하여 나는 언제나 고향을 떠올릴 때마다 그 섣달 미명의 태백산 정상에서 깨달았던 인간의 나약함과 강인함, 자연의 가혹함과 위대함, 그리고 인간과 신의 관계를 뒤섞어 생각하게 된다.

**2.**

강릉시 옥계면 남양리에서 태어난 나는 초등학교 4학년 봄철에 지금은 동해시 일부가 된 명주군 묵호읍으로 이사했다. 그 뒤 묵호항을 중심으로 읍내에서 펼쳐지던 삶의 도가니 속에서 소년기를 보냈다. 묵호는 바다와 항구의 도시였으며 오징어와 꽁치의 도시였고, 석탄과 시멘트의 도시였으며 뱃사람과 작부들의 도시였다. 그러한 도시는 세월을 거쳐 그곳에서 삶의 한 시절을 보냈던 사람들의 아우성과 물고기 비린내와 새벽 뱃고동 소리를 기억하는 어린아이 둘을 소설가로 만들었다. 고향에서 교직에 있는 친구 김동훈과 내가 그들이다.

동해시 묵호항은 해방 직전 일제가 건설했는데, 이유는 병자년 대홍수 때문이었다. 관서와 경기, 호남과 영남을 휩쓴 1925년 을축년 대홍수와 함께 1936년 영동 지방을 뒤집어엎은 홍수를 '병자년 대홍수'라 한다. 양양에서부터 강릉과 삼척, 울진까지 강원도 동해안을 삼킨 어마어마한 물난리였다. 삼척시립박물관 학예연구사로 있는 친구 김태수가 알려준 바에 의하면 당시 삼척만 해도 천오백여 호의 가옥과 수만 정보의 농지가 유실되고 육십여 척의 선박이 파손됐으며 백칠십여 명의 사상자가 났다고 한다. 오십천伍十川이 토사로 메워졌을뿐더러 석회석과 철광석, 무연탄 선적항인 정라진항이 토사에 매몰돼 항구의 기능을 잃었다. 일제는 언젠가 또 일어날 수 있는 이러한 재난에 대비해 홍수와 토사로부터 안전한 항구를 만들기로 하고, 근처 해안을 살피다가 단애로 둘러싸인 묵호의 작은 만灣을 점찍었다.

그 단애 밑동을 파내고 아래편 바다를 메워 해변도로를 닦았다. 그런 공정을 거쳐 유입되는 수로가 없고 수심 깊은 양질의 항구를 건설했다. 그러나 일제는 패전 뒤 묵호항을 제대로 사용해보지도 못하고 쫓겨 섬으로 달아났고, 해방 이후 묵호항은 어업과 군사적 목적만이 아니라 근대산업국가를 만들고자 한 신생 공화국의 유용한 물류 운송 기반시설로 기능하게 된다. 삼척과 태백 인근에 널린 광산의 생산물 송출항구로 일신하면서 산업화의 주자원인 석탄과 시멘트가 이곳을 통해 전국으로 분배됐다.

삼척시 일원은 지형적 운명에 있어서도 광산업과 밀접한 지역이다. 패망한 일제가 철수하고 나자 연대병력인가 대대병력인가 하는 미군병력이 일순간에 삼척으로 상륙했다고 한다. 워낙 많은 병력이라 각급 학교와 공공시설을 임시막사로 사용하고도 대부분의 병사들은 도로

변 공지空地와 산자락 비탈에서 천막 생활을 했다. 이들이 그렇게 벽촌에 몰려와 얄궂은 병사兵舍를 꾸미게 된 이유가 참 재미있다.

미 국방성 수뇌부는 일제가 철수한 뒤 한반도 지도를 펼쳐놓고 파병과 주둔에 관한 전략을 수립하게 되는데, 한반도에 대한 이들의 빈약한 지식이 문제였다. 이들의 상식과 안목은 대체로 유럽 식이며 영국 중심이다보니 한반도의 생김새가 영국과 비슷하다는 점에 주목하게 됐다. 한반도 동부해안 중심 지역에 위치한 삼척에 제철, 제련소 표시가 있다는 사실을 발견한 이들은, 이 지역을 영국 동부해안 중심 지역에 위치해 있으며 주요한 공업도시인 맨체스터와 동일시했다. 따라서 미 국방성은 군사적으로 매우 중요한 '한반도의 맨체스터'를 신속하고 완전하게 접수하기 위해 많은 군병력을 급파했다. 상륙 이후 자신의 착오를 알아차린 주둔군이 본국의 철수 명령을 받아 삼척에서 떠나기까지는 오랜 시간이 걸렸다고 한다.

그러고 보면 석탄광산이 넘쳐나던 시절 리어카로 돈다발을 실어나르고, 한일관이라는 유흥음식점에서는 전국 각지에서 선발된 삼백 명이 넘는 아가씨가 광부들을 상대로 접대부 노릇을 했다는 이 지역은 '한반도의 맨체스터'였음이 틀림없다. 지금도 삼척과 동해, 강릉에는 세계적 규모의 시멘트 생산공장이 세 개나 자리하고 있다. 또한 지난날 광부의 도시였던 태백과 정선의 접경 산꼭대기에는 강원랜드라는 도박장이 성업중이다. 이 역시 '한반도의 맨체스터' 삼척의 과거를 투영하며 현주소를 현시하고 있다. 그러나 이제 우리는 이곳에서 역사의 때가 묻은 '사북사태'와 '진폐증', '산업역군'과 '막장인생' 그리고 '쫄딱구뎅이'라는 지난 시절의 관용어를 단지 추억으로 만날 뿐이다. 후기산업사회는 화석연료로 공장을 돌리고 방을 덥히던 지난 시절을 석탄산업 합리화사업으로 마무리하면서 삼척의 명성을 화석으로 파묻어버리고 말았다.

그리고 이곳은 시인 묵객의 고장이다. 시인 김지하 선생님은 이곳 동해시 두타산 무릉계곡과 자신의 고향인 전남 해남 백방포를 묶어 노래한 『검은 산 하얀 방』이란 시집을 펴낸 바 있다. 그 무릉계곡 반석 위쪽 산중에 있던 옛 삼화사에서 두타산 자락 너머 삼척 천은사에 머물면서 『제왕운기』를 저술한 이는 동안거사 이승휴다. 또한 지금 일출 장면으로 유명한 동해시 추암언덕은 바닷가에 우뚝 솟은 석회석기암으로 유명한데, 한쪽에 동로 심한의 해암정海

嚴亭이 선인의 낭만을 상징하며 서 있다. 이전까지 지역민들이 용추암龍湫巖이라 부르던 그 언덕의 풍광을 시적으로 형용해 '능파대凌波臺'라 명명한 이는 압구정狎鷗亭의 주인 한명회다. '능파'란 이름은 기암괴석을 희롱하는 파도의 모양을 미인의 가볍고 아름다운 걸음걸이에 비유한 말로 격조의 측면에서 지극히 고급하다고 하겠다.

## 3.

며칠 전 이 글을 준비하면서 강릉에 다녀왔다. 강릉은 내 출생지이면서 고등학교 삼 년을 다닌 도시고 지금도 수시로 오르내리는 곳이다. 소용이 있건 없건 고향 이야기를 쓰자니 한 군데 가봐야 할 곳이 있었기 때문인데, 그곳은 '대관령 옛길'이었다. 이전부터 술만 취하면 전화를 해 "여보게, 대관령 옛길을 한번 가보세. 엄청 좋아! 너무 좋아! 갔다가 내려오면서 하산주로 막걸리를 한잔하세" 하고 늙은이처럼 조르는 친구가 있었다.

그 친구 정연홍 교수를 만나러 동서울터미널에서 여섯시 이십분 고속버스를 타고 세 시간 만에 강릉에 도착했다. 친구의 승용차로 대관령 옛길 어귀로 가니 아직 이른 시각이라 '옛길주막'은 비어 있었고 등산 채비를 하면서 바라본 하늘은 세상에 짝이 없을 만큼 쾌청했다. 너무 맑고 환해 눈을 다칠까 걱정될 정도였다. 모자를 준비하지 않아 이마가 그을고 땀이 흐르리라 걱정했으나 옛길은 초입부터 정상까지 그늘진 나뭇잎의 터널이었다. 굳이 선글라스를 낄 필요도 선캡을 쓸 필요도 없는, 그야말로 신선의 산책로라 할 만하였다.

옛길을 들어서며 생강나무를 만났다. 이 낙엽관목은 김유정이 소설 「동백꽃」에서 강원도 사투리 그대로 '동백나무'라 지칭해 아직도 오해를 남기고 있는 주인공이다. "한창 피여 퍼드러진 노란동백꽃속으로"라는 표현이나 "알싸한 그리고 향깃한 그 내움새에"라는 묘사를 보더라도 김유정의 동백나무는 남부 지방에서 자라며 눈 속에서 다홍의 꽃을 피우는 상록교목이 아니라, 강원도 토속어로 '개동백'이라 불리며 봄철 노란색 꽃을 피우고 잔가지를 꺾어 혀를 대면 생강 맛이 나는 생강나무임을 알 수 있다. 그러한 이야기를 나누며 두 벗님은 녹음의 터널을 천천히 걸어 코딱지만큼 잘다란 오디가 잔뜩 열린 산뽕나무 아래를 지나고, 하얀 찔레

꽃 만발한 찔레넝쿨 더미 곁을 지나고, 키 낮은 시누대 밭을 지나고, 올챙이가 고물고물 헤엄치는 계곡의 개울을 건넜다. 길은 계곡을 따라가면서 한쪽으로 녹수백석綠水白石의 진풍경을 펼쳐 보였다. 등산객은 몇 년 전 루사와 매미가 휩쓸어 더욱 청결해졌다는 계곡의 푸른 물과 흰 돌덩이, 그리고 코발트빛 하늘을 배경으로 출렁거리는 연록의 나뭇잎, 그리고 그 나뭇잎을 흔드는 산바람 소리를 듣는다.

옛길은 옛 영동고속도로에서 아랫길과 윗길로 나누어지는데, 우리는 아랫길 정상에서 발길을 돌렸다. 우연히도 죽마고우 윤우섭을 그곳에서 만났기 때문이다. 미처 연락하지 않은 동무를 그런 곳에서 덜컥 만나니 미안하기도 했고, 반가운 얼굴을 보니 막걸리 생각이 간절했던 까닭이다.

우리가 발길을 돌린 도로변에는 대관령 옛길을 알리는 지석과 함께 교산 허균의 오언율시 시비가 서 있다. 그 아래 옛길을 따라 내려오다보면 쉼터 한쪽에는 '사친시思親詩'로 불리는 사임당 신씨의 칠언절구를 한글로 옮겨 적어놓은 그림판이 그늘에서 쉬고 있다. 그러니 이 지역은 그야말로 문향文鄕인 것이다. 뿐만 아니라 이들 두 인물은 난설헌 허초희의 동생과 율곡 이이의 어머니라는 혈연을 가지고 있다. 앞서 적었듯이 이웃한 삼척에는 고려조의 대시인 이승휴의 유허지가 있으며 동해에는 시조 '동창이 밝았느냐'로 유명한 소론의 영수 약천 남구만의 은거 유적지가 있다. 송강 정철의 『관동별곡』도 이 지역을 순찰하며 이 고장의 자연미를 노래한 가사가 아닌가? 뿐만 아니라 이 지역은 자치국가 동예東濊가 고구려에 편입된 미천왕 14년313년부터, 이후 신라에 통합 복속된 내물왕재위 356~402 대를 거쳐내려오면서 향가 「헌화가」와 설화 「조신몽」의 배경지역으로 문학적 향기를 담뿍 함유하고 있다.

그럼에도 이중환은 어찌하여 『택리지』에서 이 지역을 설명하며 "문학에 힘쓰는 자가 없다"고 하고, "강원도 사람은 산골 백성이어서 많이 어리석고……" 운운하였을까? 이력을 보면 청화산인 이중환은 열네 살 적에 강릉부사로 부임하는 부친을 따라 강릉에 내려갔다고 한다. 더불어 그는 이 지역과 인연이 깊은 소론 계열의 인사가 아닌가? 그런데도 이곳에 대한 애정이 부족했던 저간의 사정은 무엇이었을까? 깊은 속은 알 수 없으나 같은 책에서 청화산인은 이 지방에 대해 "다만 서쪽에 영이 너무 높아서 이역異域과도 같아, 한때 유람하기에는 좋지만 오래 살 곳은 아니다" 하였으니 그가 살던 시대의 교통과 지리적 여건에서 비롯된 오해라고 이해할 수밖에 없겠다.

여러 해 전 미국 시애틀에 가 있던 소설가 은희경씨가 마침 서울에 들렀을 때 일이다. 시애틀이 좋냐고 묻는 내 질문에 잠깐 생각하던 은희경씨는 간단히 대답했다. "한마디로 미국의 강릉이야!" 어린 시절 강릉과 설악산으로 수학여행 가기 위해 밤잠 설친 추억을 가진 우리 또래는 누구나 강릉이란 도시에 대한 설명하기 힘든 설렘과 환상을 가지고 있다. 은희경씨의 말인즉 시애틀은 미국인들이 우리가 강릉을 생각하듯이 여기는 동경의 도시라는 것이었다. 이후 나는 소설가 은희경씨를 우리 시대 최고의 안목을 가진 문학인이라 여긴다. 진정이다! 그리고 또 한 명의 문학인이 있는데, 그분은 나의 은사인 소설가 최인훈 선생님이다. 어느 날 선생님의 고향 회령과 이후 남한으로 내려와 고등학교를 다닌 목포에 대해 말하던 끝에 강릉을 언급하게 되었다. 내 고향이 강릉이라는 말에 선생님은 잠시 황홀한 눈빛으로 허공을 쳐다보더니 곧 그곳에 대한 인상을 이렇게 표현했다. "그 지방은 사방이 다 동양화더구만!" 아아, 이제 좀 전 은희경씨에게 바쳤던 감격의 찬사를 절반 나누어야겠다. 최인훈 선생님의 미적 안목과 품격이야말로 신선의 경지에서 노닐고 있지 아니한가.

이제 마지막은 술에 대한 이야기로 서둘러 마쳐야겠다. 대관령 옛길에서 내려온 우리 옛 동무들은 옛길 어귀에 있는 옛길주막 목로에 둘러앉아 햇감자부침과 좁쌀막걸리를 시켰다. 그러고는 오십 고개를 오르느라 서리 맞은 동무의 귀밑머리를 바라보면서 어서 취기에 젖기만을 기다렸다. 고향마을과 죽마고우의 안부를 주고받고, 대관령 옛길과 화창한 날씨를 고마워하며 자랑하고, 양은주전자를 기울여 황금빛 막걸리를 막사발에 부으며 주막 주인 여인의 이마에 맺힌 땀방울을 내 손으로 훔쳐주고 싶어한다.

아하, 술 이야기는 미주알고주알 길게 쓰면 좋지 않다. 아무리 뛰어난 글이라도 술맛을 당해낼 수 없기 때문이며, 글로 술을 운위한다는 건 도취와 절망으로 이루어진 삶에 대한 모독이다. 정녕 옛길주막 막걸리 맛을 궁금히 여기는 이가 있다면 대관령 옛길을 걸어야 한다.

동서 어디로 가든 자신의 고향이 제일이라지만, 그래도 백두대간 동쪽 내 고향은 좀더 특별한 곳이다. 누군가 이다음 내 고향을 찾아가는 이가 있어, 사방천지가 동양화 같은 풍경 앞에 주저앉아 탄식할지라도 날 탓하지는 마라. 엄동설한 태백산 정상에 올라 단군 제단 앞에 서서 해를 기다리며 오한에 떨거나, 초여름 어느 날 대관령 옛길 어귀 옛길주막에 들러 좁쌀 막걸리에 취한 채 달아난 여인을 생각하며 씁쓸히 웃음지을 적에도 날 야속타 욕하지 마라. 나도 늘 남의 고향에 가거니와, 그 산천에 취하고 인심에 취하고 술에 취하여 하양 울고 온다.

심상대      1960년 강릉시 옥계면에서 태어나 강릉제일고와 고려대 고고미술사학과를 졸업했고 고려대 대학원 문예창작과에서 수학했다. 1990년 『세계의문학』 봄호에 3편의 단편소설을 발표하며 등단한 뒤, 소설집 『묵호를 아는가』 『명옥헌』 『사랑과 인생에 관한 여덟 편의 소설』 『망월』 『심미주의자』, 연작소설 『멸림』, 산문집 『갈등하는 神』 『탁족도 앞에서』 등을 출간했다. 2001년 제46회 현대문학상을 수상했다.

영근 햇콩을 가려내
불리고 갈아서,
이것을 끓여 간을 하고
저어서 식히면
이윽고 강릉 초당두부가 완성된다.
명불허전!

바다와 하늘로 몸이 갈리는
여명의 수평선에 한 줄기 빛이 황진만장인 듯 내걸리고,
경포해수욕장 몇 척의 모터보트
돌고래인 듯 몸을 뒤척이는 황홀한 하루의 시작.

144.
산탄처럼 아침 하늘을 수놓는 갈매기들.
구만리 같던 12월,
삼척 허공이 꽉 찼다.

147.
꽃가루인 듯 흩날리던 탄가루가
선로에 잦아들면
거친 호흡도 이내 사그라지는
철암역의 하루.

꽃

아름다운 꽃은
담장 밖을 기웃거리고,
대문을 장식하며,
화분에 담겨
골목길을 수놓기도 한다.
탐욕스런 꽃은
뿌리가 잘리고 바늘에 찔린 채
좁디좁은 꽃병 속에서
점차 시들어 죽어간다.

세상 사는 이치도
이와 별반 다를 게 없음을
낡은 처마 밑에 핀
이름 모를 꽃들이 들려준다.

# 향수와 우수 군산에의 기억

고은 시인

도시!
그것은 삶의 환희의 장소인가.
욕망의 창고인가.
무덤인가.
아니 도시는 도시 밖의 모든 공간과 심상心象까지도
전부 자신의 영역으로 흡수해버리는
욕망체계인가.

내 고향 군산도 여기에 해당했던가.

도시는 '외국'이었다. 도시는 전근대의 삶을 파괴하거나 흡수하는 낯선 '외국'의 힘이었다. 전체 인구 구 할 이상이 왕이 살고 있는 도읍 밖의 농촌 자연부락에서 몇천 년을 살아온 백성의 삶에 갑작스러운 타자가 나타난 것이 근대이고 도시였다.

고대 성읍城邑국가의 성읍이란 얼마나 소박한 것이던가. 그 이래의 목牧이나 군현郡縣의 홍살문 안의 건물이나 향교 따위를 제외하면 명문가의 고대광실도 결코 오랜 농촌취락 안에서 벗어난 것이 아니다. 이런 전통 농경사회가 만난 도시의 얼굴은 그것이 얼마나 무서운 문명의 공룡인가를 실감하게 될 줄은 미처 알아차릴 수 없게 신기한 대상이었다. 오스카 와일드가 시골에서는 누구나 착해질 수 있다고 말한 것은 비단 서구의 전원 풍경 속에 그려지는 시골 사람의 순박만을 나타내지 않고 한국의 도시 밖의 농촌에도 그대로 들어맞는다.

하지만 한국의 도시들은 서구의 도시들이 고대 도시국가나 중세 교권敎權도시의 전통을 발전시키고 있는 것과는 다르다. 한국의 도시는 바로 근대 자체의 발단이다. 그래서 한국에서의 근대화는 곧 도시화로 작동된 것이다. 이런 충격은 우선 시골의 농촌사회가 도시의 우월성에 고개를 숙이는 일과 피폐한 농경시대의 나락을 벗어날지 모른다는 삶의 환상을 동반하는 것이었다. 그래서 도시가 주요 건물과 도로를 만들어놓으면 거기에 눌어붙는 부도심 또는 변두리와 교외 취락지대가 에워싸게 된다. 도시는 인류의 시궁창이라고 외치거나 도시는 콘크리트 정글이다라고 외치거나 아니 도시는 인간동물원일 수밖에 없다고 외치거나 해도 그럴수록 그 도시를 중심으로 하는 집산을 막을 수 없다.

나날이 도시는 대도시의 욕망을 실현해왔다. 육백 년 도읍의 한양-한성-경성-서울의 초상을 돌아보면 사대문 안의 그 도성이 오늘날 한강의 남과 북으로 자신의 영역을 쉴새없이 확장함으로써 이른바 수도권 전체를 아우르고 한반도南韓 전역에 대한 중앙집권주의를 달성하는 것으로도 그 커다란 욕망은 아직 식지 않고 있다. 그래서 수도 이전 공작이 있어야 했던 것이다.

내 고향 군산항은 차라리 식민지시대의 활력을 추억하는 정체된 도시로 상당한 시기를 지탱했다. 인구 증가가 멈춘 경험도 무릅썼다. 아직껏 일본식 절 건물이 남아 있고 일본식 주택과 세관, 병원 창고 따위의 건물 잔재가 남아 있다는 것 자체가 그 문화적 의의에 앞서 그 시대를 온전히 넘어서지 않았다는 사실을 드러낼지 모른다.

하지만 군산 역시 이전의 군산이 아니다. 내 스무 살 무렵까지의 고향인 군산의 정서적 흔적은 이제 어디에도 없다. 군산 교외가 새로운 번화가가 되고 새로운 주거지가 되어버렸다. 또한 군산항도 내항이라는 퇴락한 어선 계류지 말고 바다를 메운 광대한 외항이 따로 군립하고 있다. 실지로 내 어린 시절에 강한 인상을 심어준 노래섬 따위는 이제 그것이 어디쯤인지 알 길이 없다.

군산이라는 이름은 많은 구릉들이 이어져 있거나 흩어져 있는 상태를 그대로 표현한 이름이다. 이것은 육지만이 아니라 바다 위의 여러 섬들도 그렇게 '군산'으로서 널려 있는 것을 포함한다. 그런 섬들의 하나로 무인도 노래섬이 있었다. 겨울 서북풍이 거세게 부는 날이면 그 섬의 소나무나 바위나 벼랑들이 마치 통곡하거나 애절한 노래를 부르는 것처럼 들린다. 그런 소리가 유난히 마음 깊이 박힘으로써 그 섬 일대의 어부들이 노래섬이라는 이름을 붙였을 것이다. 서북풍의 풍랑으로 많은 난바다와 연해 어선들이 전복되면서 그 어부의 원혼들이 겨울바람 속에서 노래하는 것으로 여긴 나머지 그것을 섬의 이름으로 삼았을지도 모른다. 나는 이 노래섬이 내 고향에 있다는 것 때문에 내가 노래하는 사람이 되었다고 여긴 적이 있다. 그래서 내 시 「노래섬」을 해외에 초청되는 낭독회에서 자주 읽기도 한다.

바로 이 노래섬뿐 아니라 1950년대 초 1·4후퇴 당시 내가 아버지를 따라 부산을 목적지로 하고 피난하던 중에 기착한 비응도도 지금은 육지가 되었으며 거기서 더 나아가 머물렀던 고군산 선유도 역시 언제 육지로 될지 모르도록 고향의 자연 변화는 놀랍기 짝이 없다.

나에게 군산은 꿈이었다.

어머니는 충남 장항에서 가마 타고 군산으로 건너오는 배에 그 가마가 태워져 시집왔다. 군산에서 십릿길의 두메인 아버지의 집으로 가마 안에서 엉엉 울면서 시집온 것이다. 그 뒤 장항의 외가 전체가 군산으로 이사해와서 교외 오룡동에 뿌리를 내렸다. 그래서 나는 외삼촌이 우리 집에 오면 그의 자전거 뒷자리에 타고 군산의 외가에 가서 며칠씩 지낼 수 있었다. 외가 마을의 마루턱에 서면 군산항 일대의 전경全景이 바라보였다. 그런 군산에서 집으로 돌아가면 오랫동안 잠겨 있는 농촌의 적막한 나날이었다. 밤 소쩍새 소리와 여름날의 매미 쓰르라미 소리 그리고 비 오는 날의 멈출 줄 모르는 뻐꾸기 소리뿐이었다.

어느 날 아버지를 따라 군산에 갔다. 절반대중의 개바위부터 이미 내 가슴은 설레었다. 군산 시내—그 당시는 부내府內—명치정 소화통과 같은 일본식 이름의 도로를 지나 군산에서 가장 높은 삼층짜리 백화점 미나카이三中井에 들어갔다. 화려했다. 아버지는 점심때가 되자 청요릿집으로 데려가 짜장면을 사주었다. 그 짜장면 맛은 한 달이 지난 뒤에도 내 혓바닥에 남아 있었다. 또 아버지는 나에게 처음으로 책을 사주었다. 일본어의 소년잡지 『킹구キング』였다. 물론 그 잡지에는 일본 노기乃木 대장의 이야기는 있어도 이순신 장군의 이야기가 있을 까닭이 없다.

군산은 식민지시대의 개항도시다.

고대에는 한 갯마을이었다. 마산 54국의 한 샤먼사회였다. 백제시대 마서량馬西良이었다. 고대 후기에는 옥구현沃溝縣이라는 서해안 변경의 한 지역이었다. 당연히 금강 입구이므로 당나라 군대와 백제군의 치열한 전투가 있던 곳이다. 오늘날에도 당나라 침략군의 총수인 소정방의 자취가 금강 연안이나 김제 부안에까지 남아 있는 것도 그 때문이다. 아니, 백제와 일본 연합군이 다시 한번 신라와 당 연합군과의 백강白江 전투를 한 현장이 바로 군산 일대였다. 이런 금강 하구 일대를 진포鎭浦라고 총칭했다. 고려 말 왜구의 군선 오백 척을 최무선의 화약 작전으로 침몰시킨 진포대

첩 이래 이곳을 고려, 조선의 주목받는 국방의 요충으로 만들었다.

군산이라는 이름은 오늘날의 고군산군도 속의 선유도를 군산도라고 부른 것을 옮겨온 것이다. 선유도가 많은 봉우리의 섬들 중의 하나이고 그 섬 자체도 여러 봉우리로 이루어졌으므로 군산도라는 이름은 자연스러웠던 것이다. 그 군산이 군산진으로 옮겨오고 그래서 새 이름 선유도가 그 섬에 붙여졌다.

군산은 나라 안의 역할로는 금강 일대의 전북 충남의 조세의 세곡선이 모여 있거나 경창京倉으로 실어가는 천 석 적재의 배 여섯 척을 거느린 진성창鎭城倉-鎭浦倉이었다. 그래서 군산의 속명은 군창群倉이기도 하다.

여기에 고려 이래 끊이지 않는 왜구와 중국 해적들에 대한 방어 현장으로서의 군대 진주의 진鎭으로도 활용되었다. 이런 군산이라 해도 주민 생활의 터전으로 보면 한 어촌이기 십상이었다. 바로 이 어촌지대를 일제는 이곳의 배후를 이루고 있는 비옥한 평야의 소출을 수렴하는 항구의 필요성에 눈떴다. 그래서 근대 도시로서의 군산 개항이 실현된 것이다. 광무 3년이다.

군산 개항이 일제의 식민지 전략에 의해서 이루어진 것 자체가 근대 도시가 하나의 '외국'이라는 문명적인 지적 이외에도 정치적인 의미가 강하다. 그뿐 아니라 군산이 '쌀의 도시' '쌀의 항구'로 불리는 것 자체가 그 쌀이 일제의 수탈에 의한 조선 농민의 피땀임을 간과하고 있다. 군산으로 이주한 일본인들은 토지와 운송, 금융 등을 자신들의 의지로 전단하며 군산 일대의 농민들을 착취하기 시작했다. 그래서 군산은 일본인들이 자신들의 고향 이름을 붙이거나 자신들의 왕 이름으로 거리와 학교 이름을 붙여서 살아가는 곳이었다. 국민학교도 명치국민학교였고 소화국민학교였다.

또 필리핀을 점령하는 대가로 일본의 조선 통치를 지지한 미국의 언론이 그 당시 조선 일대, 특히 군산 교외의 일본인이 개간한 간척지와 새 농지에서 조선인이 그 전보다 잘살고 있다고 현지 취재로 강조함으로써 일제 식민주의를 국제적으로 선전해준 일도 있다. 그 새 농지들의 이름도 미야자키 농장, 구마모토 농장 그리고 후지 농촌不二農村이었다. 1943년 국민학교에 들어가 군산 시내의 극장에도 들어가고 일본인 교사의 인도로 신사참배도 해야 했다. 이미 내 이름은 일본 사무라이 이름답게 다카바야시 도라스케高林虎助였다.

이런 소년 시절의 나에게 군산은 내 꿈의 도시이기도 하지만 더 분명한 것은 그곳이 외국이고 외국으로서의 일본이라는 사실이었다. 자동차는 겨우 몇 대만이 지나다니는 거리를 소가 모는 달구지가 지나가기도 하지만 일본 여인의 하오리와 게다 짝 소리의 거리였고 국민복을 입은 일본 관리가 거들먹대는 거리였다. 그런 곳에 어느 날 해방이 온 것이다. 그 해방이 도둑처럼 왔든 거지처럼 왔든 그것으로 인해서 갑자기 하나의 도시는 외국으로부터 자신의 조국으로 바꾸어진 것이다.

나는 내가 가장 무서워하는 일본인 교장, 내가 천황 폐하가 될 것이라고 말한 일로 퇴학 처분을 결정했던 교장이 쓸쓸한 약자로 떠나는 것을 보았다. 그리고 해방 뒤 새로 온 한국인 교장이 친일파라는 사실이 알려져 그 교장 배척의 동맹휴학에 앞장선 소년인 나에게 군산이라는 도시는 더이상 꿈도 아니고 외국도 아니었다. 일본이 사라진 공간이 바로 나의 공간이었던 것이다.

해방시대의 나는 군산의 중학교 학생이었다. 군산 시내의 거리를 아무런 열등감 없이 걸어갈 수 있지만 일본인이 떠난 그 거리에 미군의 지프가 내달렸다. 군산 비행장은 이제 미공군기지가 되어 일본의 쌍엽비행기 대신 그라망 전투기가 날아올랐다.

그 뒤 전쟁이 일어났다. 인민군이 들이닥쳤다. 김일성의 사진, 스탈린의 사진이 군산 시내 주요 건물의 현관 위에 걸렸다. 그러자 군산항은 북괴군의 군수물자 폭격을 위한 미공군 제트기들의 기총소사와 폭격기들의 폭탄 투하가 있게 되었다. 군산은 일제 식민지시대의 도시 능력을 잃어버렸다.

수복 뒤의 군산은 거의 폐허였다.

벽돌 조각 시멘트 조각이 나뒹구는 도시에 북한에서 온 피난민의 바라크들이 들어섰다. 평양냉면을 파는 판잣집과 미군부대가 먹다 버린 것을 얻어다 끓여 영양 만점의 꿀꿀이죽을 팔았다. 이런 전후의 잿더미에서 어설픈 국민주택이 하나 둘 들어서서 남아 있는 일본식 주택건물 사이에 뿌리박았다.

이제 군산은 1930년대 쌀의 항구에서 인간의 욕망이 허망으로 돌아가는 것을 토속과 해학이 근대의 이율배반으로 얽혀드는 채만식의 『탁류』의 소재가 아니다. 한국의 여느 도시와 조금도 다를 바 없는 보기 흉한 옥상의 돌출물이 공중에 나열된 그 아파트 단지가 군산이라고 예외일 수 없게 산등성이와 논밭들을 다 삼켜버렸다.

이제 군산이 더욱 도시적일 때 그 도시에는 인간의 얼굴들이 어영부영 떠돌지 모르나 인간의 영혼은 깃들일 수 없을 것이다. 그렇다면 아무리 군산이라는 도시가 무슨 중공업단지 무슨 자동차공장 무슨 산업단지 등의 초대형 사업들이 들어오고 새만금이라는 전초기지가 된다 한들 그 거대한 도시의 미래는 거대한 인간의 소외만이 예정되어 있을지 모른다.

도시! 그것은 삶의 환희의 장소인가. 욕망의 창고인가. 무덤인가. 아니 도시는 도시 밖의 모든 공간과 심상心象까지도 전부 자신의 영역으로 흡수해버리는 욕망체계인가. 나의 고향은 군산이다. 그러나 이런 고향은 내 기억 밖에서는 포항이나 여수나 인천과 다를 바 없다. 도시는 인간에게 고향 상실의 공간이다.

내가 군산에 가는 것은 부모의 무덤 때문이다. 그리고 내가 모르는 그곳 사람들의 언어 속에 남은 고향의 운율을 귀 기울여 듣는 일 때문이다. 이제 고향은 향토가 아니라 도시의 구조물로 바뀌었다. 다시 한번 도시는 나의 외국이고 타자이다.

고은  시인. 1933년 군산에서 태어났다. 『고은 시 전집』 『고은 전집』을 비롯해 수많은 저서를 간행했다. 한국문학작가상, 만해문학상, 중앙문화대상, 대산문학상, 만해대상 등 총 14개의 국내외 문학상을 수상했다. 현재 서울대 초빙교수와 겨레말큰사전남북공동편찬사업회 대표를 맡고 있다.

161.
달빛을 이고 별빛을 지고
군산역 앞에 모여든 사람들
비가 오나 눈이 오나 장을 펼쳤으니,
이름도 정겨운 '새벽깜짝시장'.

166.
징게 맹경 김제 만경
외배미들 너른들에 피어오르는 연기,
연기 속 꽃불 일어
온 세상 봄을 재촉하다.

172.
안개는
발가락 깊숙이 스며들고,
망해사 안마당엔
쓸쓸한 생이 서성이고……

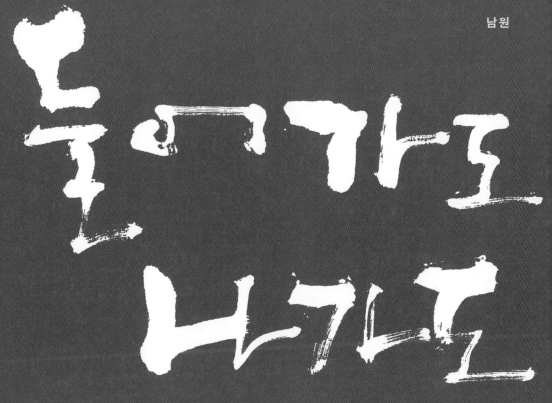

남원

돌아가도 나가도

**재연스님** 실상사 주지, 작가

글쎄, 답답하지만 나는 그 먼 어린 시절의 영웅을 아직도 풀어주지 못하고 있는 것이다. 그것이 다만 잃어버린 해방구, 실패한 혁명, 혹은 패배한 인간들에 대한 값싼 연민일까? 섬진강 옛 나루에 앉아, 때로는 반야봉 너덜경 해거름 노을 속에서 초췌한 사내들의 헛웃음소리를 듣기도 했다. 백무동, 혹은 세석평전의 짙은 운애 속을 걷다보면 행방불명되었다던 그 아저씨가 지척에 서 있을 것도 같았다.

지리산

"아따, 스님 시방 머 허요? 그렇게 갈라요, 말라요? 못 가면 얼릉 그런다고 허시요!"

문밖에서 다시 재촉하는 소리가 들린다. 지금 몇 번째인지 나도 모르겠다. 오랜만에 찾아온 M처사가 노고단 나들이에 나설 것을 채근하는 것이다. 결국 방으로 쳐들어온 그에게 말해줬다.

"그니까, 있잖여, 이거 오늘 밤까지 꼭 보내줘야 허는디, 이제 겨우 시작했단 말이여. 벌써 한 차례 미룬 판에 더이상 실없는 사람 되면 쓰겄능가? 내일은 또 약속헌 일 있응게, 그 일까지 마쳐놓고 담에 가면 좋겄는디, 어쩌?"

때로는 불쑥 들어와 모른 척하고 싶거나 따져봤자 그럴듯한 방책이 있을 것 같지도 않은 온갖 잡스럽고 어지러운 세상 이야기들을 쏟아놓고 가는 인간들이 있다. 얼마나 답답하면 저러랴 싶으면서도 '이건 숫제 남의 안방에다 냄새 고약한 똥을 싸질러놓고 가는 거 아냐!' 하는 생각이 들기도 한다. 그런데, 오늘은 경우가 다르다. 말로는 대자유, 해탈, 열반이 어쩌네, 모두 내려놓으시게, 베풀고 삽시다! 등등 떠벌리면서 정작 스스로는 해도 말아도 그만인 일에 매달리고, 베풀기는커녕 얻어먹고 거둬들이는 일밖에 모르는 땡초 머리에 상큼한 기름을 쳐주시겠다는 것이다. 허지만 어쩌랴, 할 일은 해야 되는 것 아닌가!

"담에? 언지, 깨구락지 쉬엄 나면?"

나는 최대한 평정을 유지하며 속으로 말해주었다. '끝내 저 유혹에 넘어가지 않으리라! 그래, 당신이랑 한가하게 나들이 가는 일이 쉽진 않겠지. 그렇다고 개구리 턱에 수염 돋을 까지야 가겠소? 당신이 몰라서 그렇지, 실은 철쭉꽃 서러운 5월 초 바래봉이나, 소나기 지나간 노고단이 더 좋은데!' 내가 하고 싶은 말은, 그러니까, 지금은 때가 아니라는 것이다. 싹 무시하고 내 말만 했다.

"아 글씨, 머리가 안 돌아가는 것을 어쩔 것이여? 너무 오랫동안 아무 일도 안 헝게 갱 녹이 슬어버렸당게. 글고, 내가 여그 지리산 산 지도 십 년이 다 돼가기는 허지마는, 남원을 알아야 뭘 풀어내지, 안 그러요?"

그에게 내가 지금 당장 해야 할 일을 대충 설명해주고 좀 과장해서 답답한 표정을 지어봤다. 물론 그의 머리에서 무언가 묘책을 꺼내보라는 암시와 주문이 담겨 있었다. 그런데도 그는 전혀 공들이는 기색도 없이 뻔한 이야기나 해댈 뿐이었다.

"하이고, 나는 또 범우주적으로다가 온 생명을 구원허는 무슨 거창한 일이라도 벌이나 혔더니, 겨우 남원골 이얘기라고라? 그 정도 꺼리야 쌔고 쌨잖여. 광한루 춘향이, 흥부, 변강쇠, 「만복사저포기」에 나오는 노총각 양생이도 있고."

"누가 그걸 모르요? 많으면 머 헌다요, 제대로 아는 것이 하나도 없응게 허는 소리지. 온갖 잡탱이가 이리저리 뒤엥키고 너무 왔다리 갔다리 혀서 갈피를 못 잡고 있는 거 아니요, 시방, 내가."

이거야 순전히 내 짐작에 불과하지만, 그의 표정에 역시나 한심한 친구라는 것을 다시 확인했다는 낌새가 역력했다. 그래도 차마 그렇게 말은 못 하겠다는 투로 그가 제안했다.

"이러면 어쩌? 긍게 말이여, 글로 쓰는 것보담 말로 허는 거여. 스님은 그냥 말로 푸쇼. 내가 받어 적을 것잉게. 나중에 적당히 토씨 조께 바꾸면 되겠지잉? 글고 이런 일이 본래 맹숭맹숭혀 갖고는 될 일이 아니지. 혹시 어디 감춰둔 거시기 없다요?"

이렇게 해서 그는 뜻밖의 취조자가 되었다. 그의 첫 물음은 이랬다. "남원 허면 젤 먼저 생각나는 게 머요?"

"긍게, 옛날에, 아따 벌써 삼십 년도 더 지난 일이요잉. 남원역이 지금 자리로 옮겨가기 전에, 있잖아요, 역 광장 맞은편에 여인숙이 많이 있었거든요. 뭐 특별한 일이 있었던 건 아닌데, 그 좁은 골목길하며 나지막한 기와집들이 지금도 눈에 선허요. 이 동네사 그냥 스쳐가는 길목이었죠 뭐."

순창의 작은 암자에서 은사스님을 모시고 있을 때, 가끔 남원장에 왔던 일을 빼고는 남원이 목적지였던 적은 거의 없었던 것 같다. 지나는 길에 기차에서 내려 하룻밤 묵어가거나, 버스를 갈아타는 정도였다. 한때, 익산에서 여수행 기차를 타고 구례구역에 가거나 남원에서 내려 버스로 압록, 혹은 하동포구에 가는 일이 잦았었다. 그때 특히 새 풀 뾰족이 돋아나는 이른 봄이나, 가을 햇살에 억새꽃 반짝이는 섬진강 둑길은 실로 가슴 아린 풍경이었다.

"그 무렵 거기 뻔질나게 다녔잖아요?"

그곳에 다녀올 때마다 나는 물속에서 주먹만한 돌멩이를 몇 개씩 고르고 골라 바랑에 담아오곤 했었다. 그리고 언젠가는 그렇게 모은 돌더미를 몽땅 쓸어담은 바랑을 어깨, 허리에 꽁꽁 묶어 짊어지고 충분한 깊이의 소沼에 덤덤하게 드러눕는 일을 생각해본 적도 있었다. 하지만, 어디선가 읽었던 템스 강 이야기를 떠올리며 나는 물속에서 몹시 심하게 버둥대는, 그래서 별로 달갑지 않은 내 모습을 상상하고는 절레절레 고개를 가로젓고 말았다.

템스 강에 뛰어드는 사람들이 제법 많다고 했다. 떠오른 시체의 손끝에 남은 흔적으로 그런 극단적인 선택의 동기를 몇 가지 유형, 말하자면, 권태, 실연, 지병 따위로 나누어 설명할 수 있는데, 대개는 깎아지른 옹벽을 심하게 긁어댄 통에 손톱이 닳거나 빠져버린다고 한다. 불과 몇 초 만에 자신의 결단을 되물리고 싶어했다는 소리다. 그중에 더러 손톱이 말짱하게 남아 있는 경우는 거의 예외 없이 경제적인 이유로 삶을 포기한 사람들이라고 한다. 다시 기어나오고 싶은 생각조차 버릴 만큼 깊은 절망이라니.

M 역시 나와 함께 그 강둑길을 몇 차례 오간 적이 있고, 내가 어느 시절 어디쯤 앉아 어떤 폼으로 궁상을 떨고 있었을지 대충은 짐작하고 있는 터라 더이상 캐묻지 않았다.

"에헤이, 자 옆길로 새지 말고, 남원 이야기만 헙시다. 남원에서 벌인 일이나 남원에 살던 아무개라든지, 아니면, 다시는 끄집어내기 싫은 머시기, 그런 게 있을 거 아뇨?"

"나 초등학교 4학년 때 있잖아요, 그때 담임선생님 고향이 남원 어디라고 했거등요. 그해 가을에 그 선생님을 따라서 군, 그니까, 내 고향 김제 군내 초등학교 백일장에 갔드랬어요."

백일장이 있기 며칠 전에 선생님은 내게 코스모스, 고추잠자리, 가을 하늘 따위의 제목과 함께 한 묶음 종이뭉치를 건네주셨다. 처음으로 보는 원고지였다. 그럴듯한 예상문제로 미리 습작을 시킨 거였는데, 막상 백일장에서 주어진 글제는 전혀 엉뚱한 거였다.

"장학사 선생님이 칠판에 '우리 아버지'라고 떡 써놓는데 참 난감하더라구요. 그런데, 세상에, 지금 그 내용을 소상하게 기억할 순 없지만, 그때 내가 쓴 게 '우리 아버지는 행방불명되었다'라니까요."

"그게 무슨 말인지나 알고 썼을까?"

"얼레! 시방 나를 그렇게 띄엄띄엄 아요? 어떻게 풀고 맺었는지 생각해내지 못헌다고 행방불명 뜻을 몰랐겠소? 아버지는 그 뒤 내 고등학교 1학년 가을에 돌아가셨어요. 살아 계실 때도 그랬지만, 지금도 그 일을 생각하면 쪼까 머쓱허기도 허고 죄송키도 허고 그려요."

이야기 돌아가는 꼴이 뭔가 매끄럽지 않다는 것을 간파한 M이 고개를 갸웃하며 말했다.

"아니, 남원 이얘기 허랑게, 어쩌다 엉뚱헌 동네로 넘어갔대 지금?"

"실은, 그 행방불명이 이 지리산서 시작된 거여."

"무슨 말이다요 그게?"

"아마 아주 어렸을 때부터 아저씨, 그렇죠, 그 아저씨에 대한 얘기를 들었던 것 같아요."

아버지의 아주 절친했던 친구 한 분이 지리산 산사람이었다고 했다. 토벌작전이 심해지자 지리산을 빠져나와 고향에 숨어들었단다. 아주 멀리 떠나는 길에 잠시 들렀던 것으로 보인다. 그러나 사정이 뜻 같지 않았던지 우리 집 안방 구들 밑에 파둔 땅굴 속에서 상당 기간을 머물렀다고 했다. 우리 아버지 어머니만 아는 일이었고, 아저씨 뒷수발은 모두 어머니 몫이었다는 것이다. 그것이 바로 되바라진 꼬맹이가 벌인 발칙한 상상의 시발점이었다. 나중에 나이가 들어 어머니로부터 그 껌껌한 시절 이야기를 다시 확인한 뒤로도 나는 제법 진지하게 날짜 계산을 하며 시답잖은 탄생의 비밀에 대해 뇌고, 되뇌었던 것이다.

"잠깐, 그 계산이 대충이라도 맞기는 헌 거요? 스님이 52년 12월생이니께, 그러면……"

"남원에 백선엽 야전사령부가 세워진 것이 1951년 11월이라 했거등요. 그리고 그해 12월부터 52년 2월 말까지 네 차례 대대적인 토벌작전이 있었단 말예요. 시기적으로 보면 그럴 가능성이사 충분한데……"

"어머니는? 먼가 얼쩍지근헌 암시 같은 거라도……?"

"저 위쪽 솔밭 있잖아요, 거기 송장이 즐비했었대요. 그야 뭐, 토벌대도 있고 빨치산도 있었겠죠. 누가 어떻게 치웠는지 암튼 무덤이 많거등요. 거개가 봉분도 무너지고 온통 철쭉으로 뒤덮였지만 설이나 추석이면 아직도 멀리서 성묘 오는 사람들이 더러 있어요."

젊어서부터 시어머님을 따라 절에 다니셨던 어머니는 내가 머무는 절에 스스럼없이 드나드셨다. 가을걷이를 마치면 찹쌀, 참기름, 검은콩, 고구마 따위를 바리바리 챙겨오시곤 했다. 돌아가시기 몇 년 전 늦가을을, 여기 지리산에 들르신 어머니와 함께 그 솔밭길을 걸으며 지나는 말로 슬그머니 물은 적이 있었다.

"가끔 꿈속에 할아버지랑 아버지가 나오기도 허던디, 보살님도 그럽디여?"

거기에 할아버지를 언급한 것은 내 나름의 복선이었다. 말하자면 어머니가 빠져나갈 틈새이기도 하고, 동시에 내 해석의 유동성을 미리 확보해두기 위한 포석인 셈이었다. 어머니께서 말씀하셨다.

"언진가 꿈에 그 냥반이 허허어 웃음서 '임자는 좋겄네, 스님 아들 있어서! 나도 인제 다 털고 편안혀!' 그러더라고요."

잠시 어색한 침묵에 M처사가 끼어들었다.

"긍게, 스님은 어쩌고 싶은겨?"

"어쩌긴 뭘 어쩌? 세상사 그냥 애매허고 모호헌 거 아뇨? 어머니 말씀으로 내가 있잖아요, 아버지 빼다 박았대요. 쓰잘데없는 일에 꼼꼼하고, 그러지 말아야 할 일에 우유부단하고, 걸핏하면 삐지고, 고집 쎄고, 입이 짧아 편식하고, 한 번 미우면 끝내 밉고…… 어쩔 땐 영리한 듯한데 결정적일 땐 턱없이 우둔하고!"

어머니께서 주섬주섬 내 얼굴에 붙여준 그 숱한 결점들이 어머니 당신으로부터 물려받은 게 아니라는 것밖에는 건드린 게 아무것도 없었다. 그렇다고 내친김에 그 자리에서 우리 할아버지나 아버지 눈은 확연한 쌍꺼풀이었다거나, 할아버지와 아버지 손톱은 짧고 뭉툭한 우렁이손톱이었는데 나는 안 그렇다는 것 따위를 주워섬기지 않은 것은 참으로 다행스런 일이었다.

"우리네 중생계가 애시당초 애매한 것이 아니라 어떤 인간은 뿌연 연막 속에 숨기도 하고, 잘못 그려놓은 자화상 속에 빠져서 꼼지락거리는 스님 같은 중생도 있어서 그리 된 게 아니겠소?"

글쎄, 답답하지만 나는 그 먼 어린 시절의 영웅을 아직도 풀어주지 못하고 있는 것이다. 그것이 다만 잃어버린 해방구, 실패한 혁명, 혹은 패배한 인간들에 대한 값싼 연민일까? 섬진강 옛 나루에 앉아, 때로는 반야봉 너덜겅 해거름 노을 속에서 초췌한 사내들의 헛웃음소리를 듣기도 했다. 백무동, 혹은 세석평전의 짙은 운애 속을 걷다보면 행방불명되었다던 그 아저씨가 지척에 서 있을 것도 같았다.

"이 산에 들어오면 현자가 된대서 지리산智異山이라더니 스님은 들어온 것도 아니면서 나가지도 못하는 거 아뇨, 지금? 이건 순전히 스님의 타고난 역마살에 반골 기질 탓일 거요."

'그래서 내가 시방 작전을 짜고 있다니까. 있다가 이놈의 주지 임기 끝나면 짜그마한 트럭 하나 장만해서 거기다가 마른 멸치랑, 미역, 플라스틱 바가지, 빗자루, 과자 나부랭이 싣고 이 지리산을 뱅뱅 돈단 말이요. 어쩌, 괜찮겠지?'

대충 장날에 맞춰 남원, 구례, 화계, 하동, 진주, 산청, 함양, 마천, 산내, 인월, 운봉, 다시 남원으로 돌아오는 것이다.

"이 골 저 골 들어가서, 자, 마른 멸치, 햇김, 미역이 왔습니다. 군산 쩨보선창에서 금방 가져온 싱싱한 고등어가 있어요오. 돈이 없다고? 그냥 팥이나 참깨로 줘! 할머니 할아버지 오손도손 잡수라고 바삭바삭 보드란 과자가 있습니다아. 말 잘하면 외상도 줘버려! 그렇게 나발을 부는 거여. 지리산 한 바퀴 빙 돌고 나면 철이 바뀔걸!"

"그러면은 그게 들어가는 거요, 나가는 거요? 혹시 다른 꿍꿍이속이 있는 건 아니겠지요? 어디 눈여겨둔 과부가 있다거나."

"아 그게 무슨 상관이여? 들어가서 어쩔 건데? 들어갔으면 나와야 될 거 아녀. 나왔다가 다시 들어가는 거고. 안 그려?"

---

재연스님 　2000년 지리산 실상사에 자리잡고 들어앉아 이 절에 있는 화엄학림 교수사로 중론中論 강의를 시작했다. 2004년부터 2007년까지는 지리산 실상사 화엄학림의 학장을 맡았다. 2006년부터 지금까지 실상사 주지살이를 하고 있고, 2010년 10월 해방 혹은 석방 예정이다.

185.
춘향의 지고지순한 사랑은 감동을 남겼고
그 감동은 광한루를
추억의 장소로 변모시켰다.
늘 새로운 물이 흘러
바닥이 보이지 않는 시간의 강처럼,
그리움은 꼭
손톱만큼씩만 자란다.

187.
햇살에 눈을 씻고
투명한 공기에 심신을 닦아내는
참회의 시간.
첫새벽 열고 실상사 가는 길.

**박경철** 시골의사, 저술가

안동은 길이다.
많은 이들이 종택이나 서원, 사찰과 같은 구조물을 찾지만,
안동의 진짜 모습은 길이다.
그 길은 옛 선비들이 한양으로 과거를 보러 가던 길이고,
안동이 세상의 중심이라 여겼던 경상도 북부 사람들이 등짐을 지고 걷던 길이며,
선비들이 책을 지고 서원으로 가던 길이고,
드넓은 풍산들에 소달구지를 몰고 가던 길이다.

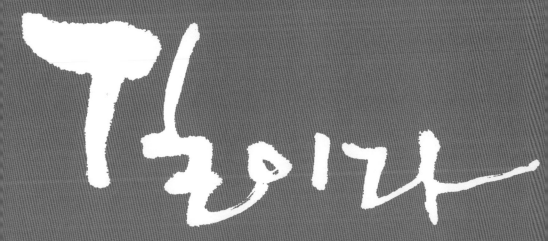

중앙고속도로를 따라 안동 쪽으로 달리다보면 서안동 IC 초입의 커다란 입간판을 만나게 되는데, 거기에는 '한국 정신문화의 수도 안동'이라는 글귀가 씌어 있다.

안동을 처음 방문하거나, 혹은 막연하게 스쳐간 사람들은 그 글귀에 강한 인상을 받는다. 콘크리트와 철골구조의 문화에 익숙한 사람들에게 영남 유학의 본고장, 종가와 종부 같은 키워드가 확 다가오는 느낌이 들게 하는 글귀이기 때문이다. 하지만 정작 차를 돌려 안동 시내로 진입하면, 입간판에서 보았던 '정신문화'라는 이미지를 발견할 수 없어 당황하게 된다. 그 다음엔 예정된 코스인 봉정사나 하회마을, 혹은 도산서원 등을 돌아보고는 안동에 대한 기존의 이미지를 재확인하는 것으로 마무리한다. 그러고는 '뭐 하회마을에는 음식점만 있고, 봉정사나 도산서원은 우리나라 어디를 가도 눈에 띄는 고건축에 불과하더만……'이라고 말한다. 그리고 안동에 대한 기억을 그동안 다닌 많은 여행지에 대한 추억 중의 하나로 넘겨버린다……

하지만 안동에 사는 사람들은 어떻게 생각할까? 그들의 말을 들어보면 그야말로 정신문화의 수도라는 자부심이 가득하다. 유홍준의 『나의 문화유산 답사기』에는 '안동 답답'이라는 말이 나온다. 안동 사람들은 풍산들판이 가장 넓은 줄 알고, 안동에서 보는 세상이 가장 큰 세상이라고 여긴다는 뜻이다. 이것은 어쩌면 중요한 통찰일지도 모른다. 하지만 하나의 사실을 간과하고 있다.

안동은 폐쇄형 도시다. 불과 얼마 전까지만 해도 서울에서 안동으로 가려면, 중부고속도로를 타고 일죽이나 음성을 거쳐 문경새재를 넘어가거나, 아니면 영주 소백산을 넘어가는 길을 선택할 수밖에 없었고, 그 탓에 서울—안동 간의 거리는 자동차로 최소 네 시간이 소요됐다. 철도 역시 마찬가지, 곳곳에 뻗은 산길을 돌아 굽은 철길인지라 제 속도를 내지 못하는 기차를 타면 청량리역에서 안동까지 열심히 달려야 네 시간이었다. 서울만이 아니라 도청이 있는 대구까지 가려고 해도 마찬가지였다. 중앙고속도로가 개통되기 전까지는 대구까지 의성, 군위를 거쳐 직행버스로 세 시간, 다시 동대구역에서 기차로 세 시간이나 걸리는 곳이 안동이었다.

때문에 안동은 그동안 외지인의 접근이 용이하도록 허락한 적이 없었다. 그러다보니 안동 사람들이 서울이나 대구로 나가려면 최소한의 결심이 필요했다. 물건을 사고파는 상인들이야 할 수 없다 쳐도, 유학이나 일자리를 위해 안동을 벗어난다는 것은 일종의 각오가 따라야 하는 일이었다. 그래서 안동에서 외부로 나간 사람들은 대개 그곳에서 이름을 올리고 사는 경우가 많다. 하지만 그 말은 반대로 안동은 여타 도시에 비해 나가는 사람도, 다른 곳에서 들어오는 사람도 적은 폐쇄적인 도시라는 말과도 같다.

사실 안동 답답이라는 말은 거기서 유래된 것이다. 외부와 단절된 오지 아닌 오지에서 살아간 안동 사람들이 물정을 모르고, 변화에 더딘 것은 필연적이었다. 하지만 그것이 오늘 안동의 독특한 문화를 형성했다. 개화 이후 우리나라는 그야말로 상전벽해에 가까운 변화를 이루어냈다. 도시는 건축물로 넘쳐나고, 행동양식은 서구화되어 어디에서도 우리 고유의 원형을 발견하기가 어렵게 된 것이다. 하지만 안동은 아직도 조선시대 영남 유림이 중앙에 나간 이후 국가 경영에 참여했던 이들로서의 자존심과, 개화 이후에도 우리의 본디 정신을 지키고 산다는 자부심이 충만하다.

하지만 그것도 최근 십 년간 교통과 물류의 발달로 서서히 무너지고 있다. 그래서 안동 도심은 구시장과 태화동, 금곡동 주변의 오래된 동네를 제외하면 아파트촌이 밀집하고, 다방과 호프집이 번성하는 일반적인 지방 중소도시의 모습으로 변해버렸다. 하지만 안동이 갈아입은 것은 겉옷일 뿐, 아직도 내밀한 속곳은 명주와 무명으로 만들어 입고 산다. 사람들의 정서를 지배하는 흐름도 마찬가지다.

한때 미니스커트를 입거나, 담배를 피우는 여성을 찾아볼 수 없던 근엄한 도시에서, 새빨간 립스틱을 바른 여성과, 꽁지머리를 묶은 청년이 서로 팔짱을 끼고 스스럼없이 걸어다닌다. 그래서 외부인 사이에서는 도시 이름은 안동이되, 사람들은 안동 사람이 아니라는 이야기가 나오기도 한다. 하지만 겉에 쳐진 장막을 한 꺼풀만 벗기고 들여다보면, 그 안에는 여전히 흐르고 있는 정신문화의 DNA가 살아 숨쉬고 있다.


안동은 길이다. 많은 이들이 종택이나 서원, 사찰과 같은 구조물을 찾지만, 안동의 진짜 모습은 길이다. 그 길은 옛 선비들이 한양으로 과거를 보러 가던 길이고, 안동이 세상의 중심이라

여겼던 경상도 북부 사람들이 등짐을 지고 걷던 길이며, 선비들이 책을 지고 서원으로 가던 길이고, 드넓은 풍산들에 소달구지를 몰고 가던 길이다.

## 그 길 중의 으뜸은 청송 가는 길이다.

\*

안동을 찾았으면 안동 시내를 벗어나, 청송으로 달려볼 일이다. 안동 시내를 동서로 가로지르는 외곽도로를 십 분만 달리면 용상을 지나 국립 안동대학이 나온다. 그곳에서 좌측은 청송, 우측은 길안을 거쳐 영천으로 빠지는 국도를 만나게 된다. 그중에서 먼저 청송으로 가는 길을 찾아가면, 어느새 우리는 거대한 구조물을 벗어나 오랫동안 그 모습을 지키고 있는 비경들을 쉽게 만나게 된다. 청송으로 넘어가는 국도는 좌우가 아직도 원시림이다. 6·25전쟁 때 수많은 사람들이 희생된 현장이지만, 지금은 오십 년간 사람의 발길이 닿지 않아 짙은 신록이 그 자리를 채우고 있다. 청송은 BYC 벨트<sub>안동을 중심으로 청송, 봉화, 영양, 세 곳을 가리키는 별명</sub>의 핵심이다. 한때 개발이냐 환경이냐로 논쟁을 벌였지만, 현명하게도 청송은 환경을 도시의 기반으로 택했다. 그 덕분에 청송에는 아직도 개발의 손길이 미치지 못한 느낌이 역력하다. 마치 60년대나 70년대 영화의 한 장면 같은 도시 풍경, 그리고 주왕산을 중심으로 사방이 숲으로 남아 있다.

많은 사람들이 주왕산을 찾으면 달기약수를 떠올린다. 하지만 달기약수에 들어 있는 철분은 지나치면 건강에 좋지 않다는 설이 있어서, 지금은 예전만큼 인기가 있지 않다. 한두 대의 관광버스가 약수터에 줄지어 서 있고, 각자 양손에 커다란 물통을 든 사람들이 꼬리를 물던 광경은 사라진 지 오래다. 하지만 그래서 청송은 더 청송다워졌다. 주왕산에 오르면 많은 사람들이 가벼운 표정으로 아이들의 손을 이끌고 걷는 모습을 발견할 수 있다. 주왕산은 전문 산악인이 아니어도, 대개의 등산코스가 평지에 가깝기 때문이다. 계곡을 따라 올라가면 기기묘묘한 바위로 이루어진 소<sub>沼</sub>와 폭포가 나오고, 그곳에 들어선 사람들은 이곳에 펼쳐진 놀라운 비경에 탄성을 지른다. 하지만 때를 잘 만나지 못한 사람들에게 그런 탄성은 아직 이르다. 주왕산의 본모습은 늦가을과 초봄에 볼 수 있다. 늦가을 주왕산은 문자로 표현할 수 없다. 단지 느끼는 수밖에 없다. 특히 오후 네시경 해가 서편으로 넘어가며 햇살의 채도가 달라지는 시점에 드리워진 단풍과 빛의 조화를 만나는 순간은 말로 표현하기가 도리어 송구해진다. 사방이 봉우리에 둘러싸인 주왕산의 진면목이 이때 드러난다. 나뭇잎은 마지막 수분을 머금고 빛을 반사한다. 나뭇잎에 반사된 그 아름다운 빛들은 모네가 보았다면 그 자리에 주저앉아 붓을 꺼내들고야 말았을 모습이다. 여행객이 한순간 아름다움을 느끼는 때가 있다면 바로 이 장면 앞에서일 것이다.


## 두번째 길은 선비의 길이다.

*

퇴계종택에서 출발해서 낙동강을 따라 굽이도는 길이다. 이 길은 퇴계가 집을 짓고, 서원을 열고, 은거하며 걷던 길이자, 안동의 선비들이 세상을 논하던 길이다. 이 길은 봉화 청량산까지 그대로 이어진다. 안동을 찾는 이들은 온혜를 거쳐 봉화로 이르는 국도를 달리며 절벽과 산을 아름답다 하지만, 그 길은 죽은 길이다. 생명의 땅 위로 아스팔트가 덮여버렸고, 오늘도 그 길로 버스들이 관광객을 실어나른다. 많은 이들이 이 길을 걸으며 예의 문화유산 답사기를 꺼내들고 찬탄을 하지만, 그것은 모조품이다. 하지만 농암종택을 시발점으로 청량산에 이르는 길은 살아 있다. 사람들의 발길은 드물고, 퇴계의 발자국은 아직도 선명하다. 중간중간 시멘트로 포장되어 옛맛은 잃었지만, 그래도 이 땅에서 길을 걸으며 사상과 철학을 논할 수 있는 괴테의 길을 꼽으라면 단연 이 길이다. 길은 청량산으로 이어진다. 이 산에는 청량산 육육봉을 나는 새들이 바깥세상에서 이곳을 자랑할까 저어했던 퇴계의 시심이 살아 있다. 높지 않은 산, 가파르지 않은 길이다. 하지만 청량산을 올라 청량사에 이르면 놀라운 경험을 한다. 이곳의 지붕이 어떻고, 건축이 어떻고를 보면 포장지만 본 것이다. 청량산의 아름다움은 청량사에서가 아니라, 청량사를 거쳐 응진전에 이르러서야 제 맛을 알 수 있다. 산은 절을 안고 있고, 절은 불심을 품고 있지만, 봉우리는 아직도 퇴계의 이기철학을 이고 있다. 아름답고 재미있는 곳이다.

## 다음 길은 불심의 길이다.

\*

서안동을 거쳐 봉정사 삼거리에서 영주 방면으로 난 길은 이제 그 원형이 많이 사라졌다. 길가의 능수버들이 홀로 남아 옛이야기를 전하고 있지만, 어느새 길은 포장이 되고, 오래된 참나무들은 하나씩 뽑혀버렸다. 교통 안전이 우선인 탓이다.

하지만 이 길은 안동의 심장을 가로지른다. 우측으로 빠지면 제비원 석불이 있고, 좌측으로 흐르면 봉정사가 나타난다. 봉정사는 의상대사가 부석사에서 날린 종이봉황이 내려앉은 곳이라는 뜻이다. 이 절의 의미는 새롭다. 한때 영국의 엘리자베스 여왕이 들렀다고 떠들썩해지고, 〈달마가 동쪽으로 간 까닭은〉이라는 영화가 이 절의 상징이 되기도 했지만, 정작 이 절의 원형은 그 이전에 존재했다. 관광객의 발길이 늘면서 매표소가 생기고, 아이들은 가장 오래된 목조건축이라는 현판 앞에서 열심히 무엇인가를 기록하지만, 그 역사의 일부분을 지켜본 사람의 마음은 쓸쓸하다. 그래서 봉정사는 평일 오후에 갈 일이다.

평일 오후 사람 발자국이 뜸한 해거름에 봉정사 돌계단에 앉아 있으면 십자가를 가슴에 품은 나그네도 어느덧 불심에 스며든다. 하지만 어느새 요란한 절집으로 변해가는 봉정사를 바라보면 더 늦기 전에 눈에 새겨두어야겠다는 생각이 허전한 가슴을 파고든다.

## 다음 길은 농부의 길이다.

\*

이 길은 아름답다는 표현이 무색한 길이다. 어쩌면 사람의 손이 닿은 길 중에서 가장 원형을 잘 담고 있는 길이래야 맞을 것이다. 안동에서 영양으로 그리고 다시 태백으로 넘어가는 옛길은 섬진강 벚꽃길만큼이나 인상적이다. 섬진강의 그 길이 꽃길이고, 금모래빛이라면, 이 길은 숲길이고 푸른빛이다. 영양, 수비를 거쳐 태백, 정선으로 가는 길과, 바다 너머 동해로 가는 길이 이어진다. 안동 사람들은 이 길을 통해 넘어온 고등어에 소금을 뿌려 염장을 했다. 그리고 고등어 한 손으로 삼대가 세끼 식사를 하고도 남았다. 그만큼 귀한 바다 물산이 넘어오던 길이다. 하지만 길을 가다보면 세상에 이 길을 어찌 넘어왔을까 싶게 가파르다. 길은 산을 굽이굽이 돌아간다. 숲은 끝이 없고 중간중간에 농부들의 논과 밭이 보인다. 옛날 사람들은 이런 심심산골에 농사를 짓고 고추를 심어 수확하고 안동장으로 이고 지며 나왔을 것이다. 비록 지금은 이차선으로 포장이 되어 차가 다니는 길이 되었지만, 어찌 보면 이 땅에 남은 몇 안 되는 원시길이자, 여전히 농민들의 길이기도 하다. 이곳에 사는 사람들은 여전히 옛날처럼 살아간다. 고추를 심고, 나락을 거둔다. 아직도 몸이 아프면 한두 시간씩 걷고 차를 타며 안동 시내로 나온다. 그래서 안동장터에는 곳곳에서 온 다양한 사연들이 숨어 있다.

나물을 팔러 나온 이, 고추를 수매하러 나온 이, 농사일에 망가진 무릎을 치료하러 나온 이…… 무얼 하러 왔든, 그들의 손에는 항상 무엇인가 들려 있다. 병원을 찾아 의사에게 진료를 청하면서도 책상 위에 검은 봉지를 하나 턱 하니 올린다. 그 안에는 풋고추나 대추, 곱게 빻은 깨소금이 가득 들어 있다. 남의 집에 빈손으로 갈 수 없는 농심이 시키는 일이다. 그래서 이 길은 아직도 살아 있다.


길을 보았으면 이제 집을 볼 일이다.

＊

집에는 사람이 산다. 하지만 안동의 곳곳에 있는 몇몇 집에는 예사롭지 않은 사람들이 살고 있다. 그 집에 들어서면 "본관이 어디인고?" 정도에는 바로 답이 튀어나올 준비가 되어 있어야 한다. 그렇지 않다가는 돌아선 후 영문도 모르고 쇠상놈 소리를 듣기가 십상이다. 이것은 또 하나의 원형이다. 아무리 혈통과 가문이 시대착오적이라지만, 바다 건너 일본에는 혈통으로 이어받은 천황이 떡하니 버티고 있고, 대서양 너머 유럽에는 여전히 가문과 혈통이 살아 꿈틀

거린다. 자존심, 아니 자긍심이다. 비록 하회 류씨, 안동 김씨는 아니더라도, 혈통이 가진 자긍심은 안동의 자존심이다. 남의 집이면 어떻고 남의 가문이면 어떠랴, 따지고 보면 다 한핏줄인 것을. 그래서 안동에는 여전히 양반가가 존재한다. 종택에는 종손과 종부가 있고, 종가의 기제사에는 일가 대대의 자손들이 모인다. 객들에게 그 모습은 신기한 광경이지만, 정작 당사자들에게는 무겁고 진지한 일이다. 그들에게 조상은 바로 자신의 뿌리다. 조상을 살피는 일은 자손을 돌보는 마음과 같고, 그 마음은 다시 자손들이 어른을 섬기는 마음으로 이어진다. 그래서 안동의 제례와 관습은 그나마 마지막 안간힘을 쓰며 버티려는 우리들의 미풍과 양속의 최후 방어선이다.

아무리 세태가 변하고, 시대가 바뀌어도 부모는 부모다. 그 부모를 모시는 마음이 조상을 대하는 자세고, 조상과 가문을 지키는 노력은 전통을 잇게 한다. 안동을 방문하는 이는 돌아가며 생각해볼 일이다. 나는 내 부모에게, 또 내 자식은 내게, 과연 어떤 모습이었는지, 그리고 우리가 지금 손에 쥔 것들을 얻기 위해 무엇을 버려야 했는지를 생생하게 돌아볼 수 있을 것이다. 안동에는 그런 종택들이 곳곳에 산재해 있다. 그리고 그곳은 아직도 정중하게 방문한 외부의 객을 허투루 내치지 않으니 꼭 한번 찾아볼 일이다.


## 다음은 서원이다.

*

안동에서 도산서원을 모르는 이는 없다. 방문객도 마찬가지다. 하지만 도산서원을 들렀다 오며 무엇을 보았는지 기억하는 이는 별로 없다. 도산서원은 눈으로 볼 곳이 아니다. 건축양식이 특별하다거나, 문화재적 가치가 높은 곳도 아니다. 그곳에 들면, 서원에서 공부했던 학인들을 떠올려보아야 한다. 경상도 곳곳에서 퇴계에게 수학하기 위해 짐보따리를 꾸려 나섰을 조선시대의 선비들이 어떤 자세로 그곳을 찾았을지 생각해보아야 한다.

도산서원 입구에서 서원에 이르는 길을 걸으며 수백 년 전 그들은 무슨 생각을 했을지, 그리고 그 안에서 퇴계에게 무엇을 배웠을지 미리 떠올리고, 퇴계의 서적들과, 퇴계의 빗자루를 만져보아야 한다. '학이시습지學而時習之'는 그들에게 무엇이었을까? 그리고 그들에게 학문은 벼슬길로 나아가는 도구가 아닌 무엇이었을지를 생각해보라. 그들이 격물하고 치지했던 그 이상을 느끼고 돌아선다면 당신의 여행은 그리 헛되지 않을 것이나, 그냥 관광지를 스쳐가는 길이라면 아예 들르지 않는 것이 차라리 나을지도 모른다.


## 그리고 돌아서면 다음 발길은 하회마을이다.

*

낙동강으로 이어지는 물길이 마을을 굽이돌아 물도리동을 만든 하회마을에는 정작 '하회마을'이 없다. 서애 유성룡의 기념관이 있고, 고택과 민속마을이 있고, 주변에 병산서원이 있지만, 정작 마음속의 하회마을은 없는 것이다.

그곳에는 민박집과 닭도리탕집, 그리고 헛제삿밥을 파는 밥집과, 초입부터 자리잡은 파크만 즐비하다. 하회의 원형은 사라지고 가든과 파크만 남은 셈이다. 그래서 하회를 찾은 많은 이들이 실망감을 표현한다. 말로 듣던 것과 다르다는 것이다. 사실이다. 차라리 낙안읍성이나 해미읍성이 훨씬 보존이 잘된 편이고, 용인민속촌이 훨씬 잘 다듬어져 있다. 그렇게 보면 하회마을은 관광객의 입장에서 최대의 적인지도 모른다. 하지만 여행객이 관광객과 다른 점은 마음으로 볼 수 있다는 점이다. 하회는 서애 유성룡의 정신이 스민 곳이다. 여기서는 당대의 대학자이자 정치가였던 그가 오백 년 전 이곳에서 품었던 사상과 철학을 떠올려야 한다. 그리고 기념관에 전시된 몇 점의 유물보다는 이 작은 동네에서 당대의 인물로 거듭난 그의 이야기에 주목하자. 그럼 그 땅은 어느새 의미가 되고, 동네 입구의 몇몇 거슬리는 장면들은 고스란히 잊혀질 것이다. 하회는 눈으로가 아닌 마음으로 볼 일이다……

박경철   의학박사. 외과전문의. 2007년 현재 안동 신세계병원장으로 있으면서, 머니투데이 편집국 전문위원, 한국 소아암재단 고문으로 활동중이다. 매일경제 mbn 〈경제나침반 180도〉의 진행 또한 맡고 있다. 저서로 『시골의사의 아름다운 동행』 『시골의사의 부자경제학』 『착한 인생, 당신에게 배웁니다』가 있다.

204.
사공이 휘젓는 삿대질에
하늘이 갈라지고
나룻배는 조금씩 강심을 향해 나아간다.
이제 더이상 비는 오지 않을 듯
쪽빛 창공에 열구름 가득하다.

208.
부용대에 올라서면 그때서야
하회가 보인다.
때론 멀리서 바라보는 것이
더 아름다울 수도 있다.

# 바다

'바다' 하고
부르면
주책없이 출렁이는
내 마음.

눈을 감고
마음결 따라 항해하는
외로운 달빛의
푸른 노래를 들어라.

처연한 물빛에서
미역줄기를
탯줄 삼아 태어나는
바다.

귓불을 어루만지는
유록색 바람처럼 조용히
저무는 하루.

비로소
완성되는
바다,
한국의 바다.

# 담장을 허물어 조금씩 여는 도시

이하석 시인

걸으면서
옛날의 풍경을 짚어본다는 것은
애잔한 추억에
빠지는 일이기도 하지만
그때가 좋았다는
막무가내 식 믿음과 함께
지나온 길을 반추하게 만들기도 한다.

# "남들 다 그렇듯 내놓고 살아야지"

＊

이동하의 소설 「장난감 도시」가 발표됐을 때가 1979년쯤이었을 게다. 「굶주린 혼」 「유다의 시간」 등과 함께 엮인 연작소설이며 일종의 성장소설인데, 이 소설을 읽고 나는 갑자기 타임머신을 타고 소년 시절로 되돌아가는 듯했다. 소설은 대구 가까운 경산쯤(이동하의 고향이 경산이다)에서 대구라는 대도시로 이사를 와서 겪는 도시 변두리 삶의 피폐한 심성과 팍팍한 생활고로 엮어진다. 주인공인 '나'가 동네 사람들이 공동으로 사용하는 화장실에서 겪는 곤혹스러움이 눈길을 끄는데, 아침마다 종이를 말아쥐고 화장실 앞에 줄을 서야 하는 현실을 두고 아버지는 이렇게 말한다.

"이 바닥에서는 먹는 일만 힘이 드는 게 아니라 싸는 일도 난문제 중의 하나야. 우리라고 별수 있나? 남들이 다 그렇듯이 내놓고 살아야지."

그리고 소년은 학교에서 도시 애들에게 두들겨 맞는다. '촌놈'이기 때문에 치러야 하는 통과의례 같은 폭력의 장면.

이 소설의 무대는 대구 비산동에서 내당동에 이르는 서부 지역의 황량한 전후의 공간이다. 나도 전쟁 직후 예닐곱 살 무렵인 1954년에 가까운 고령에서 대구에 이사를 왔는데, 아버지는 대명동에 터를 잡았다. 대명동과 내당동은 인접해 있어서 「장난감 도시」와 「굶주린 혼」의 주인공 소년의 활동무대와 겹치는 경우가 많았다는 느낌이 든다. 우리의 나날도 그 소년과 다를 바 없었다. 피난민들의 판잣집들이 다닥다닥 붙은 동네가 이웃에 있어서 늘 썰렁한 기분이 가시지 않았다. 나 역시 이사 온 첫날 촌놈이라고 놀리는 이웃 아이와 한판 싸움이 붙어야 했다. 그리고 무엇보다 전쟁의 잔해들이 어린 우리들의 완구였고, 폐허의 바깥이 놀이터였다. 그렇게 나도 내던져진 상태였지만, 그래, 우리 가족들 역시 모든 걸 '내놓고 살아가는' 수밖에 없었던 듯하다.

그렇게 대구라는 세계는 내게 열렸다. 전후의 황량한 폐허의식과 이어서 60년대 이후 치닫기 시작한 산업화로 인한 이농 현상이 초래한 도시 변두리의 그늘이 삶의 기반이었다. 내가 이사 왔을 때의 대구는 옛 읍성의 안쪽에 해당하는 지역만 조밀했을 뿐 변두리는 논과 밭이 질펀하게 펼쳐진 가운데 듬성듬성 동네들이 있었을 정도였다. 수도가 없어서 학교에서 돌아온 저녁이면 물통을 지고 수돗물이 나오는 남산동까지 가서 물을 받아 몇 번을 쉬면서 집으로 와야 했다. 내 또래 대부분이 그런 생활을 했으리라. 당시 대구의 인구가 삼십만이 넘지 않았으니, 이백오십만이 넘는 지금의 인구는 대부분 그렇게 바깥에서 유입되어 팍팍한 삶을 영위하면서 조금씩 조금씩 대도시의 시민으로 자리잡아갔다고 봐야 한다.

그래서 그런지, 지금도 술판이 어느 정도 무르익으면 옛 대구의 풍경과 그 속에서의 사람살이의 고단함, 그런 가운데서도 진하게 나누던 정을 얘기하는 사람들이 있기 마련이다. 그럴 때 우리는 아슴푸레한 시간의 여울을 거슬러올라가 '굶주린 혼'들이 우글거리던, 그러면서 무슨 이상한 괴물처럼 거대도시로 팽창해온 대구의 옛 길들과 집들, 동네의 빛깔까지 떠올려보는 것이다.


## 출렁대다 쏟은 물에 젖은 어두운 길

*

특히 수돗물을 받으러 다녔던 남산동 일대가 지금도 내겐 아련한 추억으로 자주 곱씹히곤 한다. 지금 생각하면 그런 먼 길을 어린 내가 어떻게 오갔는지 신기하기만 하다.「장난감 도시」에서도 주인공 소년이 처음 대구에 온 날 흐린 물을 먹고 배탈이 나는 장면이 나오는데, 물의 확보야말로 집집마다 가장 시급한 일이었을 테니, 어린 나도 물을 구하는 일에 일조를 안 할 수 없었을 게다. 대명동 미도극장 부근의 못가에 살았던 나는 학교에서 돌아와 저녁을 먹고 나면 이내 물을 받으러 나서야 했다. 피난민들의 판잣집들이 다닥다닥 붙은 골목을 지나 남산동 수돗가까지 갔다가 양철통들이 퉁탕거리는 가운데 길게 줄을 서서 겨우 받은 물을 담은 물통을 물지게 양쪽에 걸고 통 안이 출렁거리는 소리를 들으면서 돌아오곤 했다. 그 길은 내가 조금씩 쏟은 물로 늘 어둠 속에서 젖어 있었다는 기억으로 남아 있다.

지금 그런 자취는 없어졌다. 도시의 발전은 변두리가 더해서 이제는 대구의 중심가보다 내가 살던 대명동 일대가 오히려 더 잘 통하는 길들로 얽히고, 건물들이 번듯번듯해지면서 번잡해져버렸다. 그래도 큰길로 모이는 샛길들에는 아직도 옛 분위기의 일부가 안쓰럽게 남아 있기 마련이다. 도심으로 통하는 길들도 마찬가지다.

그래서 나뿐만 아니라 이따금 옛 읍성의 안과 가장자리 지역을 훑어보며, 옛 대구의 정취를 떠올리는 이들이 있게 마련인 것이다. 앞서도 언급했듯, 나는 어린 시절 물을 길어 날랐던 물길을 걸어서 '시내'로 나가는 걸 좋아한다. 서문시장 쪽으로 가다가, 남산동 쪽으로 방향을 틀면 나의 모교인 남산초등학교(당시는 국민학교였다)가 나오고, 조금 더 가면 계산성당이다.

지금은 건물들이 꽉 차서 분간하기 어렵지만, 남산동 일대는 완만한 구릉지대였다. 수도산에서 반월당을 거쳐 계산성당으로 해서 서문시장으로 이어지는 지역의 왼편이 그러했다. 반월당 부근의 구릉지대는 옛날에는 아미산으로 불렸다고 한다. 그 구릉지대 아래에는 지금의 신천의 한 줄기가 흘러내렸다. 조선조 말에 그 물길을 막아 지금의 신천으로 흐르게 했다고 한다. 반월당의 서편 옛 개천가에서 동학 교주 수운 최제우가 처형당하기도 했다. 이를 기려 세운 관덕정은 큰 건물 아래 엎드려 그 아픈 역사를 겨우 떠올려준다. 계산성당 바로 남쪽에는 시인 이상화의 고택과 국채보상운동을 펼쳤던 서상돈의 고택이 붙어 있다. 최근 복원이 되고 있는 중이다. 이상화 고택에서 큰길 건너 남산동 쪽은 화가 이인성의 자취가 서린 지역이다. 계산성당에는 이인성이 그렸던 감나무 고목이 지금도 남아 있어서 초여름엔 감꽃이 성당 마당에 떨어져내린다. 남산동 인쇄골목을 지난 언덕 위에는 성모당과 수녀원이 있다. 어렸을 적에 기이하게 여기곤 했던 적요한 분위기가 지금도 잘 남아 있는 곳이다. 계산성당 건너편은 동산의료원이 있는 언덕이다. 계산성당 북쪽의 약령시장 골목은 언제나 진한 한약 냄새를 풍긴다. 약령시장 골목을 지나면 옛 읍성 내의 자취가 서린 진<sub>'긴'의</sub> 경상도 방언 골목이 나온다.

이 일대를 휘둘러보는 데는 한두 시간은 족히 걸린다. 천천히 걸으면서 이 지역이 근대 이후 대구 문화의 중심지로 꼽히는 이유를 되씹는다.

## 팔공산과 비슬산이 가둔 분지도시

*

걸으면서 옛날의 풍경을 짚어본다는 것은 애잔한 추억에 빠지는 일이기도 하지만 그때가 좋았다는 막무가내 식 믿음과 함께 지나온 길을 반추하게 만들기도 한다. 그런 바람이 지금 불고 있다. 이른바 '워킹 투어'라는 게 생겼다. 대구에 있는 사단법인 거리문화시민연대가 벌이는 일인데, 꽤 호응이 좋다고 한다. 골목을 걸으면서 앞서 짚었던 것처럼 남산동의 아미산과 진골목, 성밖골목과 계산동 일대 등 우리 근현대사의 자취가 서린 곳을 더듬어본다든지, 서문시장과 그 북쪽 길, 북성로와 향촌동 골목, 포정동 등의 전통과 상업의 명물 지역, 수도산의 건들바위와 봉산 문화의 거리, 로데오거리 등 새로운 문화의 골목으로 거듭나는 곳들, 그리고 온갖 독특한 이름으로 분화하고 진화하는 골목들을 찾아다니는 것이다. 예부터 부산과 한양을 잇는 영남대로의 요충지로서 오랜 전통을 간직한 도시인데다, 근대 이후 사람들이 밀집함으로써 대구에는 어느 도시보다 볼거리가 많이 산재한다. 전국의 어떤 도시든 마찬가지겠지만, 개발과 아파트의 밀집, 재개발의 광풍 속에서 많이 사라져가고 있기는 하지만, 그래도 여전히 볼거리는 남아 있기 마련이다. 요즘에는 역으로 그런 특색 있는 거리들을 새롭게 떠올리고 옛것대로 조성하려는 의욕도 나타나고 있다.

대구는 북의 팔공산과 남의 비슬산 사이에 넓게 펼쳐진 분지다. 서쪽으로는 낙동강이 감돌아흐른다. 분지의 중간은 신천이 흐르고, 금호강이 북쪽을 감돌아 낙동강에 든다. 팔공산은 아득한 신라 적부터 5악五岳의 중심인 중악中岳으로 꼽힐 만큼 빼어난 절경과 힘찬 지세를 자랑한다. 그 골짜기마다 이름난 절들과 명소들이 산재한다. 비슬산 역시 마찬가지다. 그래서 대구 투어에는 이 산들의 기슭만 찾아다녀도 볼거리가 너무 많아 부분적으로 듬성듬성 훑어야 할 정도다. 주변 경관뿐만 아니라 도시 내부 역시 볼거리가 많고 유서 깊은 곳들이 산재하기에 도시를 기웃거리는 재미가 다른 지역에 비해 다채롭다. 아침에 칠성시장에서 흥정하며 넘보는 먹거리들과 온갖 잡화의 집산, 그리고 와자지껄한 사투리의 성찬이 너무 좋다. 시청 주변의 헌책방을 드나들며, 더께더께 쌓인 시간의 냄새를 맡기도 한다. 거기서 잠시 걸으면 닿는 동성로 거리의 젊음의 활기에 휩싸이는 것도 별나다.

개발이 아직 안 되어서 옛 풍정이 그런대로나마 남아 있는 오래된 골목들에는 신비한 분위기가 있음을 느낀다. 사람 사는 동네의 오래된 골목에 밴 삶의 기운이기에 절로 마음이 끌리는 게다.


## 담장 허물기의 소통의 꿈

*

또하나 대구 거리에서 빼놓을 수 없는 게 있다.

90년대 후반부터 대구에는 나무 심기 운동이 대대적으로 일어났다. 덩달아 담장 허물기 운동이 전국에서 맨 먼저 일어났다. 나는 어디에 가든 그걸 큰 자랑으로 얘기한다. 대구는 80년대 이후 권력의 핵심 지역으로 꼽혀 이른바 보수적인 도시로 이미지가 굳어진다. 그런 가운데서 어떻게 나무 심기 운동이 그렇듯 대대적으로 일어났고, 더더구나 담장 허물기 운동이 불같이 일어났는지 참으로 신기하다는 생각이 든다. 동대구역에서 수성못에 이르는 대로는 중간에 숲을 조성해놓았는데, 계절에 따라 변하는 수목의 빛깔이 환상적이다. 큰길은 물론 작은 길과 길가의 작은 공간도 가리지 않고 나무를 심어왔다. 그 결과 대구는 어디를 가나 나무가 많이 눈에 띄게 됐다. 푸른 그늘의 도시라 할 만하다. 나같이 기웃대며 걷기를 좋아하는 이들에게는 그 그늘들이 너무나 생광스럽다.

담장 허물기 운동은 전국의 지자체들의 벤치마킹 대상이다. 관련 공무원들이 뻔질나게 들락거릴 정도로 화제도 모으고 성공적인 결과를 낳았다. 학교와 관공서는 물론, 병원 등 공공건물의 담들이 허물어지고, 가정집들의 경우도 담을 허무는 게 이제는 보편화되었다고 할 정도로 도시 곳곳이 활짝 열어젖혀지고 있다. 이에 따라 구획되고 가려진 채 음침하게 그늘을 감추던 과거의 도시의 분위기가 일신되고 있다. 공공건물이든 가정집이든 길을 향해서 정원을 열어놓기에 나무와 꽃 단장이 한층 더 각별해지고 거리의 분위기에 맞추어서 가꾸어나가는, 안팎이 열려 소통하는 풍경으로 변모되고 있는 것이다. 담장 허물기 운동이 보편화됨에 따라 도시는 구획되고 갇힌 공간이 아니라 서로 연결되고 함께 가꾸어나가는 곳으로 새롭게 바뀌고 있다. 우리 같은 '워킹 투어족'들에게는 담장 허물기가 얼마나 행복한 일인지 모른다. 볼 곳과 쉴 곳이 많아졌기 때문이다. 공원이나 병원, 학교 교정 어디에나 나무가 있고, 쉬 드나들 수 있어서 그곳에서 쉬거나 담소를 나누는 이들이 많아졌다. 이렇게 일신되는 면모를 두고 새로운 도시 문화의 발견이라 할 수도 있겠다. 대구는 그렇게 열리고 있다.

이하석     1948년 경북 고령에서 출생하여 여섯 살 때 대구로 이주, 대명동 난민촌 부근에서 성장했다. 이후 군대 생활을 제외하고 대구를 한 번도 떠나 생활해본 적이 없는 전형적인 대구 사람이 됐다. 1971년 『현대시학』 추천으로 등단, 시집 『투명한 속』 『김씨의 옆얼굴』 『우리 낯선 사람들』 『측백나무 울타리』 『금요일엔 먼 데를 본다』 『녹』 『것들』 등이 있다. 김수영문학상, 김달진문학상 등을 수상했다.

온고지신溫故知新.
이보다 더 함축적으로 대구를 설명하기란 어려운 노릇이다.

목포가 항구라면, 대구는 시장이다.
조선시대 3대 시장에도 꼽히는 대구엔 무려 70개의 크고 작은 시장이 있다.

지성껏 빌면 한 가지 소원은 꼭 들어준다는 팔공산 관봉석조여래좌상 앞에서
어머니들은 빌고 또 빈다.
자신이 아닌, 자식과 가족의 안녕을 빈다.

# 빈터에 묻혀 있는

강석경 소설가

경주는 채울 것이 아니라
수도승처럼 비우고 비워야 할 도시가 아닐까.
대릉원의 담조차 허물어
천오백 년 전의 시간 속으로 걸어들어가
자신의 원형을 발견하고,
욕망의 일상에서 비켜나 근원으로 돌아가는 순간을
맞을 수 있도록.

# 우리 꿈의 원형

보아하니 이른바 도시란 바로 수많은 좋은 것들을 내 근처에 두는 방식을 말하는 듯하다. 바로 점유이다. 점유란 수많은 좋은 것들을 내 근처에 두는 방식이다 — 유명한 마천루, 박물관, 대극장 등.

얼마 전에 읽은 한사오궁 韓少功 의 산문 중 도시에 관한 단상이 눈을 끌었다. 점유라—, 그렇다면 나는 강산도 변한다는 세월 동안 경주에 살면서 무엇을 점유했나? 경주에 유명한 마천루나 대극장 같은 건 있지도 않고, 박물관이야 서울을 비롯해 열 개 도시가 갖추고 있다. 문화를 점유하는 것이 도시의 매력이라면 경주는 그 점에서 낙제다. 내가 서울에 가는 이유 중 하나는 연극이나 우수 공연, 전시회를 보기 위해서다. 서울의 문화 집중현상은 당연시되어왔지만, 유명 뮤지컬의 지방공연 순회도 경주까지는 미치지 못해 대구에 가야 본다. 대극장을 필요로 하는 공연은 말할 것도 없고, 영화 하나도 경주에서 제대로 보지 않는데, 음향 등 시설이 떨어지기 때문에 부산 같은 대도시의 복합영화관에 가기도 한다. 문화시설도 인구에 비례하므로 어쩔 수 없는 현실이다.

문화는 발로 찾아가는 노고를 치르며 누린다 치자. 도시의 매력 중 하나는 익명성이지만, 경주에 살려면 그런 건 포기하는 편이 낫다. 경주 토박이로서 번듯한 활동을 하는 사람이라면 '경주 사람들은 다 내 차번호를 안다'고 생각한다. 그건 누구 집에 숟가락이 몇 개 있는지까지 안다는 시골 같은 소도시의 현상이고, 차 옆자리에 누가 앉아도 관심을 끈다는 얘기다. 그래서 차 옆자리에 행여라도 외간 여자를 태우길 꺼리는데, 경주에 살게 되면 외지인도 그런 따위의 신경을 써야 한다. 경주를 사랑하지만 고향이 아닌 것이 얼마나 다행스러운지. 경주가 고향이었더라면 영영 경주를 잃어버리지 않았을까.

정작 도시의 장점은 못 누리는 대신 경주에서 내가 점유하는 진정 좋은 것들이 있으니 바로 자연이다. 자연이야 어디든 있지만 경주에선 도심 한가운데서도 자연을 점유하니, 경주라는 도시에서의 삶이란 곧 사람이 아닌 자연을 내 근처에 두는 방식이다. 처음엔 시내에서 걸어 십오 분 거리인 동부사적지 부근에 살았는데, 대문을 나서 동네 밭길을 따라가면 벌판에 솟아 있는 능들을 이내 볼 수 있었다. 언제 봐도 나를 매료시키는 능들.

　이십 년도 전 경주에 처음 왔을 때 대릉원 맞은편 드넓은 유적지에 조산造山인 듯 둔덕인 듯 능이 솟아 있는 풍경은 나를 한눈에 매료시켰다. 산이 아닌 도심 한가운데 고분이 솟아 있다니. 죽은 자와 산 자가 공존하는 도시. 천오백 년의 세월이 흐르면서 이지러져 자연 자체가 된 능은 생명의 순환을 보여주고 근원적인 것을 가르쳐주는 듯했다. 자연으로 돌아가는 인류의 흔적 앞에서 나는 가슴이 흔들렸고, 영감처럼 십 년 뒤 경주로 들어섰다. 흔히 인연을 말하면 사람들과의 만남을 생각하지만, 태어난 고향이나 이사, 이민 등으로 정착한 땅은 유동적인 인간의 만남보다 훨씬 깊은 인연이 아닐까. 땅은 삶의 터전이 되기 때문이다.

　자연은 온 지구에 지천으로 널려 있지만 나라와 지역에 따라 특별한 감동을 주기도 한다. 내게는 인도와 그리스, 경주가 그러하다. 가도 가도 끝없이 지평선이 이어지는 인도의 원초적 풍경은 삶의 덧없음과 우주적인 순환을 보여주는 듯하고, 아폴론 신전이 있는 델피나 미케네 유적지에 서면 신성神性한 기운에 압도당하는 듯하다. 아름다운 자연도 자꾸 보면 얼굴만 예쁜 여자같이 싫증나지만, 천 년의 고대사와 설화, 불교 문화가 배어 있는 경주의 자연은 상상과 환상을 주면서 그 깊이로 늘 새롭게 다가온다.

발굴된 와당과 건물지 등이 왕궁의 자취를 보여줄 뿐 빈 터로 남아 있는 반월성도 갈 때마다 다르게 다가온다. 벚꽃이 만발한 봄날, 반달 같은 지형을 따라 흐르는 남천에 벚꽃 잎들이 눈송이처럼 낙하하는 풍경은 가히 유미적인데, 원효가 유교를 건너다 일부러 물에 빠져 요석궁에 몸을 의탁하던 날도 이런 봄날이었을까. 싱그러운 내음에 코를 맡기고 내 키만큼 자란 무성한 수풀을 헤치고 나아가면 잎들의 성장에 취한 듯 검은 물잠자리들이 허공에 주춤거리는 여름날엔 생명의 절정을 느낀다. 이런 날 밤 황도 같은 보름달이 월성에 뜨면 진지왕의 혼이 도화녀와 야합하여 낳았다는 비형이 월장하는 환영이 보일 듯하다. 귀신들을 부려 하룻밤 사이에 다리鬼橋를 세웠다는 비형.

월성에서 걸어나와 첨성대를 지나 능들이 솟아 있는 동부사적지에 서면 서쪽 하늘 아래 눈썹 같은 선도산이 한눈에 들어온다. 경주 어디서든 서쪽을 향해 서면 다가오는 산, 김유신의 누이 보희가 꿈에 저 서악에 올라 오줌을 누니 온 서울에 오줌이 가득하였고 동생 문희는 비단치마를 주고 그 꿈을 샀다지. 열흘 뒤 오라비 김유신이 춘추공의 옷고름을 일부러 밟아 떨어뜨리고 데려오니 그 옷고름으로 한생의 인연이 맺어졌다. 선도산 아래 문희의 지아비가 된 무열왕릉이 있는데, 문희가 달아준 비단옷고름이 솔숲 위로 펄럭이는 듯하다.

무열왕릉 위로는 작은 산 같은 네 기의 거대고분이 있어 능역은 산책하기 좋을 만큼 드넓고 한적하다. 한 후배는 부부싸움을 하면 두 사람이 함께 무열왕릉에 와서 마음을 추스른다. 배롱나무가 조을 듯 서 있는 평화로운 능역을 한 바퀴 돌고 나면 왜 싸웠는지 잊어버리게 된단다. 천오백 년이란 유장한 시간이 묻어 있는 경주의 유적지는 방문자로 하여금 밀치면서 아득바득 살아가는 현실을 일순 잊게 해준다.

선덕여왕이 창건한 분황사 정문에서 남산을 향하면 황룡사지가 펼쳐져 있다. 사찰도, 구층탑도 몽고란 때 불타버리고 목탑지와 금당지에 박힌 초석만 폐허 속에 빛난다. 용이 나타났다는 늪지에 오 미터 깊이로 자갈과 흙을 번갈아 다져 판축한 땅이다. 이 드넓은 터를 신라인들이 직경 칠 센티미터의 봉으로 일일이 다진 자국이 발굴 때 드러났는데, 불심의 봉 자국으로 덮인 땅이라니 황룡사지에 서 있으면 경건하기까지 하다. 폐허의 깊이에서 나오는 경주의 아름다움, 그것은 '비어 있음'의 아름다움이다.

경주는 고도라 고층 제한이 있어 다른 지역보다 시계視界가 넓고, 녹지 면적률이 높은데다 전통적으로 농사를 지어서 들녘이 많다. 시내 한가운데도 고분공원이 있어 늘 자연을 접하지만 도심에서 십 분만 빠져나가면 녹색 들판이 펼쳐진다. 박물관을 지나 울산 방향의 산업도로를 달리면 배반들이 나오는데, 추수를 앞두고 온 들에 벼가 무르익으면 환상적인 가을 풍경이 눈을 사로잡는다. 배반에서 동남산 앞까지 이어진 들녘과 진평왕릉 앞으로 펼쳐진 보문들녘이 황금빛으로 물들면 나그네도 대자연의 향연에 초대된다. 통합의 색채로 가을 들녘은 모든 것을 포용하는 듯하고, 땀의 결실을 돌려주는 자연의 섭리 앞에 가슴을 열면

〈만종〉의 농부처럼 감사하게 된다. 자연에 친화력을 가진 사람이라면 이러한 자연과의 합일감은 그를 행복하게 할 것이다.

미술사학자 고유섭은 "경주의 돌은 문화를 가진 돌이요, 설화와 역사를 가진 돌"이라 했다. 경주에선 굴러다니는 돌 하나도 예사롭지 않고, 노동의 현장인 들녘도 시심을 끌어낸다. 절터와 옛 성터, 설화의 보고인 고도에서 태어난 김동리는 경주라는 영적인 자양분으로 문학의 바탕을 쌓고, 『황토기』『무녀도』『저승새』 같은 당대의 소설들을 남겼다.

서천에서 동국대학교 방향을 바라보면 흐르는 내 위로 병풍처럼 둘러진 야트막한 야산 하나가 눈에 들어온다. 이 금장대 아래 서천과 북천의 합류지점인 예기청소는 김동리 소설『무녀도』의 무대로 유명하다. 무당 모화가 예기소에 몸을 던진 부잣집 며느리의 혼백을 건지러 밤에 굿을 하다 깊은 물속으로 서서히 빠져드는 장면은 쉬 잊히지 않는다. 밑으로 도도히 흐르는 청소<sub>淸沼</sub>의 물살 때문인지 서천을 지날 때마다 금장대에서 눈을 떼지 못하는데, 지금도 경주 토박이들은 예기청소에서 해마다 사람이 빠져 죽었다는 말을 하곤 한다. 실제로 60년대 지방신문에서 '계모의 꾸중을 듣고 집을 나간 어린 남매가 서천을 건너다 탁류에 휩쓸렸다' '감자 서리를 하다 발각된 소년들이 홍수로 불은 강에 뛰어들어 한 명은 익사하고 한 명은 예기청소 위에서 살아났다'는 기사를 볼 수 있다. 경주 시민의 삶이 묻어 있는 서천. 금장대의 수직암벽에는 선사시대 유적인 암각화가 있으니, 청동기시대부터 이 강에는 세월과 더불어 뭇 생명들이 흘러갔으리라. 또 그렇게 흘러가리라. 유장한 강에 흐르는 유장한 역사.

시간이 정지된 듯한 경주에 살면 '느림'을 체득하게 된다. 산책은 느림을 즐기는 최선의 방법이다. 멀리 나서지 않아도 경주의 느린 삶을 쉽게 볼 수 있다. 시내의 황남동 옛 한옥마을을 거닐면 인공의 흔적이 없는 소박한 뜨락마다 장독이 가득하고, 골동품이 된 물확도 하나쯤은 놓여 있으며, 바람 잘 드는 처마 밑엔 메주들이 걸려 있다. 능 앞에 서 있는 감나무에 감이 익으면 까치들이 날아와 쪼아먹고, 아이들은 골판지를 엉덩이에 붙이고 능 위에서 미끄럼을 탄다. 천오백 년의 세월이 흐르면서 자연 자체가 된 능은 아이들이 오르내리는 놀이터가 되어 가르마 같은 길이 나 있다.

이젠 대릉원과 동부사적지, 안압지까지 조명시설을 설치하여 밤에도 시내에선 유적지를 즐길 수 있지만, 한가롭게 산책하기에는 대릉원이 적격이다. 17대 내물왕부터 22대 지증왕까지 신라 김씨 왕족의 거대한 고분들이 이십여 기 모여 있는 밤의 대릉원을 거닐면 숨바꼭질하듯 능선들이 겹치고 사라지는 풍경이 또다른 감명을 주고 천오백 년 전 고대 왕의 능 옆을 걸어가고 있다는 사실이 감격스럽기도 하다. 관과 곽을 평지에 놓고 그 위로 돌을 쌓아 봉분을 만든 김씨 왕들의 거대 적석목곽묘는 중앙아시아의 고분과 구조가 같아 고고학자들은 신라 김씨 왕들을 북방에서 내려온 유목민족이라 추정하고 있다. 금과 마구류 등 기마민족의 생활상을 보여주는 유물이 출토된 황남대총을 지나노라면 검푸른 밤하늘엔 초승달이 떠 있고, 나는 습습한 건초 냄새 속에 타임머신을 타고 유목민이었던 나의 전생으로 돌아간 듯한 환상에 빠진다. 자연과 분리되지 않고 자기 문명에 소외되지 않았던 행복한 유목민. 김씨 왕들이 신라를 국가로 만들었고 삼국을 통일하여 오늘로 이어졌으니 그 뿌리는 한국문화의 원형이며 이곳은 우리의 정신적인 고향이다.

고도에도 어김없이 시멘트 문화가 침투하여 아파트가 계속 세워지지만 경주는 채울 것이 아니라 수도승처럼 비우고 비워야 할 도시가 아닐까. 대릉원의 담조차 허물어 천오백 년 전의 시간 속으로 걸어들어가 자신의 원형을 발견하고, 욕망의 일상에서 비켜나 근원으로 돌아가는 순간을 맞을 수 있도록. 그것이 민족의 고향으로서 경주가 존재하는 이유가 아닐까.

파격의 원효와 지귀가 사모한 지혜로운 선덕여왕, 나라를 지키려고 동해 어귀에 뼈를 묻은 문무왕의 넋이 깃들어 있고, 헌헌장부 같은 감은사탑과 찬란한 불교 문화의 결정인 석굴암과 불국사가 있으며, "사람과 귀신이 힘을 도와 진기한 그릇이 모습을 이루었으니, 능히 마귀를 항복시키고 물고기와 용을 구제"할 성덕대왕신종의 원음圓音에 귀 기울일 수 있고, 수로부인에게 헌화가를 바친 유미주의와 처용의 해학이 나왔으며, 사람이 곧 하늘님이라는 혁명적인 평등사상으로 수운 최제우가 꽃피운 조선인의 순정한 종교 동학의 성지이기도 한 도시.

경주 모량리에서 성장하면서 감초 냄새 풍기는 부드러운 남풍과 겨울밤 봉황대에서 우는 부엉이 소리에 시적 감수성을 키웠던 시인 박목월은 "그 안존하고 잔잔한 영혼의 나라"인 고향을 그리워하며 이런 시를 남겼다.


엄마의 손을 잡고 함께 걸은
천릉天陵 사이 오솔길
눈자위가 풀린
봄
밤

달무리.

어디로 가는 길이었을까.

그건 잊어버렸지만

그날 밤의 훈훈한 바람 향기

엄마의 손을 잡고 함께 본

분황사芬皇寺

삼층탑 꼭지에 푸른 달.

어디서 오는 길이었을까.

그건 잊어버렸지만

그날 밤의 달빛이 아롱지는 냇물

어머니와 함께 간

불국사佛國寺 아랫마을.

개울이 있었지

건너편 강마을의 하얀 안마당

외가에선 사흘 밤

엄마하고 지냈다

아사녀의 전설은

엄마하고 들었다.

— 「어머니의 손을 잡고」

강석경    1974년 이화여대 미대를 졸업하고, 『문학사상』 제1회 신인상을 수상하며 소설가로 등단했다.
소설집 『밤과 요람』 『숲속의 방』, 장편소설 『가까운 골짜기』 『세상의 별은 다 라사에 뜬다』, 산
문집 『일하는 예술들』 『인도기행』 등이 있다. 80년대에 경주에 갔다가 도심에 고분이 솟아
있는 풍경에 매료되어 십 년 뒤 경주로 거처를 옮겼고, 경주에서 영감을 받아 장편소설 『내 안
의 깊은 계단』 『미불』과 능을 주제로 한 역사 산문집 『능으로 가는 길』 등을 펴냈다.

사실 저 거대한 봉분들은
천 년의 시간이 겹겹이 쌓여 만들어진 것인지도 몰라.
그러거나 말거나 하늘거리는
들꽃 옆에 팔베개하고 누워도 좋을 경주.

245.
잘 안다고 하면 보이지 않을 것이며,
등 지면 카메라만 보일 것이니
진정으로 경주를 알고자 한다면 겸허한 마음만
한 움큼 가지고 갈 일이다.

부산

# 나는 왜 고향의 비린내를 휘황하지 못할까

강정 시인

부산에서 태어나고 살아 있고 죽어간 무수한 사람들이 있을 테지만,
나를 키운 부산은 어쩌면 그 누구의 부산과도 다를지 모른다.
부산이 나를 낳았다면 나는 나만의 지긋지긋한 부산을 낳았던 것일 테니까.

1988년 서울에서 올림픽이 개최되던 가을 어느 날, 나는 부산 남포동 거리를 걷고 있었다. 까까머리 고등학생 신분이었지만, 그 무렵 내가 스스로에게 설정한 정체성은 세상의 뒷골목에 숨어 담배나 태우는 불량한 부랑아였다. 가을 하늘은 높았고 태극기를 가슴에 단 선수들은 물 만난 고기처럼 제 기량을 뽐냈고 TV에선 하루가 멀다 하고 애국가가 울려퍼지며 조금씩 선진국 대열에 합류하는 대한민국의 화려한 번창을 자축하고 있었다. 그러나 나는 그 모든 일들이 나와는 상관없는 일이라 생각했다.

정박한 선박들에서 흘러나온 녹슨 쇳덩이 냄새와 생선 비린내가 공감각적으로 뒤섞인 자갈치시장을 느릿느릿 배회하다가 대로를 건너 남포동 거리를 기웃거렸다. 문우당서점(지금은 길 건너 자갈치시장 초입으로 옮긴 것으로 안다)에 들러 시집 몇 권을 뒤적이다보면 어느덧 저녁. 커다란 천막 아래 순대와 김밥, 튀김 등을 늘어놓은 국제시장 먹자골목을 지나쳐 미국문화원 맞은편에서 버스를 타고 집으로 돌아왔다. 배가 고팠고, 마음은 그보다 몇 숟갈 더 허기졌던 열여덟 살 무렵의 풍경. 내 기억에 입력된 부산이란 도시를 '플래시백' 할 때마다 가장 먼저 떠오르는 모습이다.

거칠고 투박하고 타인에 대한 애정과 간섭을 혼동하는 다혈질의 남자들이 부각되는 도시. 반도의 동남쪽 끄트머리에 크고 작은 산들을 흥골 삼아 바다로 흘러가는 그곳에서 나는 늘 외톨이의 심사였다. 내가 실제로 태어나고 어린 시절의 대부분을 보낸 곳이지만, 나는 그곳이 고향이라는 생각이 별로 들지 않는다. 부산을 생각할 때마다 언제나 남의 집에 놀러 가 꿔다놓은 보릿자루처럼 머쓱해하다가 머쓱함을 감추기 위해 공연히 이죽거리기나 하는 섣부른 사춘기 소년만 떠오를 뿐이다.

거두절미와 의뭉스런 무뚝뚝함으로 무장된 그 도시의 화법 자체가 내게는 왠지 부담스러웠다. 자의식으로 똘똘 뭉친 내성적인 소년에게 그들은 당사자의 의도 따위 무시한 채 속엣말을 강탈하려 드는 듯 보였다. 표준말을 쓰는 남자아이에 대해 또래의 아이들은 지나친 호기심 내지는 경멸을 감추려 들지 않았다. 그럴수록 난 더 오그라들었고, 그럴수록 더 나는 그들의 박력 넘치는 사투리에 맞서 또박또박한 표준말을 구사하려고 애썼다. 몇몇 친구들이 없었던 건 아니지만, 나는 그들의 외곽으로 한 발짝 빠져나와 홀로 거리를 떠도는 게 좋았다. 사람은 무서웠지만, 거리는 반가웠던 시절. 모든 사람들을 불특정 다수의 풍경으로 치환시키며 오로지 나만의 발길을 또박또박 받아주던 거리. 만인에게 호화롭고 개인에게 소박했던 그 거리에서 나는 처음 시를 쓰기 시작했다.

그런 의미에서 고백하건대, 나는 부산의 숨은 아름다움에 대해 얘기하거나 그곳 사람들의 친밀감을 정겹게 윤색해 전달해줄 수 있는 적임자가 아니다. 내 기억 속에 오래도록 그려져 있는 부산의 지도는 야트막한 산들에 닥지닥지 붙어 있는 특유의 주택가 풍경처럼 파편적이고 비 오는 저녁 텅 빈 용두산공원의 풍경처럼 스산하며 드센 고성과 주먹이 무시로 날아드는 영도구 남항동의 어느 술집처럼 처연하기만 하다. 그래서인지 바다를 끼고 있는 동네지만 가슴이 탁 트이는 태종대의 절경이나 해질녘 달맞이 고갯길의 운치에 대해선 도무지 말할 게 없다. 해운대나 태종대는 부산에 살던 내게도 관광엽서 속 풍경이나 다름없었다.

여름방학 때 가족들과 곧잘 갔던 해수욕장도 해운대나 광안리가 아닌 다대포였다. 사상공단을 거쳐야 갈 수 있는 그곳은 해운대보다 백사장이 넓지도 않았고 근거리에 공장들이 즐비한 탓에 주변 경관이 수려하지도 않았다. 그 척박한 갯벌에서 튜브를 타고 놀던 어린 시절이 아련하긴 하지만, 골수에 더 진하게 박혀 있는 것들은 웃통을 벗어젖힌 어른들의 취중 난동과 살벌한 욕설들뿐이다. 아마도 지금 내 나이 또래쯤 됐음 직한 사내들이었을 것이다. 뜨거운 햇빛 아래에서 작렬하던 그들의 전면적인 폭력성이 어린 내게는 충격적이었다. 아이들의 놀이터가 어른들의 난장판으로 표변하던 장면을 목격하며 나는 바다의 물결이 새파랗게 질려 멎는 듯한 느낌을 받았다. 파도가 치지 않는 바다. 가슴 한가운데 고여 그 자체로 폐수가 되어버리는 반도의 끝, 검붉게 지쳐 가라앉는 바다.

그런 원체험들 탓일까. 중학생 시절을 서울에서 마치고 다시 돌아온 부산을 나는 적대적으로 바라보았다. 서울에서 어울리던 아이들에 비해 왠지 더 조숙해 보이고, 그만큼 거칠어 보이는 남자아이들 앞에서 나는 어린 시절 입에 붙어 있던 부산 사투리를 더이상 쓰지 않았다. 나는 그 투박한 아이들이 하나같이 짐승처럼 보였다. 그래서 무서웠지만, 무서운 만큼 그들과 닮고 싶지 않다는 오기도 생겼다. 혼자 고고하려는 노력이었다기보다 일종의 보호막이었던 셈이다. 하지만 짐승의 보호막이 그렇듯 어딜 가도 사람들의 귀를 붙드는(지금은 어떤지 모르지만 부산 사람들은 외지 말투에 유독 민감한 편이다) 말투 탓에 되레 도드라지기 일쑤였다. 가리고 싶은 욕망과 드러내고 싶은 욕망이 일란성쌍둥이라는 사실을 그 무렵 깨달았다.

그 이중의 욕망은 나를 고양시키기도 했고 상처받게도 했는데, 그 지난하고도 복합적인 심리가 오래 공전하는 가운데 조금씩 부산이 익숙해졌다. 처음엔 짐승 같았던 아이들이 서울에서 만났던 아이들보다 훨씬 솔직하고 속 깊다는 생각도 하게 되었다. 그럼에도 그들의 극렬한 말투와 몸짓들은 여전히 부담스러웠다. 오랫동안 입을 닫은 채 나는 거리를 떠돌았다. 하고 싶은 말들이 가슴속 울혈로 만져지던 그 시절, 나는 거리에서 몽상하는 실어증 환자였다.

국제시장 근처 광복문고(지금은 사라졌다고 들었다)에서 책들을 뒤적이다가 용두산공원을 지나 중앙동 쪽으로 쭉 걸어내려가면 사거리 한쪽에 허름한 건물(삼층이었는지 사층이었는지 잘 기억 안 난다)이 한 채 있었다. 연출가 이윤택이 설립한 '가마골 소극장'이 그곳에 있었다. 올림픽이 끝나고 찬 바람이 불면서 곧 고3이 될 내가 학교 도서관보다 뻔질나게 드나들었던 곳이다. 지금은 한국연극계의 대부 격이 되었지만, 당시 이윤택은 『시민』『춤꾼 이야기』등의 시집을 낸 젊은 시인이자 당시 한국 문단의 주류를 형성했던 이른바 해체시 열풍의 첨병에서 문명을 날리던 논쟁가였다. 그는 광복문고를 기웃거리며 알게 된 그 숱한 '80년대 시인들' 중 한 명이었지만, 연극에 몰두한다는 특이성과 근거리에서 상면할 수 있다는 심정적 친연성 덕에 관심이 퍽 가는 인물이었다.

하지만 그의 연극실험은 아직 자리를 잡지 못했고 '가마골 소극장'은 대학로의 어느 소극장에도 못 미치는 열악한 환경이었다. 무슨 싸구려 흥신소 사무실 같은 그 좁은 극장에서 특유의 호쾌한 말투로 단원들 사이를 지나쳐가는 그를 먼발치에서 훔쳐보며 나는 숱한 연극들을 보았다. 그의 수작이자 한국연극사의 쾌거 중 하나로 기록된 〈오구―죽음의 형식〉을 실제로 본 것도 그곳이었다. 나는 그곳에서 속 깊이 감춰진 나 자신의 숨은 욕망들과 대면했다. 그 이후 그곳은 나만의 은밀한 아지트가 되었다. 건성건성 학교 수업을 마치고 야간자율학습 따위 무시한 채 책가방을 메고 '가마골 소극장'으로 향하던 그때의 열망마저 없었다면 나는 과연 얼마나 더 부산을 불편해했을까. 아니 어쩌면 그 열망이 너무도 컸기에 그 외의 것들이 가지고 있는 가치들을 애써 평가절하하려는 것은 아닐까. 어쨌거나 그 상극된 심정으로 배회하던 부산의 거리를 돌이키는 일은 나로선 곤혹스러운 일이다. 가장 사랑스러운 나와 가장 가증스러운 내가 여전히 부산의 거리를 떠돌기 때문이다.

부산을 떠나온 지 얼추 십구 년가량 되었다. 부모님이 남해의 한 시골로 거처를 옮긴 이후 부산은 이제 명절 때에도 찾지 않는, 사라진 고향처럼 되어버렸다. TV나 영화에서 가끔씩 보게 되는 부산의 모습은, 그곳이 번화가든 변두리 주택가든, 여전히 살풍경한 느낌이다. 지겹도록 발에서 떠나지 않는 이 기묘한 반감과 공포가 때로는 애잔하기도 한데, 그건 오래 묵힌 젓갈 비린내 같은 게 끈질기게 입 안에 감도는 느낌과 비슷하다. 더불어 언제나 질척이기만 하는 자갈치시장통의 후텁지근한 바람 냄새와도 닮았다. 뭔가 끈적한 정분이나 막무가내의 사랑 같은 게 떠오르기도 한다.

어린 시절 막다른 골목에서 칼부림하던 동네 형들이나 피 흘리는 팔뚝에 매달려 울부짖던 그들 누이의 심사가 아련하게 겹쳐지는 것도 그닥 유쾌하지 않은 일이지만, 내가 아무리 떨쳐내려고 해도 부산의 그 모든 것들이 내 몸에서 떨쳐지지 않는다. 나는 부산이 가지고 있는 여러 반감 어린 요소들—예컨대 에두름 없이 직설적인 화법과 즉흥적인 폭력성과 무언가에 대한 전폭적인 애정과 화통한 타협 등이 여지없이 내 안에서 발휘된다는 사실을 깨닫고 무시로 놀란다. 불손한 사춘기가 아버지에 대한 불만요소를 그대로 흡수하듯 고등학교 졸업 이후 떠나온 부산이 서른을 훨씬 넘긴 지금 내 안에서 여전히 비린내를 풍기며 나의 많은 걸 규정한다는 사실을 힘겹게 긍정하는 중이다.

그것은 감정적 호오나 선택과는 무관하다. 단지 내가 가진 것들에 대한 막연한 염오가 내가 꿈꾸고자 했던 것들의 발원에 지나지 않았을지도 모른다는 근원적인 자책만 재확인할 뿐이다. 나는 부산에 대한 이런 감정이 지긋지긋하다. 그리고 그 지긋지긋함은 지극함의 다른 이름이다. 부산에서 멀어질수록 나는 부산을 이해하려고 애쓰는 나를 발견한다. 어린 시절 숱하게 들었던 누군가의 불행한 가족사와, 그것들을 한풀이 삼아 술잔을 기울이던 때 전 사내들의 투박한 정념들과, 영악하게 사람의 마음을 훑고 생채기를 내던 악랄한 꼬마들이 여전히 뇌리에 맴돌지만, 나 역시 뭐 하나 빠질 것 없이 그들 중 하나가 되었다는 사실이 더이상 놀랍지 않다.

부산에서 태어나고 살아 있고 죽어간 무수한 사람들이 있을 테지만, 나를 키운 부산은 어쩌면 그 누구의 부산과도 다를지 모른다. 부산이 나를 낳았다면 나는 나만의 지긋지긋한 부산을 낳았던 것일 테니까. 기억은, 그리고 기억 속의 한 도시는 이렇듯, 누군가의 삶의 중심에서 다시 태어나 죽을 때까지 재건설되는 것인지 모른다. 똑

같은 광복동 거리라 하더라도 내가 배회하던 그 거리의 의미와 다른 사람의 그것을 어떻게 똑같이 견주겠는가.

몇 달 전 이틀 일정으로 부산에 내려간 적이 있었다. 고향이 그리워서라기보다 오로지 자갈치시장의 꼼장어를 먹고 싶어서였다. KTX를 타고 저녁에 서울역을 출발해 부산역에 도착하자마자 자갈치시장으로 달려갔다. 특유의 꼬들꼬들하고 고소한 맛을 오래 음미하다가 둘러본 풍경들은 이십 년 전 가슴 먹먹한 열망만을 품은 채 음울하게 배회하던 한 소년의 인상을 고스란히 되살려냈다. 그때의 나와 지금의 나 사이의 거리가 조금도 서먹하거나 어색하지 않았다. 이십 년 만에 뭔가 다시 시작된다는 이 막연하지만 분명한 느낌. 산 채로 토막난 꼼장어의 꿈틀거림이 느낌표와 물음표를 번갈아 재연하고 있었다. 고향도 나도 전혀 변하지 않은 채 그저 그 자체로 충실히 살아 있었던 것이다! 그건 서울의 어떤 꼼장어집에서도 느낄 수 없는 감정이었다.

---

강정　1971년 부산에서 태어났다. 어느 동네인지는 기억에 없다. 내 기억은 여섯 살 이후부터 몇 개의 스냅으로 시작된다. 서울과 부산을 오가다가 고등학교 2학년 때 다시 부산에 내려가 문학과 음악, 술과 담배를 독학했다. 그리고 여태까지 그것들을 끊지 못한다. 서울에서 살면서 부산 사람을 만나면 반가움과 짜증이 교차한다는 걸 수차례 경험을 통해 알았다. 불편하지만 사랑하고 달아나고 싶지만 다시 돌아가고 싶은 곳, 이라고 부산을 잠정적으로 정의한다.

256.
영도와 자갈치를 연결하는 통통배의
조의치(65세) 선장.
백 년 세월 동안 두 개의 다리가 생겼음에도
이 배가 아직까지 운행되는 까닭은
순전히 시간 때문이다.
무슨 얘기인지 알고 싶으면 직접 타보시라.

260.
용호농장은 역사의 뒤안길로 사라지고
한 장 사진으로만 남았다.
우리가 철석같이 믿고 있는 이 세상은 온통 비어 있다.
쉴새없이 공간을 헤집으며
존재하고자 애쓰는 것들의 세상.
존재란, 시간 위에 세워진 빈집이다.

266.
아침노을은 언제나 희망적이다.
바다를 옆에 두고 이어진 동해남부선 철길 따라
희망이 번지는 찬란한 생의 한때.

## 포구

사는 것이 미치도록
서럽거들랑
여명의 포구로 떠나볼 일이다.
동서남해
어딘들 상관없으리.

가서,
갓 잡아올린
생선보다 더 펄쩍거리며,
짠내 나는
바닷물을 뛰어다니는
생때같은 목숨들을
만나보자.

햇살과 비린내에 젖어가는
포구의 한편에서
삶의 활력으로 충만해진
당신의 값진 삶을
더불어 만나게 될 것이므로……

진주

# 강과 도시 낯선 기억

허수경 시인

나의 고향 진주 역시 강가에 세워진 고도이다.
세상에, 한 도시가 천 년이라는 세월을 지탱해내다니.
그리고 강이 그렇게 오랜 세월이 흐르고 난 뒤에도
그 도시에 아직도 머물고 있다니.

나보코프는 그의 회상집에서 기억의 가장 첫머리에 유년의 집 앞에 서 있던 유모차를 놓아두었다. 그 유모차가 관같이 보였다고 했다. 마치 빛과 어둠이 한배에서 나온 쌍둥이이듯. 나보코프의 유모차의 자리에 나는 진주 남강에서 불어오던 바람을 놓아둔다. 나의 첫 기억은 햇감자와 산딸기가 장에 나오기 시작하던 이른 여름날, 열어놓은 방문으로 들어와서 코를 간지럽히던 강바람이었다. 그때 나는 아기 포대기에 누워 있었다. 그 바람에는 장냄새가 묻어 있었다. 아마도 집 안에서 장을 달였는가보았다. 아니면 구더기가 끼지 말라고 장독 뚜껑을 어머니는 열어두었는지 모른다. 강바람은 인간이 사는 마을로 들어와서 인간이 풍겨대는 온갖 냄새를 다 껴안고 나에게로 온 것이다. 삶과 죽음이 섞인 냄새, 나에게 냄새라는 감각을 처음 일깨워준 나의 강, 남강의 바람 냄새. 인간이 이 지상에 세운 많은 도시들은 강을 끼고 들어선다. 고대 근동 고고학을 공부하면서 내가 만나게 된 강 가운데 유프라테스 강과 티그리스 강, 그 두 강 사이에 인류의 가장 오래된 고대 문명 가운데 하나라는 메소포타미아(강과 강 사이라는 그리스 말이다) 문명은 이루어졌다. 그러나 강이 그곳을 떠나면서 그 강가에 세워졌던 도시들은 사라졌다. 물길을 막고 강의 흐름을 바꾸었던 인간들 때문이었다. 강이 흐르는 한 도시는 존재한다는 것을 나는 그때 배웠다. 나의 고향 진주 역시 강가에 세워진 고도이다. 세상에, 한 도시가 천 년이라는 세월을 지탱해내다니. 그리고 강이 그렇게 오랜 세월이 흐르고 난 뒤에도 그 도시에 아직도 머물고 있다니.

바람이야 가벼운 것이라서 기억의 첫 지층 위에서 팔랑대겠지만 기억의 가장 아래쪽에 놓인 진주에 대한 기억은 남강이다. 아름답다는 말 아래에 놓인 나의 기억은 가을이면 그 강에 띄우던 유등이 있고 참혹하다는 말 아래에 놓인 나의 기억은 남강 어느 모래사장에서 발견되었던 같은 국민학교 상급반 학생이었던 유괴된 아이의 시체이다. 내 생애의 가장 은밀한 순간도 그 강가에 있었다. 첫 월경을 하던 나는 월경이 무엇인지를 알지 못한 채 피가 흐르는 두려움 때문에 집으로 가지 못하고 그 강가에 주저앉아 울었다.

유등.

연꽃등을 띄워 강으로 보내던 시절, 나는 사춘기였다. 10월이면 진주에서는 개천예술제가 열리는데 그 행사 가운데 하나가 유등놀이였다. 역시 행사 가운데 하나인 백일장을 마치고 저녁이 되면 유등을 들고 나는 강가로 갔다. 백일장에는 주어진 제목이 있었고 그 제목에 맞게 시를 쓰면 되었다. 주어진 제목은 언제나 싫었다. 단한 번이라도 그냥 마음 내키는 대로 시를 그때도 쓰고 싶었다. 언제나 진주성에서 백일장은 열렸다. 제목이 마음에 들지 않으면 나는 논개사당을 어슬렁거리거나 의암까지 내려가보거나 했다. 종종 마감시간이 지나도록 시를 지을 수가 없어서 반쯤 갈긴 종이를 내기도 했다. 그 종이 위에는 '맑은 가을 하늘……' 운운이 들어 있었으나 마음이 담기지 않은 산만한 글줄일 뿐이었다. 백일장을 마치고 중앙시장 근처에서 부침개를 사먹고 집으로 가서 이미 준비해둔 등을 들고 강으로 가면 저녁시간. 날씨가 좋은 날이 유등날로 잡히면 청량한 가을 공기 속에 차가운 물 위를 어른어른, 마치 금방이라도 물에 젖어 더이상 앞으로 나가지 못하고 가라앉을 것같이 등은 흘러갔다. 조심스럽게 등을 보내고 등 안에 켜진 촛불이 꺼지지 않고 멀리멀리 흘러서 가라는 마음으로 강가에 서 있을 때 소원을 빌어보라던 누구의 말은 나에게 아주 뜨악하게 들렸다. 아름다움 앞에 서 있는데 생의 복락을 비는 소원이 나에게 있을 리가 만무했다. 그 순간, 나는 아름다움 앞에서는 아무런 생애의 소원이 없다는 것을 알았다.

폭력.

내가 어릴 때만 하더라도 남강에는 넓은 모래사장이 있었다. 그곳은 어린 우리들의 놀이터였다. 학교가 끝나고 난 뒤 걸어서 모래사장으로 나가서 한참 모래와 놀다가 어둑어둑해져서야 집으로 돌아오곤 했다. 모래사장에서 강 건너편(배건너, 라는 이름이 붙어 있던 곳이었다)을 바라보면 긴 띠를 이루고 대나무들이 숲을 이루고 있었다. 해가 질 무렵, 대나무숲의 빽빽한 녹색은 지는 태양의 아늑한 빛을 받고 황금빛으로 변했다. 그 순간이 지나면 다시 녹색으로 돌아오는가 하다가 천천히 다가오는 어둠에게 제빛을 내주고 어둠의 검은 품에 안겨갔다. 그때, 그렇게 어둠이 오고 있던 강변에 서 있을 때 그 강변의 모래사장에서 그 다음날 어린아이의 시체가 발견되리라는 것을 나는 알 수 없었다. 어린아이 유괴사건으로 도시 전체가 들끓고 있었는데도 그 아이가 같은 학교 상급생이었는데도 어린 나는 강변 모래사장에서 노는 것을 멈출 수가 없었다. 그리고 그 다음날. 다시 모래사장으로 갔을 때 그곳은 이미 출입 금지였다. 아이의 목 졸린 시체는 모래 속에 묻혀 있었다. 한동안 구경꾼 사이에 끼어 있다보니 어둑어둑해지고 있었다. 건너편의 대숲, 지는 해. 이번에는 지는 해의 빛을 받고 제빛을 잃어가는 대숲을 바라보자 겁이 덜컹 났다. 그리고 모래밭. 모래밭은 대항할 수 없는 생명에 가해진 폭력의 무서움을 나에게 가르쳐준 곳이었다. 지금도 이 세계 곳곳에서 날뛰고 있는 폭력, 대항할 수 없는 인간이나 동물이나 식물들에게 가해지는 폭력을 보면 그 모래밭이 떠오른다. 아이의 목을 조르는 손, 그 아이의 늘어진 시신을 묻고 있던 한 남자가 있던 모래밭. 고향에서 배우는 것이 어디 아름다움뿐이랴.

전설.

　　강가에서 나와 분지인 진주를 병풍처럼 둘러싸고 있는 산들을 보면 그 산 언저리에서 자라던 올망졸망한 과일나무도 볼 만하다. 그리고 등성이에 꽃이 피기라도 하면 흑백의 산수화에는 천천히 색이 입혀진다. 붉은 산벚꽃이 한꺼번에 피면 천천히 입혀지던 색은 속도를 내고 산벚꽃이 지고 철쭉이 피면 산은 사랑의 풍문이 들기라도 한 양 음전한 모양새를 바꾸기 시작한다. 사랑의 열병에 들뜬 산들. 산들은 사랑의 핵에는 어떤 비극이 들어 있기라도 한 양 그 모습은 금방이라도 흑백산수화를 그리는 화공이 검은 먹을 들고 와서 색을 지울 것 같은 불안으로 뒤척인다. 금방 스러질 것 같은 아름다움, 그 그림 뒤에는 어릴 때부터 들어온 풍문처럼 전해지던, 채

시인이 되기도 전에 철쭉 그늘에서 자살했다는 천재시인의 이야기가 있었다. 그의 문우들이 습작을, 진주 시내에서 그 당시 유명하던 시화를 전시하곤 하던 어느 다방에 걸어두었다지만 그것도 풍문인지 나는 그 천재시인의 시 한 줄도 읽을 영광을 누리지 못했고 그의 전설만을 들었을 뿐이었다. 그 전설 속에서 나는 시를 만났고 그 전설 속에서 명멸해간 많은 시인들을 만나고 싶다는 열망을 가졌다. 시집을 옆에 끼고 진주의 작은 산등성이를 오르곤 하던 대학 시절, 산철쭉 사이에서 랭보나 이성복을 읽을 때면 그 순간의 나는 적어도 나에게는 전설이었다. 그러고 보니 시를 쓰기 시작한 것은 시를 사랑해서가 아니라 그 전설들을 사랑하기 때문은 아니었을까.

존재.

　물산이 풍부하다고 일컬어지는 진주의 시장들. 특히 중앙시장. 비단전과 생선전에서 그릇전과 인삼전, 계란전, 채소전. 말린 채소 불린 채소, 싱싱한 김치 시장. 그 사이사이에 자리잡고 있던 시장통의 식당들. 돼지뼈가 삶아지고 있던 무쇠솥이며 시래기가 설설 끓고 있던 화덕 사이를 걷다보면 이곳이 천국이지 싶었다. 아침마다 트럭들이 와서 부려놓고 가던 채소들, 그런 채소들을 지게에 지고 가던 짐꾼들, 그들 사이를 밥과 반찬이 담긴 커다란 쟁반을 머리에 이고 지나가던 아짐들, 고무다라이에서 요동을 치던 미꾸라지들, 못이 박힌 목판에다 가오리를 걸고는 빠른 동작으로 껍질을 벗겨내던 아저씨들, 물에 담긴 도라지, 삶은 나물들, 마른 갈치며 메추리알, 시뻘건 김치와 마른오징어 무침, 그렇게도 많은 먹거리들이 진주 인근에 있는 산에서 바다에서 밭에서 그곳으로 오곤 했다. 오래된 식당에서는 진주 식으로 만들어내던 비빔밥(더운 국에 토렴을 한 흰쌀밥 위에 나물과 육회를 고명으로 얹은 비빔밥, 모양이 하도 고와서 꽃밥이라고도 한다)과 선짓국을 담아내고 한편에서는 대구탕을 끓여 대기도 했고 고기와 생선으로 만든 해장국들이 배고픈 시장 사람들에게로 배달되기도 했다. 이렇게 생생한 생명들이 요동을 치는 곳에서 나는 어느 날 월경의 날을 맞이했다. 그런데 나는 그것이 무엇인지 알 수가 없었다. 그 당시 어머니들은 월경이 무언지 딸들에게 설명하지 않았다. 무언가 나에게 일어났는데 나는 그게 무엇인지 알 수가 없었다. 지금도 기억난다, 중앙시장을 빠져나와 시외버스 터미널을 지나서 강둑으로 불안에 사로잡혀 걸어가던 나. 그리고 강둑에 도착했을 때 불안은 두려움으로 변해서 강바람 속에 나를 가두어두고 나는 울고 말았다. 이 일을 어쩌면 좋단 말인가. 지금도 여자인 나라는 태생이 나를 불안하게 만들 때 그 강변을 떠올린다. 그때 흘린 눈물을 지금 역시도 흘리고 있다는 느낌, 존재가 변해가는 두려움, 그 강변이 나에게 가르쳐준 근원적인 인간의 두려움. 지금도 시장에서 급하게 뛰어가는 여자아이를 보기라도 하면 혹, 저 아이에게도 어떤 새 시절이 시작되고 있는 건 아닌가, 하는 생각을 하기도 한다.

그리고 인공자연.

이제 그 강을 막아 만든 호수에 대한 이야기를 할 때가 되었다. 시리아에서 발굴을 하던 때, 발굴 유적지는 유프라테스 강에 댐을 세우면서 만들어진 거대한 인공호수 바로 옆에 있었다. 인공호수가 생긴 까닭으로 유적지의 거의 반은 물에 잠긴 상태였다. 인공호수가 내려다보이는 BC 2000년경의 폐허도시에서 그 호수를 내려다보며 나는 내 고향에 있는 진양호를 떠올렸다. 인공호수. 인공자연 앞에서 놀이와 휴식을 즐기는 것은 아마도 인류의 역사상 현대인들이 처음일 것이다. 거대한 관개공사, 운하 등등, 자연을 대규모로 조정하는 힘을 키운 인류가 인류에게 선사한 인공자연. 진양호는 현대라는 시간에 어른이 되어가던 나에게 휴식을 준 인공자연이었다. 진양호로 가는 버스 종점에서 내리면 바로 호수는 보였다. 언젠가부터 진양호로 내려가는 가파른 길에 외팔이 아저씨가 솜사탕을 팔고 있었다. 아저씨가 가지고 있던 카세트테이프에서는 조지 해리슨의 〈While my guitar gently weeps〉라는 노래가 언제나 흘러나오고 있었다. 인공호수에서 듣는 삶의 섬세한 손가락인 기타에 대한 노래. 그 사이사이, 물결은 흔들리고 천막을 쳐두고 플라스틱 의자를 내놓은 유원지 카페에 앉아 있던 대학을 막 졸업한 나도 흔들리고 있었다. 미래는 불투명하고 갈 곳은 마땅찮

왔던 어설픈 청춘은 인공호수를 바라보며 이 불분명의 가슴에 안고 어디론가, 길을 떠나야 했다. 이 인공자연 속에서 나의 삶은 계속되리라, 도시의 빌딩과 빌딩 사이, 엘리베이터와 쇼핑몰 사이, 버스와 기차와 비행기 사이사이, 그리고 한 개인에 불과한 나는 그 거대함 앞에서 다만, 내 기타가 울릴 때까지, 어디론가 걸어갔다가 돌아오곤 할 것이다. 그리고 인공자연이 건설되고 또 건설되어도 아직 진주를 지나가는 강, 시작과 끝을 주관하는 강, 강이 사라지면 내 고향은 사라질 것이다.

허수경　1964년에 진주에서 태어나 1987년 시인으로 등단하고 그 이듬해에 진주를 떠났다. 지금은 독일 뮌스터라는 도시에서 18km 정도 떨어져 있는 알텐부르크라는 곳에 살고 있으나 당시 진주를 떠날 때 이렇게 먼 나라에 살게 될 줄은 몰랐다. 진주가 그리울 때면 독일에서도 밥을 한 상 차려놓고 열심히 먹는다. 돌아갈 때가 언제일지는 지금도 모른다. 하긴 우린 모두 고향을 등진 호모 모빌리쿠스들이 아닌가. 우리들이 길에서 행할 만찬에 축복을.

282.
'서부 경남 통틀어 최대'란
수식어가 붙는
중앙시장에도 곳곳에
그늘이 드리워져 있다.
소중한 것은 언제나
사라진 다음에 그리운 것임을
우리는 너무 쉽게
잊어버리는지도 몰라.

287.
유등제가 한창 무르익어갈 때면
남강변 백사장에 천 년의 역사를 간직한
소싸움이 한바탕 펼쳐지고
진주의 가을은 그만큼 깊어간다.

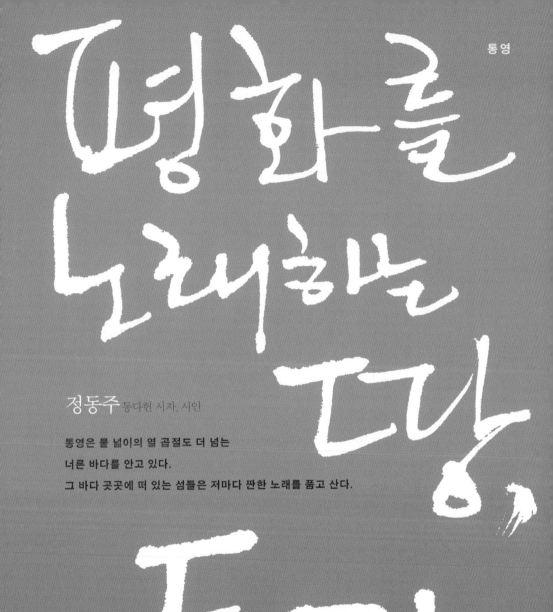

# 평화를 노래하는 땅, 통영

정동주 동다헌 시자, 시인

통영은 뭍 넓이의 열 곱절도 더 넘는
너른 바다를 안고 있다.
그 바다 곳곳에 떠 있는 섬들은 저마다 짠한 노래를 품고 산다.

# 통영의 내력을 상징하는 건물, 세병관 洗兵館

*

당나라 시인 두보712~770가 전쟁을 반대하는 인민의 열망과 평화사상을 사실적으로 표현한 그의 대표작 「전쟁이 없었으면洗兵馬」이라는 작품의 맨 끝부분은 이렇다.


　병사들이여 어떻게 하면 하늘의 은하수를 끌어올 수 있을까
　그 물로 갑옷과 무기를 깨끗이 씻어 영원히 무기를 쓰지 않을 수 없겠는가


　安得壯士挽天河
　　　·　·
　淨洗甲兵長不用


통영시 문화동 여황산 언덕배기에 백팔십오 평이나 되는 우리나라에서 평면 면적이 가장 넓은 조선 집 한 채가 있다. 조선시대 수군통제사 본영 건물이던 세병관洗兵館이다.

조선시대 수군의 으뜸 벼슬아치인 수군절도사는 경상, 전라, 함경도에 각 세 명씩이었고, 경기, 충청, 평안도는 각 두 명, 황해, 강원도는 각 한 명씩을 두도록 했다.

1592년 임진왜란 이후 전쟁을 제대로 치르기 위해 수군절도사 위에 삼도수군통제사라는 직위를 두었다. 전라좌도 수군절도사로 있던 이순신이 놀라운 전공을 거듭 세우자 선조 임금은 『경국대전』 수군 편제에도 없는 자리를 급히 만들었다. 경상, 전라, 충청도 수군을 통합하여 지휘할 수 있는 삼도수군통제사라는 직위를 만들어 이순신에게 내리면서 조선의 운명을 맡겼다.

참으로 엄청난 이름인 삼도수군통제사가 된 이순신은 본영인 통제영을 지금의 통영시 한산면 두억리에다 처음 설치했다. 이순신의 죽음과 임진왜란의 참극은 결국 조선시대의 종곡으로 이어지는 결정적인 역사였다.

전쟁이 끝나고 나서 한산도에 있던 통제영은 지금의 여황산 언덕배기로 옮겨졌고, 그 이듬해인 1604년 제6대 통제사로 온 이경준이 이순신의 위업을 기리고 통제영의 건물로 삼기

위하여 새로 짓고는 '세병관'이란 이름을 지어 붙였다.

전쟁의 참혹함과 절절한 슬픔을 다시는 겪지 않게 되기를 갈망하면서 두보의 대표작 「洗兵馬」에서 馬를 館으로 고쳐 지어놓고 이경준도 통곡했을 것이다.

경상남도 통영과 충무라는 이름은 임진왜란 같은 큰 전쟁을 치르는 군사기지로서 이 나라의 숱한 위기를 겪어내는 동안 생겨나서 마침내 제 이름으로 새겨진 것이다.

이순신은 통영시 한산면 두억리에다 삼도수군통제사의 본영인 통제영을 짓고는 제승당制勝堂이라 불렀다. 이곳에서 군대를 훈련시키고 무기를 만들며 군량을 장만하는 군사 업무를 시작했다. 그때부터 두억리 일대 사람들 사이에서 통제영의 준말인 통영을 '토영'이라 부르기 시작했고, 그 이름에는 말로 다 할 수 없는 긍지와 자신감이 생겨나 쌓여서 오늘에 이르렀다. 충무라는 말은 이순신 장군의 시호인 충무공에서 따온 이름이다.

## '토영' 사람들의 노래는 짠하다

*

통영은 뭍 넓이의 열 곱절도 더 넘는 너른 바다를 안고 있다. 그 바다 곳곳에 떠 있는 섬들은 저마다 짠한 노래를 품고 산다. 그 섬들을 두고는 외로움 한가운데서 빛나는 별이라는 이도 있고, 물비늘 조각마다 새겨진 노래라 하는 이도 있고, 파도에 깎이고 닳으면서 날마다 새로워지는 전설이라 하는 이도 있기는 하다.

아무튼 통영은 온화한 날씨 덕을 많이 입어왔는데, 이 날씨가 예부터 이 지역 바다와 육지의 물산이 가멸지도록 도왔던 것 같고, 그리하여 아주 까만 옛적부터 사람의 발자취가 찍혔었다. 곳곳에 널린 조개무지와 고인돌은 농경을 주로 한 내륙 지방과는 사뭇 다른 생활터전이었음을 알게 해주는데, 그 아득한 삶들의 많은 이야기는 지금도 살아서 삼백 리 한려수도의 아득한 내력이 되고 있다.

산양읍 풍화리에 살던 여인은 고기잡이 나간 남편이 돌아오지 않자 날마다 바다를 바라보며 기다리다가 바위가 되었다. 어느 풍랑 드센 날 바다 속에서 남편 주검을 찾아 받들고 물 위로 솟구쳐서는 그대로 다시 바위가 되었다. '할매바위와 할배바위'다.

또 한 섬에 사는 여인은 쌍둥이를 낳았다. 남매였다. 한집에서 쌍둥이 남매를 키우면 아들이 일찍 죽는다 했다. 여인은 아들을 붙들기 위해 딸을 다른 섬에다 갖다 버렸다. 둘은 성장하며 연인 사이가 되었는데, 서로 남매인 줄 몰랐다. 혼례를 올리려고 하자 하늘에서 천둥이 치며 두 사람을 바위로 만들어버렸다. 매물도의 '남매바위'다.

사량섬에서는 아버지와 딸의 이야기가 전한다. 아버지와 딸 둘만 살았다. 아버지가 딸에게 몸을 요구한다. 딸은 아버지가 소처럼 울면서 산 위로 기어올라오면 몸을 허락하겠다며 위기를 넘긴다. 아버지가 딸 시키는 대로 기어올라오는 동안 딸은 혼신을 기울여 산 위로 올라 절벽에서 자결한다. 이 옛일로 뒷날 사량섬 사람들은 대례를 치러보지 못하고 죽은 옥녀를 위하여 혼인할 때 대례를 행하지 않는 습속이 생겼는데, '옥녀봉 전설'의 살아 있음이다. 막막한 바다 위에 떠 있는 섬 생활의 격절과 지독한 외로움의 화석들이다.

이같은 섬 문화는 고기잡이를 중심으로 이뤄지고 이어져왔다. 바다에 나가 뱃일을 해야 하는 사람들은 예측하기 힘든 자연환경의 변화로부터 목숨을 지키기 위해 빌었고, 고기가 많이 잡히도록 기원하는 별신굿, 풍어제 같은 문화가 생겨났다.

이 지방의 고기잡이 문화는 독특했다. 조선시대 관혼상제의 규범이었던 주자의 『주자가례朱子家禮』에 정해놓은 천신례 때 제물을 바꾸어놓을 만큼 특별했다. 천신례는 청명, 한식, 단오, 백중, 중양과 같은 속절에 사당에 참배할 때, 그 계절에 나는 과일, 나물, 햇곡식을 올리는 아름다운 예절인데, 통영에서는 그 천신례 음식이 육지와는 사뭇 달랐다. 통영 바다에서는 대구가 많이 잡혔다. 초겨울 들어 처음 대구를 잡으면 쌀을 듬뿍 씻어 톡톡한 쌀뜨물을 받아 대구를 넣고 끓이면 구수한 국물이 된다. 이 대굿국을 끓여 올리는 이른바 대구 천신례가 생긴 것이다.

중국 문화의 영향력이 절대적인 힘을 지닌 육지에서는 어느 누구도 감히 천신례 제수를 맘대로 바꿀 수 없었으나, 통영에서는 그들 나름의 문화로 변화시킨 것이다.

이같은 문화의 특성은 뒷날 통영의 예술, 문학 등 문화의 핵심 영역에서 이 나라를 대표하는 큰 인물들이 여럿 태어날 수 있는 원천이 되었다.


## 이순신의 마음이 녹아든 통영의 문화

\*

지난 한때는 통영 안에서 충무시를 드러내어 각각 다른 행정구역으로 나눈 적이 있었다. 그러나 충무시는 본디 통영 품 안에서 생겨난 곳이어서 충무시와 통영군(2005년에 통영시로 개편) 사람들은 타관 사람들에게 고향 얘기를 할 때면 늘 '토영', 즉 통영이라 말한다.

토영 갓, 토영 자개, 토영 장장롱, 상, 토영 소반, 토영 장석 등 통영 열두 공방을 비롯해서 통영 오광대, 통영 오귀새남굿, 통영 당산굿, 승전무, 한산대첩제 등은 모두 임진왜란과 이순신의 짙은 나라 사랑과 관련되어 생겨났다.

"지화자 지화자 지화자 지화자 우리 우리 충무 장군 덕택이오⋯⋯"

마당 한복판에 태극무늬 선명한 큰북을 놓고, 동서남북으로 벌려선 네 사람이 노래를 부르면서 북을 치며 돈다. 그 바깥에는 다시 열두 사람이 둥글게 돌면서 같은 노래를 부른다. 춤사위는 빠르거나 화려하지 않지만 위엄 있고 활달하다. 이순신에게 제사하는 봄가을로 충렬사 뜰에서 추어지는 이 승전무중요무형문화재 21호의 뿌리는 이순신 그 자신이다. 그는 싸움터에 나갈 병사들의 사기를 드높이기 위하여 때때로 배 안에서 잔치를 베풀고 그 자리에서 이 춤을 추게 했었다. 그것이 동기가 되어 전쟁 뒤 통제영 안에서 벌어진 여러 행사 때마다 이 춤이 등장하여 이순신의 진한 애국심을 추억했던 것이다.

주된 생업이 고기잡이였던 통영 사람들은 바다라는 거대한 은총과 두려움 사이에서 삶을 이어내렸다. 풍어를 간절히 비는 별신굿이 성행한 것은 당연했고, 폭풍우와 태풍의 위세 앞에서 무력할 따름인 인간의 모습을 오귀새남굿으로 위안하며 살았다.

무서운 풍랑에 목숨 잃고 주검조차 건지지 못한 이들도 흔했다. 그렇게 죽어간 이들의 넋을 위로하고 그 영혼을 천국으로 올려보내려는 굿은 곧 살아남은 자들의 도리이자 그들 자신의 슬픔과 불안을 달래는 작고 약한 자의 기도였다. 통영은 이 기도의 씨줄 날줄로 짜낸 정신의 피륙이어서 이 나라 안에서 빛을 내뿜는다.

통영 사람들의 삶이 펼쳐지는 바다며 땅의 이름도 임진왜란과 이순신의 추억으로 돋을새김 혹은 음각되어 통영의 역사와 문화의 살이 되어 살아 있다.

'판데목'이라는 지명은 통영반도<sub>당동</sub>와 미륵도<sub>미수동</sub> 사이의 운하가 있는 곳의 본디 이름이다. 너비 55m가량, 물 깊이 3m가량 되는 좁은 해협은 임진왜란 때 한산대첩에서 이순신에게 쫓긴 왜군의 군함들과 왜적들이 엉겁결에 도망쳐들어온 곳이다. 그러나 퇴로가 막힌 것을 알고는 그곳의 땅을 파헤치고 물길을 뚫어 도망쳤다 하여 '판데목'이라 불렀다. 이때 수많은 왜군이 이곳에서 죽었으므로 '송장목' 또는 '송장나루'라는 이름도 함께 붙여졌다.

일제 때 일본인들이 이곳에다 운하를 만들어 해협을 넓히고 임진왜란의 원흉인 도요토미의 이름을 붙여 부르기도 했었다. 이 운하 밑을 파서 해저터널을 만들었는데, 1927년부터 1932년까지 오 년이 걸려 완성된 터널은 당시로는 동양 최초의 해저터널이었고, 한동안 통영 관광의 대표적인 명소였다.

이순신이 처음 통제영을 설치했던 한산면 두억리라는 지명은, 임진왜란 때 바다에 떨어진 왜병의 머리가 억 개나 된다 하여 두억<sub>頭億</sub>이란 이름이 붙여졌다.

두억리에 있는 포구를 문어포라 하는데, 이순신의 수군에게 패하여 도망치던 왜병들이 길을 물었다 해서 '문어포<sub>問於浦</sub>'였다.

왜병의 시체를 매장한 곳이라 하여 매왜치, 아군이 신호를 보내기 위하여 고동을 불었다는 고동산, 이순신이 크게 이기고 나서 갑옷을 벗고 땀을 씻었다는 해갑도<sub>解甲島</sub>, 퇴로가 끊긴 왜병들이 개미떼처럼 들러붙은 채 죽었다는 개미목 외에 주전골, 간창골, 안티골, 봉수골, 치소포, 멸개, 숯덩이골, 진작지, 장군봉, 군함바위 등의 옛 지명은 통제영 시절의 애환과 절규를 추억하게 하는 군사시설과 관련된 것들이다. 당동에 있는 사당인 착량묘는 1598년 노량해전에서 이순신이 죽자 그 이듬해에 통영 주민들이 이순신의 생애를 그리워하며 지었다. 이순신의 위패와 영정이 모셔져 있는 이곳에서는 해마다 제삿날인 음력 11월 19일에 제사를 지낸다.

뭐니 뭐니 해도 통영의 문화로는 통제영의 열두 공방을 들 수 있겠다. 열두 가지 공예품이 한꺼번에 통영 땅에서 생산되고 맥을 잇게 된 것은 통제영이 있었던 덕분이다. 임진왜란이 끝나고 한산도에 있던 통제영이 통영반도로 옮겨온 뒤로 병영으로서의 안정을 되찾았다. 통제사는 통제영 안에 병참기지 구실을 하는 열두 공방을 갖추고 갖가지 군수물자를 만들도록 했다. 그러자면 갖가지 부품을 만들어 공급하는 공방도 딸려 있어야만 했다.

그러다가 조선왕조 말엽에 통제영이 없어지게 되었고, 공방들도 절로 문을 닫았으며, 몇몇 장인들이 스스로 공방을 다시 열고 일을 하면서 제자를 가르치는 새로운 세월이 시작되었다. 지금의 통영 공예는 그렇게 생겨난 장인들의 대물림으로 가까스로 목숨이 이어져내린 것이다.


## 다시 평화와 생명을 노래하는 땅

*

통영 바다는 여러 섬들이 파도를 눅여주어서 호수처럼 잔잔한 것이 특징이다. 거기에다 청정해역이어서 해산물은 풍부하고 그 맛은 깊고 진하다. 양식어업에 더없이 알맞은 조건을 지녔다. 그리하여 알뜰하게 꾸리는 농업에다 천부의 바다에서 건져올리는 해산물은 통영 사람들의 삶을 넉넉하게 해주었다. 예부터 통영 바다는 대구와 멸치가 많이 잡히기로 유명하다. 한때는 전국 멸치 생산량의 팔 할가량을 통영 바다에서 잡았다는 얘기가 날 정도였다. 대구가 많이 잡히던 1950년대까지만 해도 돈 많은 어장애비—어장을 경영하는 수산업자—들이 몰리던 부자 고을이었다. 그렇게 모은 재산으로 일찍부터 자식들을 해외 유학시키고, 서울 유학시켜 유학생이 많은 고장으로도 널리 알려졌었다.

임진왜란과 조선시대 수군통제영의 군사기지로 유명해진 통영이지만 척박하고 고독한 섬 문화와 억센 사내들의 고기잡이, 그리고 끈질긴 생명사상이 바탕을 이루고 있는 통영의 역사와 문화는 우리나라에서 보기 드문 인문주의적 토양을 만들었다.

통영을 상징하는 몇 군데를 중심으로 이같은 인문적 토대와 삶의 향기를 찾아가는 나들이를 해보자. 첫째는 세병관이다. 이곳에서 이순신 외의 다른 사람을 상상하기는 불가능하다.

그러나 이순신을 '칼 찬 군인'으로만 보려 하는 것은 한국인의 빈곤한 상상력 탓이다. 비록 그가 무관이기는 했어도 어진 선비로서의 면모가 더욱더 선명했던 사실을 증명해준 것이 통영에서 자라난 인문적 토대다. 수많은 인물 가운데서 얼른 떠오르는 몇 사람의 이름만 외워본다. 깃발의 시인 유치환, 꽃의 시인 김춘수, 백자항아리의 시인 김상옥, 극작가 유치진, 토지의 어머니 박경리, 현대음악의 거장 윤이상, 오방색의 재발견 화가 전혁림……

둘째는 통영 시가지를 내려다보고 있는 남망산공원이다. 야트막한 이 공원에 오르면서 보면 항구를 드나드는 배들과 별떨기를 뿌려놓은 듯한 오밀조밀 섬들이 수를 놓은 아름다운 한려수도 한 폭을 눈이 시리도록 볼 수 있다. 통영에 오는 사람이라면 꼭 한번 올라보아야 할 곳이다. 일찍이 화가 이중섭은 6·25전쟁 때 이곳으로 피난 와서 머물렀다. 아늑한 푸른 바다에 안긴 한가로운 통영 포구 풍경을 그림으로 남기기도 했다. 그는 저녁노을이 한려수도를 물들이면 전쟁중임도 잠시 잊어버리고는 그 장엄한 황홀의 절정을 만나기 위해 한사코 먼 바다로 나가보려 했었다. 그런 이중섭의 소년 같은 모습을 말없이 지켜보았던 박생광과 전혁림의 색채가 뜨겁고 애절한 오방색 정서를 섬뜩할 만큼 내뿜고 있음은 우연이 아닐 거라는 생각이 들기도 한다.

세번째는 미륵도 서쪽 바닷가 절벽 위에 앉은 충무관광호텔이다. 이순신의 호를 따서 붙인 이곳은 내가 삼십 년 전 신혼여행길에 머물렀던 추억의 그림이기도 하다. 이때의 걸음이 인연이 되어 마당굿 패거리들과 함께 떠돌 때는 통영 오광대와 별신굿판에서 며칠씩 머물렀고, 이곳에서 멀지 않은 사천 바닷가에 주저앉은 뒤에는 통영에서만 자라는 귀한 과일나무인 비파나무 묘목을 구해다 심어놓고 통영의 바람과 햇살과 역사의 기척을 느끼곤 하면서 산다.

네번째는 윤이상 거리다. 윤이상 추모음악제를 열기 시작하다가 통영 국제음악제로 발전하여 한국의 대표적인 현대음악제로 자리잡았는데, 해마다 윤이상 생가가 있는 이 거리의 어귀에 있는 페스티벌하우스에서 그의 음악이 꿈꾸던 평화와 공존의 이상이 음악으로 승화되고 있다. 윤이상은 확실히 평화와 관련이 깊다. 평화는 전쟁의 원인이기도 하면서 살상과 파괴의 광기를 치유하고 근원적인 소멸을 바라는 오래된 인류의 염원이다. 한국의 정치적 상처이자 고통인 남북 분단과 이념적 편견 그리고 독선과 오만의 혼돈을 극복하기 위해 그는 〈심청전〉을 통해 인간의 근원적 모순과 슬픔을 노래했었다. 윤이상의 음악세계를 만날 수 있는 페스티벌하우스는 20세기에 새롭게 지은 또하나의 '세병관'이라 해도 좋을 것이다.

다섯번째는 토지의 어머니 박경리가 그토록 간절하게 염원하면서 이 땅에 되살려놓고자 했던 생명사상의 깃발이 한려수도 파도를 쓰다듬고 있는, 눈부신 햇살과 맑은 바람으로 화답하고 있는 풍광이다. 더 정확하게는 그 자잘한 섬들의 적막과 궁핍과 격절들이 놀라운 이성과 노동의 힘살로 빛나 정신의 토지를 경작했고, 그 토지들은 마침내 바다를 육지에다 끌어대어 차별과 폭력 없는 생명의 토지를 잉태시킨 것이다. 박경리의 그런 삶은 한국역사에서 찾아볼 수 없는 매우 특별한 기념행사로 이어지는데, 강원도 원주시, 경상남도 하동군, 그리고 통영시가 공동으로 그의 생애와 사상을 이어받고 기리는 문학행사를 열어갈 것이라고 한다.

살아서는 그 시대를 사랑하고 걱정했으며, 죽어서는 모든 시대와 정신을 살아 있는 자들의 양식이자 위안이며 격려이자 꿈으로 있게 하는 인문주의자들의 땅이 통영이다.

정동주   동다헌 시자. 한국 차문화학을 집대성하기 위해 십 년 넘게 연구와 강의중이다. 통영 오광대와 별신굿, 섬마다 이어져내리는 당산굿을 보고, 배우기 위해 80년대 내내 섬 지방을 돌아다녔다. 장편시 『순례자』로 제8회 오늘의 작가상을 받았다. 시집 『논개』를 비롯하여 대하소설 『백정』 등 사십여 권의 시집과 소설을 펴냈으며, 마당극 〈진양살풀이〉와 오페라 〈조선의 사랑, 논개〉를 쓰기도 했다.

300.
해저터널을 걷다보면
우리가 왔던 곳은 어둠이고,
우리가 갈 곳 또한
어둠임을 깨닫게 된다.
더불어 이 세상의 어둠을 밝힐 수 있는 것은
다름 아니라
사람의 빛임을 알게 된다.

302, 303.
아내를 위해
늙은 다리는 한순간
무쇠말뚝이 된다.
가장 단순하고 가장 포괄적인 삶의 원리,
아내와 남편,
사람과 사람 간의 사랑.

306.
아이들의 웃음소리가
희망처럼 울려퍼지는 어두운 터널.
꿈꾸기를 멈추지 말자.
삶의 고유한 호흡이 멈춰버릴 수 있으므로!

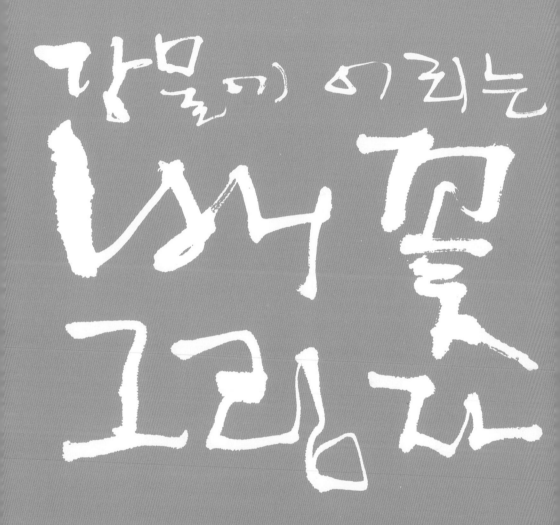

나주

한승원 소설가

배꽃이 한창 필 무렵이면 광활한 나주배 밭에서 사진 찍기 대회가 열린다.
배꽃 미녀로 뽑힌 여인들이 모델이 된다.
그 미녀들의 얼굴 색깔은 배꽃처럼 희고 탐스럽다.

나주는 물 흐르듯 꽃 피듯이 水流花開 살아가는 사람들의 도시이다. 나주를 감돌아흐르는 영산강은 호남 지방의 신산한 역사처럼 굽이굽이 흘러 한반도 서남쪽의 목포 앞바다에 이르는데, 그 강물은 기름진 나주평야를 푸근하게 적셔준다. 그 평야에 은색 가루를 뿌려놓은 것처럼 배꽃이 한꺼번에 필 무렵이면, 이 세상천지는 온통 배꽃의 그윽한 향기에 젖어버린다. 배꽃 구경은 한낮에 해도 좋고 황혼 무렵에 해도 좋고 달빛 아래에서 해도 좋다. 예전 우리 선인들은 시심이 깊고 두터워서 배꽃을 야반삼경에 구경하기를 즐겼다.

> 이화에 월백하고 은한 銀漢이 삼경인제
> 일지춘심 一枝春心을 자규야 알랴마는
> 다정도 병인 양하여 잠 못 들어하노라

배꽃이 한창 필 무렵이면 광활한 나주배 밭에서 사진 찍기 대회가 열린다. 배꽃 미녀로 뽑힌 여인들이 모델이 된다. 그 미녀들의 얼굴 색깔은 배꽃처럼 희고 탐스럽다.

## 가장 맛 좋은 배의 대명사 '나주배'

옛날 전라도에는 대표도시 둘이 있었는데, 전주와 나주이다. 전라도라는 명칭은 그 두 도시로 인한 것이다. 전주에서 나주로 가는 길 주위에 놓여 있는 모든 땅을 전라도라고 이른 것이다.

나주에 가면 나주배가 떠오르고 배를 생각하면 돌아가신 아버지가 떠오른다. 서울에서 대학에 다니던 때, 삼등기차를 타고 영산포역에서 내리면 반드시 호주머니를 털어 배 한 바구니를 사곤 했다. 아버지께서 나주배를 아주 좋아하셨던 것이다. 나주배는 가장 맛 좋은 배의 대명사가 되어 있다. 서울이나 부산 대구 광주의 시장에는 '나주배'라는 상표를 붙인 가짜 나주배가 나돌 지경이다.

나주배 좋아하시던 아버지는 다도해 지방의 덕도라는 섬에서 사시면서 김양식을 하였는데 첫물 김을 생산하자마자 아들을 위하여 여러 분들에게 선물했다. 영산포 엄동에 살던 오유권 선생도 아버지의 김 선물을 해마다 받은 분이었다. 고등학교를 졸업한 뒤, 섬마을에서 아버지를 모시고 삼 년 동안 농사짓고 김양식을 하며 살았던 나는 영산포에 사는 오선생을 찾아가 소설 쓰기에 대하여 묻곤 했었다. 아버지께서는 독학하는 아들에게 용기를 준 그 선생의 은혜를 당신 생전에는 내내 잊지 못하였다.

서라벌예술대학 문예창작과를 거쳐 군대 생활을 한 뒤에 나는 한 신문의 신춘문예에 소설 「목선」이 당선되었는데, 그때는 아버지가 이승에 계시지 않았다. 나는 상을 받으러 서울로 가는 걸음에 영산포 오선생 집에 들렀다. 오선생은 나를 영산강변에 있는 복어집으로 데리고 가서 축하해주었다. 선생과 나는 얼큰한 복국을 안주 삼아 한 되들이 보해소주를 다 마셨고, 술에 취한 나는 소설가로 등단한 나의 모습을 보지 못하고 돌아가신 아버지를 생각하며 울었다.

그로부터 이십 년이 지난 뒤 나는 대하소설 『동학제』를 쓰면서 나주성에 대한 자료 조사를 하기 위하여 나주에 갔다.

나주향교
대성전

1894년 서울로 진격하다가 공주 우금치에서 일본군의 기총소사로 말미암아 패퇴한 동학군 패잔병들이 남으로 후퇴를 거듭했는데, 동학군을 이끌었던 녹두장군 전봉준은 전라북도 피로리에 숨어 있다가 누군가의 밀고로 인해 관군에 체포되었다. 일본군과 관군은, 그 전봉준을 서울에서 가까운 전주감영에 가두려 하지 않고, 몇백 리 남쪽의 나주감옥으로 압송했다. 그 까닭은 무엇이었을까. 나주향교 대성전大成殿 앞에 서서 보면 그 까닭이 보인다.

나주의 옛 도심 한복판에 있는 보물 394호인 이 건물은 명륜明倫의 성현들을 모시는 공간의 중심에 있는 전각이다. 정면은 다섯 칸이고 측면은 네 칸인 단층 팔작 기와집이다. 자연스럽게 다듬은 돌을 바르게 층층이 쌓은 높은 기단 위에 연꽃이 새겨진 둥근 초석을 놓고, 배흘림이 있는 두리기둥을 세웠다. 이 기둥이 거대한 붕새가 두 날개를 펼치고 비상하려는 듯한 중후한 기와지붕을 받치고 있다. 건물 내부의 바닥은 장마루이고 천장은 연등천장이다.

공자 맹자 등의 중국 성현과 우리나라 성현의 위패를 모시고 있는 이 건물은 서울의 문묘, 장수의 향교, 강릉의 향교와 더불어 가장 큰 규모이며 향교 건물의 원형이다. 향교가 앞쪽에 성현을 모시는 전각을 두고 뒤에 학생들이 공부하는 전각을 두고 있음은, 학생들로 하여금 성현의 곧고 깨끗한 삶과 정신을 기리고 숭상하게 하고 본받게 하겠다는 의지이다.

조선시대의 중앙정부는 지방민들에게까지 유학의 이념을 깊이 심어주려 했다. 유학의 이념은 한마디로 선비 정신이다. 선비 정신이란 스스로의 인격을 도야하고, 세상 사람들의 삶의 질을 드높이고 부정한 것들을 광정하겠다는 도道의 정신인 것이다. 향교를 지어주고 운영할 재정을 보태주면서 선비 교육을 장려한 것은 선비 정신을 근간으로 하여 나라를 이끌어가려는 것이었다.

나주목사는 지방의 인재를 중앙정부에 천거할 수 있는 권한이 있었으므로 이 향교에서 공부하는 선비들을 천거했을 터이다. 또한 나주 지방 유생들은 자기나 자기 자제들이 천거될 수 있도록 목사에게 잘 보이려고 들었을 터이다. 그러기 위하여 글을 얼마나 부지런히 읽고 몸과 마음을 단정하게 가다듬었겠는가.

## 난공불락의 나주성

1894년, 대개의 다른 호남 지역의 군이나 현에서 일어난 동학혁명의 주축 세력은 중앙정부의 실정과 부패에 반발한 민중들과 향교를 드나드는 선비 중 불만에 찬 선비들이었다. 동학군 접주들 중에 유학 선비들이 많았다. 전봉준, 이방언이 그들이었다. 그런데 나주 지방의 경우는 다른 지역과 차이가 있었다.

호남 각처에서 일어난 동학군들은 고부에서 집결한 다음 전주성을 점거하고 나서 곧바로 서울로 진격하지 않고 시위 삼아 각 고을을 접수하고 행군하면서 세를 불렀다. 그 가운데 유일하게 동학군들이 접수하지 못한 고을이 나주였다. 나주목사를 둘러싼 아전들과 재야의 유생들이 똘똘 뭉쳐 수성을 했기 때문이었다. 당시 수성군을 지휘한 나주목사는 민종열이었고, 나주를 접수하려고 공격한 동학군 대장은 김개남이었다. 동학군 부대 가운데에서 가장 용맹하고 드세기로 이름난 김개남 부대가 나주를 접수하지 못하고 서울 쪽으로 향했다면 나주목사 민종열이 이끄는 수성군이 얼마나 강했는가를 짐작할 수 있다.

## 고려 태조
## 왕건이 마신 샘물

나주성이 동학군에게 함락되지 않았다는 것은, 민종열의 지휘력 때문이라기보다는 나주성 안에서 일사불란하게 뭉쳐진 수성군의 저항의지 때문이었다. 그 저항의지 근간에 향교에서 배출한 학생들이 포진해 있었다. 그들의 후손인 나주 사람들의 정신과 의기 혹은 자존심이 향교 안에 고여 있다. 그것은 어디로부터 연유한 것일까.

나주와 영산포 일대는 통일신라의 말기에 지방 호족들에 의해서 장악되어 있었다. 그 호족들은 해상왕 장보고의 후예들과 거래를 하던 개혁 세력이었다. 자연, 해상활동을 하는 세력과 연계되어 있던 고려 태조 왕건과 밀착될 수 있었다. 그리하여 후백제를 세운 견훤과 왕건의 싸움에서 그들은 왕건 편을 들었던 것이다. 왕건은 나주 지방의 호족 오씨의 딸을 왕비<sub>장화황후</sub>로 삼았는데, 그 왕비가 낳은 아들이 장차 2대 왕 혜종이 되었다.

나주시청 옆에는 왕건과 장화황후를 인연 맺게 한 전설의 샘이 있다. 뜨거운 여름날 땀을 뻘뻘 흘리며 달려온 왕건이 샘가에서 물을 긷는 처녀에게 물 한 바가지를 청했는데, 처녀는 바가지에 물을 떠주면서 무엄하게 물 위에다 버들잎을 한 줌 따서 뿌려주었다. 왕건이 그 까닭을 묻자, 처녀는 '더울 때는 물은 천천히 마셔야 하기 때문'이라고 말했다.

## 빼어난
## 인물을 배출한
## 나주

섬 진도에 진을 치고 있던 삼별초군이 호남을 장악하기 위하여 나주를 공격했을 때 나주의 관민들은 성문을 굳게 닫고 저항했다. 삼별초군이 칠 일 동안 필사적으로 공격을 했음에도 불구하고 나주성은 무너지지 않았다. 역사 이래 그 어느 전쟁에서도 나주성은 함락된 적이 없었다. 체포된 동학혁명의 지도자인 녹두장군 전봉준을 하필 나주감옥에 가두려 한 것은, 전주성보다 나주성이 더 믿음직스럽기 때문이었다.

나주성을 튼튼하게 지켜주는 진산은 금성산이다. 451m의 높이에 동쪽은 노적봉, 서쪽은 오도봉, 남쪽은 다복봉, 북쪽은 정녕봉이다. 나주의 지세를 살펴보면, 노령산맥이 서남쪽으로 뻗어와 나주에 이르러 금성산으로 우뚝 솟는다. 산줄기의 골짜기 골짜기에서 흐르는 물이 영산강을 이루고, 이 물의 정기를 받아마신 나주평야는 전국 제일의 비옥한 평야가 되었다. 그리하여 나주배는 세상에서 가장 달고, 쌀은 풍성하게 생산되었다. 일본이 호남선 기찻길을 만든 것은 나주평야 쌀을 뺏어가려는 것이었다.

나주에는 빼어난 인물이 많이 배출되었다. 임금과 황후뿐 아니라, 조선조 초의 정치가이자 학자인 신숙주가 노안면에서 났고, 임진란 때의 명장 김천일은 흥룡동에서 났고, 풍류시인 백호 임제는 회진면에서 났다. 나주배 밭 앞에 서면, 평안도사로 발령이 나서 가다가 황진이의 무덤을 찾아 "청초 우거진 골에 자는가 누워 있는가 / 홍안은 어디 가고 백골만 묻혔는가 / 잔 잡아 권할 이 없으니 그를 슬퍼하노라" 하고 시를 읊고 술을 부었다 하여 파직된 임백호의 시 한 편이 떠오른다.


열다섯 아리따운 아가씨
남부끄러워 말 못 하고 헤어졌네
돌아와 종문 닫고
배꽃 사이로 달을 보며 눈물짓네

나주는 늘 이 나라 역사의 한복판에 서 있곤 했다. 근세에는 한말 의병항쟁에 앞장섰고, 일제강점기 때에는 광주학생독립운동을 일으킨 주역들이 되었고, 궁삼면 토지를 회수하려는 투쟁에 앞장섰다. 문화재로 지정해야 할 옛 나주역 청사는 광주학생운동의 시발지이다.

## 유배 가던 정약용 형제가 이별한 밤나무골

몇 년 전 정약용의 이야기 『다산』을 소설로 쓰려 하면서 나주에 또 들렀다. 아우 정약용은 강진으로, 형 정약전은 흑산도로 유배를 갔는데, 두 형제는 나주까지 함께 왔다가, 이곳 밤나무골에서 하룻밤을 자고 헤어졌다. 그곳은 지금의 동신대학교 앞이다. 오른쪽에 금성산을 두고 왼쪽으로 드넓은 들판을 바라보면서 그들 형제는 영영 이별이 될지도 모르는 슬픈 이별을 했다.

"형님 우리 기어이 살아 돌아옵시다!"

"오냐, 내 아우야, 부디 몸조심하여라."

아우 정약용은 영암 쪽으로 가다가 산모퉁이 저쪽 길로 사라지는 정약전을 보며 "형니임!" 하고 울부짖고, 형 정약전은 아우를 향해 "아우야아!" 하고 울부짖었다. 그 소리는 금성산 기슭에서 메아리치다가 천지사방으로 사위어갔을 터이다.

## 황포 돛배들 머물던 영산포

신라와 고려 때 중국과의 해상무역이 이루어지던 포구는 영산포였다. 흑산도에서 유배살이를 한 정약전을 돌보아주던 홍어 장삿배의 도사공 문순득이 다도해 지방에서 잡힌 홍어를 싣고 와서 하역하곤 했던 곳도 이 영산포였다. 강진 봉황포의 옹기배들도 영산포에 뱃머리를 댔고 그 옹기들은 영암 광주 장성 담양 화순 등지로 실려나갔다.

　영산강은 나주 진산인 금성산을 보듬고 도도히 흐른다. 하늘은 천기仁를 아래로 쏟아붓고, 산과 강과 농토는 지기禮를 위쪽으로 뿜어올린다. 그 두 기가 만남으로써 하늘과 땅 사이에 존재하는 사람들을 사람답게 기른다. 의기와 자존심이 대단한 나주 사람들이 그 본보기이다.

한승원　　1939년 전남 장흥에서 태어났다. 대한일보 신춘문예에 소설 「목선」이 당선되어 소설가로 활동하기 시작했다. 서울에서 대학을 다닐 때나 군대 생활을 할 때 휴가를 나올 때면 나주 영산포를 거쳐야 했다. 대하소설 『동학제』, 장편소설 『다산』을 쓰기 위하여 답사했으며, 호남 역사의 본원인 나주에 대하여 늘 애정을 가지고 기행하곤 한다.

영산포를 이루는 골목길의 정취는
아직도 여전하여 비로소 사람 사는 동네 같다.
나주에 가면,
이처럼 오래된 풍경이 말을 건넨다.

문 닫은 나주역, 인적 드문 반남고분.
이 쓸쓸한 풍경을 살갑게 가꾸는 사람의 온기.
이 세상 모든 풍경은
사람과 더불어 아름답다.

## 우포

1억4천만 년 동안
퇴적한 무엇이
궁금한 것이 아니다.
여태까지
사라지지 않고
버티고 있는
그 징그러운 생명력이
놀라울 뿐이다.

우포가 내려다보이는
주매제방에서
1억4천만 년의 습기를 머금은
바람에 얼굴을 씻고,
시간에 굴복하지 않은 늪에게
잔을 들어
크게 경배할 일이다.

# 목포라는 이름의 도시

## 서영채 문학평론가

내가 그리워하고 사랑했던 사람들이 있어 언제나 찬란하게 빛났던 나의 도시, 상처받은 짐승이
되어 찾아가면 아무렇지도 않게 그 청승과 하릴없음과 추레함의 세례를 베풀어주어 내
심정의 생기를 되찾게 해주었던 나의 도시, 허물어진 영혼들을 위한 낡고 추레하고 청승맞은,
이제는 사라져가는 나의 도시, 목포를 위하여 건배.

# 1.

내게 목포라는 지명은 남다른 울림을 가지고 있다. 목포라는 이름과 만나게 되면 일단 마음이 움직인다. 심금이 운다는 표현은 지나치지만, 그래도 마음속에 어떤 가느다란 현이 있어 그 현이 떠는 것처럼 느껴지는 것이다. 너무 감상적인 게 아니냐고 비웃어도 도리가 없다. 마음이 저 혼자 떨어 수습이 안 될 때가 많다. 목포는 내게는 그런 곳이다. 일종의 질병이다.

그건 당신이 어릴 적 떠나온 고향이기 때문이 아니냐고 한다면 일단은 그렇다고 대답할 수밖에 없다. 초등학교 6학년 때 나는 목포를 떠났다. 그 이후로 목포는 내게 고향이 되었다. 고향이라는 말은 그곳을 떠난 사람들이라야 제대로 구사할 수 있는 단어다. 그래서 고향이란 누구에게나 그 자체가 질환 같은 것인지도 모른다. 목포를 떠난 직후 나는 기묘한 향수병을 앓았다. 그것이 향수병이라는 것도 나중에야 알게 되었다.

시작은 이랬다. 서울에 전학 와서 다니게 된 학교는 북한산 기슭에 있어, 운동장에 서면 왼편으로 산봉우리가 보였다. 시야에 산이 들어서 있는 모습이 목포에서 다니던 학교의 모습과 흡사했다. 매월 두어 차례 있던 조회시간에 운동장에 서 있다보면, 왼편으로 보이는 산이 문득 북한산이 아니라 유달산인 것처럼, 그리고 나는 혜화초등학교가 아니라 유달초등학교 운동장에 서 있는 것처럼 느껴졌다. 거기까지는 있을 수 있는 일이다. 문제는 그런 착각이 몸의 증상까지 동반한다는 것이었다. 산을 바라보다가 북한산과 유달산이 겹쳐지고 나면 머리가 멍해지고 몸과 마음이 나른해지면서 맥이 풀리곤 했다. 이런 일이 반복되면서부터는 운동장에 서 있기가 힘들어졌다. 어지럽다고밖에, 누구에게 제대로 설명하기도 어려운 증상이었다.

이듬해 중학교에 들어가면서부터는 상태가 좀더 심각해졌다. 일은 주로 하굣길에서 벌어졌다. 학교가 있는 동소문동에서 집이 있는 혜화동까지 도보로 삼십 분 정도 걸리는 길이었다. 가장 먼저 오는 것은 뒷머리에서부터 등줄기까지 미세한 전류가 흐르는 것 같은 느낌이었다. 뒤이어, 가슴에 커다란 구멍이 뚫려 바람이 지나다니는 것 같은 기묘한 공허감이 찾아왔다. 비유적으로가 아니라 진짜 가슴에 구멍이 뚫려 있는 것 같은 매우 구체적이고 물질적인 형태의 공허감이었다. 그 이후로는 온몸의 맥이 풀려 더이상 걸을 수 없는 상태가 되었고, 내가 누구인지, 지금 어디를 가고 있는지도 알 수 없는, 순간적인 자아 망실 상태가 동반되었다. 길가에 앉아 있는데도 몸은 지면에서 두세 뼘쯤 떠 있는 듯한 느낌이었다.

처음에는 놀랍고 무서웠다. 내가 망가져버리는 게 아닌가 해서. 하지만 병원에서도 빈혈인 것 같다고 했을 뿐 별다른 진단을 내놓지 못했다. 그저 견디는 수밖에 달리 도리가 없었다. 증상이 반복되면서부터는 내 나름의 대처법도 생겼다. 머리에서 등줄기로 전류가 흐르기 시작하면 주위를 살펴 적당한 곳에 자리를 잡고 앉아서 기다렸다. 가슴에 구멍이 뚫리고 그 구멍으로 바람이 지나가기를, 앉은 채로 몸이 허공에 떠오르기를, 내가 누군지 알 수 없는 상태가 되기를. 그런 자아 망실 상태는 통상 십오 분 정도였다. 그 시간을 조용히 앉아 있다가, 다시 내가 누구인지 알 수 있게 되면 조용히 일어서 길을 갔다. 그저 그것뿐이었으므로 겉으로는 아무 일도 없었다.

중학교 2학년이 되면서부터는 이런 증상이 조금씩 줄어들었고 고등학교에 진학하고 난 다음부터는 거의 사라졌다. 그러니까 서울에 올라온 후로 삼사 년 동안을 내 몸은 향수병에 시달렸던 셈이다. 신기한 것은 내 마음의 변화였다. 증상이 뜸해지자 오히려 나는 그 증상이 사라지는 것을 아쉬워하고, 어떤 때는 어이없게도 온몸의 전기를 모으며 그런 증상을 억지로 만들어내려 하기도 했다. 나중에야 나는 알게 되었다. 그런 증상은 내 마음이 아니라 몸이 감당해야 했던 향수병이었음을.

어린 나이에 고향을 떠나면서도 정작 나는 떠난다는 아쉬움보다는 새로운 생활에 대한 호기심과 설렘이 컸다. 가족과 친구들을 떠나 혼자 서울 생활을 해야 했음에도 그랬다. 혼자였지만 그런대로 무난하게 서울 생활에 적응했고, 집에 가고 싶은 마음에 생활을 망가뜨리는 일 같은 것은 없었다. 나는 호기심이 많은 적극적인 아이였고, 내가 우리 집안의 장남이라는 사실을 잘 알고 있었다. 스스로 강한 사람이 되어야 한다고 생각하고 있었다. 하지만 그런 내 마음과는 무관하게 내 몸은 떠나온 곳을 그리워하고 있었다. 장남의 정신에게 인정받지 못했던 그리움이 몸으로 하여금 저런 기묘한 증상을 만들어내게 했던 것이다. 고향집을 그리워하는 불쌍한 아이가 내 몸속에 숨어 지속적으로 내게 말을 걸고 있었던 셈이다. 한동안 나를 괴롭혔던 증상이 사라지는 것을 아쉬워했던 것도 그 때문이었을 것이다. 고등학교에 진학하고 그런 증상이 완전히 사라지는 순간은 그러므로 내 몸이 내 마음에 항복하는 순간이었던 셈이고, 그 순간은 또한 내가 비로소 나의 유년과 고향과 그리고 내가 그리워했던 사람들과 두번째로 헤어지는 순간이었던 셈이다.

그 이후에야 나는 비로소 진정한 탈향민이 되었고, 어른이 되었고, 무엇으로도 메울 수 없는 구멍을 지닌 인간이 되었다. 그때야 비로소 목포라는 이름의 항구는 내게 고향이 되었다. 결코 돌아갈 수도 회복할 수도 없는 텅 빈 구멍과 같은 곳, 지상에는 어디에도 존재하지 않는, 이른바 고향이라는 이름의 땅.


2.

목포를 떠나온 이후로 나는 방학 때면 어김없이 목포에 갔다. 그것은 내게 일종의 제의와도 같았다. 가족이 목포에 있던 때는 물론이고 모두 목포를 떠난 이후에도, 이십대가 끝나갈 때까지 그랬다. 어렸을 때는 호남선 기차를 타고, 호남고속도로가 생긴 이후로는 주로 고속버스를 타고, 때로는 열두 시간을 완행야간열차에 서서 오가기도 했다. 그 시절 목포는 내게 중독성 물질이었고, 그 앞에서 나는 영락없이 한 마리 목마른 짐승이었다.

목포역에 내리면 코끝으로 훅 끼쳐오는 갯내, 그것이 내겐 목포의 전부였다. 내 발길은 저절로 그 냄새를 따라 오거리를 거쳐 선창을 향해 가곤 했다. 내가 태어난

곳은 목포의 중동, 일본식 이름으로는 나카마치였다. 바둑판처럼 정연한 신작로 사이로 일본식 집단주택이 늘어서 있는 곳이었다. 그런 집을 나카야라고 부른다는 것은 나중에 알았다. 거기에서 작은 고개를 넘으면 바로 선창가였다. 그곳 역시 해안선을 따라 일본식 이층집들이 늘어서 있었다. 몇 해 전 교토에 가게 되었을 때 그곳의 전통적인 주택가 골목에서 나는 내가 자랐던 목포의 거리를 발견하고 놀라지 않을 수 없었다. 내가 유년 시절을 보냈던 집에서, 마지막 남은 일본식 다다미방을 온돌로 개조했던 것은 내가 목포를 떠나던 무렵의 일이었으니, 21세기의 교토에서 1960, 70년대의 목포를 발견했던 것도 무리는 아니었다.

해안선을 따라 형성된 선창 거리는, 밥집과 옷집, 신발집, 여인숙, 잡화상, 어물전, 어구전, 과일전 등으로 이루어진 점방들의 거리이기도 했다. 그 건너편 바다 쪽에는, 지금은 여객선 터미널로 통합되었지만, 하의도, 조도, 암태도 같은 신안의 섬들과 제주도, 추자도, 진도, 완도, 해남 등지로 가는 배들을 위한 부두가 군데군데 들어서 있었다. 어린 시절 나는 그 부두의 잔교를 드나들며 이방의 지명과 그곳으로 가는 배의 이름을 익혔다. 지금도 아슴아슴하게 떠오르는 가야호, 조양호 같은 여객선의 이름들. 대규모 간척사업으로 이제는 뭍이 되어버린 금호도와, 그리고 그 건너편의 해남 상공리를 오가던 배의 이름이 무엇이었을까. 너무 흐린 기억이라 쥐어짜도 떠오르지 않는다. 부두와 점방들로 이루어진, 언제나 섬사람들과 여행객들로 붐볐던 선창 거리에서 나는 유년의 대부분을 보냈다. 점방 주인들은 내 부모의 친구였고, 그 자식들은 내 놀이친구들이었다. 내 어머니가 주인이었던 금천상회. 흰색 물결무늬 바탕에 검정색 돋을새김으로 만들어진 금천상회의 간판은 칠글씨 간판만 있던 선창 거리에서 단연 발군이었다. 그것을 바라보던 내 가슴은 얼마나 버젓했던가.

선창 거리를 걷다보면 여기저기서 지난 시절의 기억들이 불꽃처럼 터져나오곤 한다. 고풍스런 석조건물이었던 한국은행의 후문을 언제나 독차지하고 있던 호떡장수 아저씨, 젊고 잘생겼던 그의 선한 눈매. 인사를 하면 언제나 꺼칠한 손으로 머리를 쓰다듬어주던 과일행상 할머니, 그의 검게 탄 얼굴과 굵은 주름과 굽은 등. 고래고기 몇 점에 소주잔을 들이키던 목도꾼들의 호쾌한 동작과 꿀꺽거리던 목. 장어를 다듬던 나무도마와 그곳에 꽂혀 있던 송곳의 모양새. 어물전에 쌓여 있던 홍어의 빛깔. 김칫국이 끓고 있던 선술집 골목의 냄새. 그렇게 먹고 싶었지만 한 번도 먹어보지 못한, 이제는 먹어볼 기회조차 사라져버린 그 김칫국 냄새. 또 전매청 건물을 반갑게 만들던, 정문 앞의 커다란 팥죽 단지가 있다. 보온을 위해 단지를 감싸고 있던 얇은 솜이불과 그것을 두르고 있던 무명끈의 단단한 이음매. 바다로 연한 식당 뒤쪽으로 줄줄이 바다 속에 잠겨 있던 낙지통발들은 배가 지나갈 때마다 밀려오던 파도와 함께 출렁거렸다. 팥죽 단지를 닮은 대나무 통발들. 바다 너머로는 삼학도와 영암 땅의 봉우리가 보이고 또 그 옆으로는 고하도가 보인다. 고개를 돌려라. 유달산이 거기 있을 것이다. 측후소와 방송국 건물과 노적봉으로 이어지는 선을 따라가면 유선각의 지붕과 일등바위, 이등바위가 차례로 나타날 것이다. 산과 섬들 사이에서 수평선을 찾아볼 수가 없어 바다라기보다는 강이나 호수처럼 느껴지는 선창 거리의 바다. 그 곁의 나락마당에서, 나는 정작 바다에는 들어가지도 못한 채 중선들 사이로 헤엄을 치는 아이들의 옷을 봐주느라 쪼그려앉아 있곤 했다. 어둠이 깃들 무렵이면 나는 그들과 함께 숨바꼭질을 시작할 것이다. 태풍이 지나가던 날이면, 비바람 속에서 일렁이던 바다와 서로 부대끼는 뱃머리들을 나는 경이로운 눈으로 바라보고 있을 것이다. 주저 없이 겨울 바다를 향해 자맥질하며 흔적 없이 사라지던 눈송이를 홀린 듯 바라보며 서 있는 한 아이가 있을 것이다. 아아, 일출도 일몰도 없던 그 바다, 그 추레했던 선창가.

대학 시절, 선창가 파출소에서 의경으로 근무하던 친구를 기다리며 허름한 밥집에 혼자 앉아 있었던 적이 있다. 유리창 밖으로 지나다니던 사람들과 그 너머의 바다와 어선들과 그리고 그 너머의 삼학도, 그 모든 풍경들이 뒤섞여 만들어내는 갯내를 나는 잊지 못한다. 여객선에선가 전파상 스피커에선가, 어디선가 철 지난 유행가

들이 들려왔을 것이다. 이난영의 〈목포의 눈물〉이나 이미자의 〈유달산아 말해다오〉 같은 노래들일 수도, 남인수나 고복수 같은 내가 얼굴도 못 본 가수들의 노래일 수도 있다. "돌아갈 곳은 못 되더라 내 고향. 버리고 떠난 고향이길래…… 똑딱선 프로펠러 소리가 오늘도 처량하게 들린다"와 같은 가사들. 상투적일수록 가슴에 와 박히는, 청승스럽고 중독성이 강한 노래들. 겨울방학 때였으니, 유리창 밖에는 눈이 내리고 있었을지도 모른다. 바닷바람이 세차게 불고 있었을 수도, 아니면 햇살이 따스하고 환했던 포근한 겨울날의 오후였을지도 모르겠다. 숟가락을 들고 멍하게 전방을 바라보던 내 눈앞에서 유리 미닫이문이 열리고 경찰 추리닝 차림의 내 친구가 들어온다. 눈부시게 환한 그의 미소가 역광을 받아 더욱 눈이 부시다. 새삼 깨닫는다. 내 안에 있는 목포는 팔 할이 그들이다. 목포에 대해 아는 것들의 팔 할은 그들에게서 배웠다. 그들의 냄새와 옷차림과 말투와 몸가짐이 내겐 갯내였고 목포였다.

**3.**

한때 목포는 한국의 삼대 항구의 하나였다고 했다. 내가 이십대를 보냈던 1980년대를 넘어서면서도 내가 아는 목포는 흡사 발전하는 시간의 손길을 피해간 것처럼 언제나 옛날의 그 모습 그대로 남아 있었다. 오히려 목포는, 남루하고 초라했던 호남선 고속버스터미널 대합실처럼 시간이 지날수록 초라해지고 퇴락해갔다. 박정희 정권 시절의 정치적인 박해 때문이었다고들 했고, 서울 생활을 하던 내게도 그렇게 느껴졌다. 열 살 무렵의 유달초등학교 운동장, 아버지의 자전거 뒤켠에서 보았던 김대중 후보의 유세 현장은 나에게 정치적 경험의 원형으로 남아 있다. 목포가 아니더라도 나는 어디서나 목포를 발견하고 목포를 느꼈다. 군산이나 여수, 충무 같은 항구의 부두에서 목포를 보았고, 삼천포나 영산포, 삼일포, 가포 같은 지명들은 그 이름만으로도 나에게는 목포의 느낌으로 다가왔다. 심지어는 영등포나 마포 같은 지명들도 그

실상과는 무관하게 그랬다. 목포는 내게 고향이기 이전에 모든 쇠락해버린 것들의 상징이었다. 낡고 퇴색하고 청승스러워지는 것, 그것이 내게는 목포였다.

서울에 올라온 이후로도 편지를 주고받으며 함께 성년이 되어갔던 친구들이 있다. 목포가 내게 고향일 수 있었던 것은 그들이 있었기 때문이다. 그들은 내게 갯바위낙지와 뻘낙지를 구분하는 법을 가르쳐주었고, 세발낙지를 한입에 먹는 법과, 봄부터 가을까지 줄줄이 이어지는 병어, 민어, 전어 등의 제철 생선의 맛과, 준치비빔밥, 홍어앳국, 차가운 감태와 뜨거운 매생이, 짱뚱어탕의 맛을 가르쳐주었다. 고등학교를 졸업한 친구들은 서울이나 광주로 진학을 했고, 공고 출신의 친구들은 취직을 위해 울산으로 갔다. 우리가 이십대였을 때, 열 명이 채 되지 않는 친구들 중 고향에 남아 있던 친구는 하나뿐이었다. 그렇게 뿔뿔이 흩어지기 전, 고등학교를 갓 졸업한 스무 살의 청춘으로 우리 함께 휘적거리고 돌아다녔던 목포의 거리, 선창 근처의 남일극장에서부터 목포극장을 거쳐 원진극장과 호남극장에 이르는 길은 내 상처받은 심정의 해방구였다. 친구가 디제이로 있던 다방에서 커피를 마시고, 친구 누나네 당구장에서 당구를 배웠다. 처음으로 술을 마셨던 곳도, 우리 함께 김정호와 하남석의 노래를 불렀던 곳도 모두 그 거리에서였다. 게다가 그 거리는 내게 첫사랑을 가르쳐준 곳이기도 했다. 그 사랑이 있어 내 눈앞에 떠오르는 목포의 거리는 언제나 환한 빛으로 가득했었다. 목포에 도착하여 거리를 향해 한 발을 내딛고 나면 어느 길모퉁이에서 불현듯 그 빛이 나타날 것만 같은 행복한 예감에 나는 얼마나 설레었던가, 오로지 예감만으로 끝나버린 그 빛의 존재로 인해 나는 또 얼마나 괴로웠던가. 그 거리에서 나는 어서 빨리 이십대가 지나가버리기를, 마흔이 되고 오십이 되기를 얼마나 간절히 바랐던가.

목포의 기억 속으로 나는 너무 깊이 들어가고 있는 중이다. 이제는 멈춰야 할 때다. 지금 내 눈앞에서는 제일여고 누나들이 강강술래를 뛰고 있다. 색색의 한복을 차려입고 머리를 땋아내린 처녀들이 육자배기 청의 노래에 맞춰 강강술래를 뛰고 있다. 나는 그때 초등학교 3학년이었다. 내가 그리워하고 사랑했던 사람들이 있어 언제나 환하게 빛났던 나의 도시, 상처받은 짐승이 되어 찾아가면 아무렇지도 않게 그 청승과 하릴없음과 추레함의 세례를 베풀어주어 내 심정의 생기를 되찾게 해주었던 나의 도시, 허물어진 영혼들을 위한 낡고 추레하고 청승맞은, 이제는 사라져가는 나의 도시, 목포를 위하여 건배.

서영채    목포에서 태어났고 1973년 2월 목포를 떠난 이후로 계속 서울살이를 하고 있다. 이십대 때는 주로 시를 썼고 삼십대 이후로는 공부를 하며 주로 평론을 쓰고 있다. 『태풍』 『소설의 운명』 『사랑의 문법: 이광수, 염상섭, 이상』 『문학의 윤리』 등의 책을 썼고, 1996년부터 한신대학교 문예창작과에서 가르치고 있다.

너희들 뛰어노는
그 낡은 길,
생애 가장 빛나는 길이 될지니,
분명 언젠가는……

# 별사탕

# 별자 속에 깃든

곽재구 시인

아주 오래전 밤기차를 타고 나는 순천에 왔고
그때 외삼촌이 사주었던 별사탕을 생각하며 천천히 동천길을 걷는다.
색색의 별사탕들이여
이 도시 사람들 마음 어디에도 따뜻하게 머무르라.

# 착한 자연과

# 사람들의 꿈

# 1.

내가 지닌 가장 오래된 기억은 기차여행에 관한 것이다. 그때 나는 외삼촌과 함께 야간열차를 타고 있었다. 외삼촌은 나를 자신의 무릎 위에 앉히고 여행을 했는데 나는 그 무릎 위에서 기차의 기적 소리를 들으며 차창 밖의 밤 풍경을 보고 있었다.

예나 지금이나 기차 안에는 작은 밀수레 위에 간식거리를 파는 판매원들이 있기 마련이어서 외삼촌은 이제 네 살쯤 먹은 어린 조카에게 사탕 한 봉지를 사 건네주었다. 세상에서 처음 보는 신비하고 아름다운 사탕들이 작은 봉지 안에 들어 있었다. 빨강과 파랑, 하얀색과 노란색들로 치장된 사탕들을 내가 바라보고 있자니 외삼촌이 말했다.

별사탕이란다.

외삼촌이 사탕봉지를 열어주었지만 나는 그 사탕을 입에 넣지 못하고 차창 밖 밤하늘과 봉지 속의 사탕들을 번갈아 바라보았다. 밤하늘에는 무수한 별들이 반짝거렸고 사탕봉지 속에는 색색의 별들이 빛나고 있었다. 밤기차의 기적 소리가 울리고 나는 밤하늘의 별들과 봉지 속의 별사탕을 바라보면서 가슴이 설렘을 느꼈다.

세월이 흘러 외삼촌이 이순을 훌쩍 넘기게 되었을 때 나는 그때의 기차여행을 외삼촌에게 이야기했다. 처음 외삼촌은 내 말을 믿지 않았다. 대신 자신의 젊은 시절 이야기를 꺼냈는데 이리저리 떠돌며 살다가 순천에서 벽돌공장의 인부로 몇 년을 지낸 적이 있다는 것이었다. 그때 송정리에서 기차를 타고 순천까지 오곤 했는데 어느 여행 때 나를 무릎에 앉히고 기차를 탔다는 것까지를 기억해냈다. 별사탕 얘기를 꺼냈으나 삼촌은 자신이 사준 별사탕은 끝내 기억해내지 못했다. 대신 내게 별걸 다 기억하고 있구나, 라고 얘기했고 나는 속으로 그 별사탕 때문에 제 유년이 얼마나 행복했는지 아세요? 라고 중얼거렸다. 그랬다. 기억이 형성되던 최초의 시기에 나는 순천으로 오는 밤기차를 탔고 그 기차 안에서 삶이, 세상이 얼마나 사랑스럽고 아름다울 수 있는지에 대해서 첫 인식을 지닐 수 있었다.

그로부터 사십여 년의 세월이 흘러 나는 다시 한번 순천을 찾아오게 되었다. 밤열차 대신 내 손으로 차를 몰고 순천에 들어오면서 나는 그 어릴 적의 기차여행을 생각하고 있었다. 순천대학교의 문예창작과에서 시를 가르치는 선생의 자리를 얻어 찾아온 것이었지만 내게는 이

여행이 유년 시절 여행의 또다른 한 자락으로 느껴지는 감회가 있었던 것이다.

봄이었고 동천변에는 벚꽃들이 지천으로 피어 흩날리고 있었다. 벚꽃들은 지상의 공기와 시간들을 모두 분홍색의 꽃빛깔로 바꾸어놓았는데 사람들은 그 아래를 자전거를 타고 천천히 달려나가거나 아니면 아주 편한 자세로 하염없이 걷거나 했다. 어떤 꽃잎들은 동천 물 위를 따라 흐르다가 천을 가로지르는 징검다리 주위에 오붓하니 모여 있기도 하는 것이었다. 나는 한 움큼의 벚꽃을 쥐어 바람에 날렸는데 문득 벚꽃의 뒷모습, 궁둥이를 들여다보다가 혼자 화들짝 놀랐다. 벚꽃의 궁둥이마다 모두 하나씩의 별들이 새겨져 있었던 것이다. 내가 지상에서 처음 기억한 별사탕의 모습을 그대로 닮은 별들이 꽃이파리 하나하나마다 새겨져 있었다. 순천順天, 이 도시의 이름이 어떻게 비롯되었는지 알 수 없지만 나는 이 도시가 밤하늘의 별처럼 빛나고 맑은, 봄날의 벚꽃이파리들처럼 순수하고 향기로운 사람들이 모여 사는 동네라고 생각했으며 기꺼이 내 삶의 한 이력을 이곳에 풀어놓을 생각을 했다.

## 2.

순천에서 내가 첫번째 발견한 아름다움은 와온臥溫이었다. 순천시 해룡면의 863번 지방도로 곁에 자리한 작은 갯마을. 처음 마을의 이름을 접했을 때 마음 안에서 작은 종소리가 울렸다. 영감이 깊은 동리에 처음 들어섰음을 알려주는 내 마음골 특유의 종소리였다. 해넘이가 시작되는 시간이었고 드넓은 개펄이 펼쳐져 있었다. 일찍이 그렇게 화사하고 빛나는 노을을 본 적이 없었다. 노을은 와온 바다를 뒤덮은 하늘 전체에서 빛나고 있었는데 나는 저녁노을이 해가 지는 쪽만이 아니라 해가 뜨는 쪽에서도 빛날 수 있다는 것을 와온 바다에서 처음 알았다. 그리고 개펄. 와온의 노을은 개펄 위에서도 펼쳐지고 있었다. 개펄 위에는 작은 물웅덩이들이 고여 있었고 갯골을 따라 실개천처럼 바닷물들이 흐르고 있었는데 그 개펄 위에도 하늘의 노을이 빛나고 있었던 것이다. 하늘의 노을보다 땅 위에 펼쳐진 노을이 더 장엄할 수 있다는 것을 또한 와온 바다에서 처음 알았다.

해가 수평선 아래로 완전히 가라앉고 가깝고 먼 마을의 불빛들이 하나 둘 켜지기 시작할 때 나는 이제껏 삶 속에서 경험하지 못한 마음의 평온을 느꼈다. 그때 비로소 이 바다의 이름이 의미하는 바를 깨달았다. 와온, 따뜻하게 누워 있는 바다. 모든 지친 영혼들을 따스하게 등 토닥거려주는 바다. 나는 그 바다의 선착장 맨 끝 가로등 아래 등을 대고 누워 작은 바람 소리를 듣고, 밤 물새의 울음소리를 듣고, 섬마을의 불빛들을 바라보았다. 그리고 처음 이 바다에 와온이란 이름을 붙이기로 작정했던 옛사람의 혜안과 결코 고즈넉하지 못했을 그의 삶을 잠시 추모했다.

그날 이후 와온행은 나의 일상이 되었다. 비가 올 때도 눈이 올 때도 해가 뜨거나 바람이 불 때도 꽃이 피거나 해가 질 때도 나는 매일 그 바다의 맨 끝 선착장에 쪼그리고 앉아 그곳의 바다와 개펄을 바라보고 꽃이 피어오르는 듯한 마음의 평정을 느끼곤 했다.

와온으로 이르는 863번 도로의 풍경들에도 나는 쉬 넋을 빼앗겼다. 순천의 해룡면을 지나 여수의 소라면과 돌산읍, 맨 마지막엔 금오도와 안도에까지 이르는 길. 육지의 길이 바다를 건너 섬에 이르러서도 동일한 이름을 지니는 것은 아름다운 일이다. 언젠가 이 섬과 육지가 한 몸이었음을 보여주기도 하고 또다시 언젠가 이 섬과 육지가 한 몸으로 이어지리라는 꿈을 지니고 있기도 하다.

이 길가의 중흥마을에는 나이를 짐작할 수 없는 은행나무 한 그루가 계신다. 너무 나이가 들어 본체에는 깊은 세월의 혈흔이 남아 있지만 뿌리 근처에서 돋은 가지가 본체를 보호하고 있는 이 은행나무를 감싸안으려면 모두 여덟 명의 장정이 필요하다. 동네 어르신들에게 물으면 나 어릴 적부터 천 년 먹은 은행나무라고 어른들이 얘기했어, 라고 말씀들 하신다. 어느 날 시인 최두석에게 이 은행나무를 보여주었더니 나무 본체의 수심이 비어버려 천연기념물 지정이 불가할 거라는 얘기를 하기도 했다. 이 은행나무가 여름 한나절 펼쳐내는 녹음의 깊이는 큰 산 하나를 그대로 옮겨놓은 듯하다. 여전히 중흥의 어르신들은 이 나무의 녹음 아래서 한나절을 좋이 보내신다.

정월대보름 때면 중흥마을에서는 마을 사람 전체가 참여하는 줄다리기가 펼쳐진다. 사람 몸통 굵기의 긴 줄에 마을 사람들이 온통 매달리는 줄다리기의 모습을 보고 있으면 이곳의 면 이름인 해룡海龍이 또한 절로 생각난다. 계당과 선학, 반월, 봉전, 달천으로 이어지는 이

조그만 시골길을 터벅터벅 걷노라면 이 길 자체가 어쩌면 생의 '와온'일 거라는 생각이 든다.


**3.**

와온의 바다 건너 갯마을의 이름은 화포다. 일출과 일몰을 함께 볼 수 있는 특이한 지형을 지닌 이 갯마을의 옛 이름은 '쇠리牛里'였다고 한다. 마을의 위치가 외양간에 앉아 되새김질을 하는 소의 머리 부분에 자리하고 있다. 와온에서 보면 이 모습이 확연히 보인다. 화포 곁의 마을 이름은 '우명牛鳴'이다. 소 울음소리 마을이라는 뜻이어서 나는 이 마을을 '음매'마을이라고도 즐겨 부른다. 와온에서 보았을 때 우명은 소의 복부 자리에 위치하고 있다.

와온과 화포는 대대포구와 함께 순천만의 랜드마크 역할을 한다. 순천만의 모습을 말굽자석의 형상에 비유할 때 N극과 S극에 위치하는 마을이 와온과 화포인 것이다. 대대포구는 자석의 맨 아래 깊숙이 들어간 부분에 위치한다고 볼 수 있다.

순천만이 우리나라뿐 아니라 세계인의 관심을 가지게 된 것은 이 만 안에 잘 자라고 있는 갈대밭 때문일 것이다. (순천시의 자료에 따르면 순천만은 39.8km의 해안선과 21.6km의 개펄, 5.4km의 갈대밭으로 구성되어 있다고 한다.)

갈대는 담수와 해수 지역에 다 잘 자라며 특히 담수와 해수가 섞이는 기수 지역에서 왕성한 성장을 하는데 순천 지역을 흐르는 동천과 이사천의 두 하천이 대대포구 쪽으로 흘러들어 오는 탓으로 이곳을 중심으로 갈대밭이 지금도 그 면적이 늘어나고 있다 한다.

삼 년 전 대대포구의 갈대밭에는 1.2km 길이의 나무 덱deck이 들어섰다. 갈대밭 사이로 관광용 교량을 놓는 일이어서 환경단체들의 반대가 있었지만 지금은 친환경사업의 좋은 본보기로 여겨진다. 덱을 건너 맞은편의 용산전망대까지 가는 길은 이야기하며 천천히 걸어 한 시간 거리인데 전망대에서 바라보는 순천만의 모습은 사진이나 기록에서 보는 것보다 훨씬 장엄한 모습을 보여준다.

지난해 여름 인도에서 다섯 명의 바울들이 이곳 순천만을 찾은 적이 있다. 인도의 노래하는 집시인 바울바람이라는 뜻은 세계문화유산에도 등록되어 있는데 그들은 갈대밭길을 걸으며 세상에서 가장 아름다운 길이라는 감탄사를 거푸 터뜨렸다. 갈대숲을 스치는 바람 소리와 철새들의 비행에 영감을 받은 그들은 예정에 없던 공연을 덱 위에서 펼쳤다.

공연의 내용은 크리슈나 신과 라다의 사랑 이야기를 담고 있다 했다. 크리슈나 신은 힌두의 신 중에서 가장 멋지고 아름다운 신이어서 모든 여신들이 다 그를 사랑했다고 한다. 한 번이라도 그를 본 여신들은 다 사랑에 빠져들었고 연인의 수도 헤아릴 수 없었다고 한다. 라다는 크리슈나의 친척이었고 결혼도 이미 했지만 매일 꽃과 시와 노래를 바치며 그를 사랑했고 어느 날엔 크리슈나를 향해 다음과 같은 노래를 불렀다 한다.


차라리 내 마음을 당신이 가져라
그런다면 내가 당신을 얼마나 사랑하는지 알 수 있을 터이니.


내가 이 공연을 여기서 한 이유가 무엇인가 물었더니 이 장소가 바로 크리슈나와 라다의 사랑이 펼쳐졌던 천상의 장소를 연상시킨다고 했다. 해가 저물고 와온과 화포마을의 불빛들이 하나 둘 바다 위에 번져갈 때까지 그들은 갈대밭 사이에서 갈대들과 함께 춤을 추고 노래를 불렀다.

순천만에서 내가 관심을 갖는 하나의 식물은 미국미역취다. 미국에서 들어온 귀화식물인데 다 자라면 키가 3m쯤 되고 한여름에 노란색의 꽃이 몸 전체에서 피어난다. 꽃향기는 조금 역겨운 편인데 번식력이 강해 순천만으로 가는 제방길 위에는 지금 갈대와 미국미역취 간의 세력 싸움이 한창이다. 염분이 있는 땅에서는 갈대가 자라지만 제방의 상단부는 어김없이 미국미역취꽃들이 갈대를 밀어내고 있는 것으로 보인다. 내가 이 식물에 연민을 느끼는 이유는 이 꽃에서 강한 여행자의 냄새가 느껴지기 때문이다. 고향을 떠나 머나먼 한국 땅 순천만까지 날아와 힘겹게 뿌리내리려는 그 삶의 모습이 마음에 끈적하게 다가오는 것이다. 자동차 한 대가 겨우 지날 수 있는 제방길 위를 지나칠 때면 양쪽에 늘어선 미국미역취꽃들이 마치 사열이라도 하는 듯 느껴지고 완전히 다 자라면 제방 윗길이 미국미역취의 터널로 보이기도 해 나를 찾아온 친구들에게 꼭 이 꽃길을 보여주곤 했다. 지난해부터는 이 미국미역취가 자라지 못하게 하기 위해 늦봄이면 이 꽃들의 밑동을 다 잘라버리기 때문에 예전의 모습을 볼 수는 없지만 나는 이 외래종의 식물이 여전히 자신의 새로운 삶과 버겁게 투쟁하는 모습을 경외의 눈으로 지켜보곤 한다.

철새들은 갈대와 함께 순천만의 양대 상징이다. 갈대들은 철새들에게 보금자리를 제공할 뿐 아니라 그들의 자정작용으로 깨끗해진 개펄에서 자란 어패류들을 먹이로 제공한다. 먹고 잘 곳이 든든하니 철새들이 이곳을 삶의 터전으로 여기기도 하고 중간계류지로 삼는 것은 당연한 일이다. 순천만은 흑두루미와 기러기, 고니, 청둥오리 등 세계에서 가장 다양한 희귀 철새들이 모이는 장소로 알려졌으며 이에 따라 2006년 1월 국내 연안습지로는 최초로 람사르 협약물새 서식지로서 특히 국제적으로 중요한 습지에 관한 협약에 등록되었다.

2005년 1월의 풍경이 생각난다. 함박눈이 나리는 날이었고 문득 눈 오는 날 철새들은 어떻게 지낼까? 하는 생각이 들어 대대포구에 들러 탐조선을 탔다. 가이드를 겸한 탐조선의 선장은 이번 겨울에 진객인 백조고니가 찾아왔다며 운이 좋으면 백조 무리들이 헤엄치는 것을 볼 수 있을 거라 했다. 야생의 백조를 본 적이 없던 나로서는 무척이나 긴장하며 화포가 보이는 갈대밭 맨 끝자락까지 나아갔는데 그때 눈앞에 한 무리의 백조들이 천천히 유영하는 모습을 볼 수 있었다. 모두 열두 마리였고 선장은 이번 겨울 순천만에 들른 백조들이 모두 한자리에 모인 거라는 얘길 했다. 함박눈 속에서 백조들의 유영은 진행됐다. 깃을 털거나 머리를 물에 넣거나 하는 행동 하나도 없이 그들은 아주 고요하게 물 위에 떠서 조금씩 먼 바다로 향해 나아갔는데 그 모습이 성자의 모습을 보는 것만 같았다. 눈보라 속으로 그들의 모습이 완전히 사라질 때까지 배의 시동을 끄고 나는 그들의 모습을 지켜보았다. 그때 영감이 찾아왔고 나는 그들의 모습을 한 편의 시로 남겼다.


고니


이제부터 그대를
고니라고 부르겠다

눈보라 펄럭이는

화포나루


얼어붙은 개펄 위에서

배고픈 청둥오리들이

제 머리통만한 참고막 알들을 주워 삼킬 때


눈보라가

와온과 거차포구를 뒤덮고

목 꺾인 갈대들

울음소리마저

다 삼킬 때


한 무리의 흰 새들

극락처럼 그 바다 건너갔다


단 한 번 눈보라에 고개 숙이지 않고

단 한 번 눈보라에 날개 퍼덕이지 않고

단 한 음절 비명소리도 없이


한 무리의 흰 새들

그 바다의 끝

천천히 헤엄쳐갔다


아, 오늘도 먼 길 떠나는 그대여

이제부터 그대를 고니라고 부르겠다


젖은 옷소매
핏발 선 두 눈 부비며
먼 도시의 불빛 속 날아오르는 그대여
날아오르다 거리 모퉁이 주저앉는 그대여
노량진이나 삼천포 애월이나 광복동 거리를
날개도 없이 퍼덕퍼덕 날아오르는 그대여


이제부터 그대를
고니라고 부르겠다.


아름다운 갈대밭과 드넓은 청정개펄을 지닌 순천만은 금년 6월 국가명승 41호로 지정되었다.



**4.**

낙안읍성은 우리나라에서 유일하게 성안 사람들의 삶의 숨결이 이어지고 있는 공간이다. 다른 민속마을들이 관광이나 전시를 위해 그 명맥이 유지되고 있다면 낙안읍성은 사람들이 쌀을 씻고, 김장을 하고, 빨래를 하고, TV를 보는 모습이 그대로 살아 있는 것이다. '초가 작은 도서관'이라는 팻말이 붙은 도서관의 툇마루에 걸터앉아 책을 읽는 아이들의 모습은 일정 부분 전시효과가 있다 해도 충분히 아름다운 풍경이다. 육백 년 먹은 은행나무의 노란 잎이 바람에 날리고 백여 채의 초가지붕들이 새 이엉을 얹은 초가을 무렵 이 읍성마을의 모습은 꿈결처럼 다가온다.

겨울이 더 깊어져 눈보라라도 날리는 날이면 내가 꼭 오르는 길이 있다. 읍성에서 시오리 떨어진 금둔사金芚寺 가는 길이다. 금둔사에는 납월매라고 불리는 홍매화가 핀다. 납월은 섣달이니 음력 12월의 눈발 속에 붉은 매화가 피어나는 것이다. 봄이라기에 아직 이른 철에 피어나는 것이다. 나는 실제로 음력 정월에 이 절집의 홍매화가 핀 것을 본 적이 있다. 눈 섞인 물이 골짜기에 채 흐르기도 전에 피어난 매화. 절집의 노스님은 차가운 바람 속의 탐매객이 안쓰러웠는지 내게 손수 녹차를 내어주며 이런 이야기를 하는 것이었다.

댓잎에 듣는 함박눈 소리 때문에 잠을 이루지 못하는 때가 많다오.

노선사의 처소 뒤란에는 산죽나무들이 무성하게 자라고 있었는데 그 댓잎에 떨어지는 함박눈 소리 때문에 잠을 이루지 못한다는 것이었다. 나는 너무 놀라 그 소리를 어떻게 표현할 수 있느냐 물었는데 뒷날 그 함박눈 소리야말로 바로 금둔(金芚, 금빛으로 돋아나는 새싹이라는 뜻이니 이는 곧 부처님 말씀을 의미한다) 아니겠는가, 하는 생각이 들었다.

순천에서 하룻나절 천천히 걷기에 좋은 길이 또 있다. 송광사에서 선암사로 넘어가는 산길이 그것이다. 빨리 걸으면 세 시간, 천천히 걸어도 다섯 시간이면 족히 걸을 수 있는 이 산행길은 웬만히 다리 힘이 있는 이라면 한나절이면 걸을 수 있는 길이다. 우리나라에서 가장 방대한 식물분포도를 보이는 산길을 옛 선지식인 양 걷는 사이 몸과 마음이 한결 가벼워지는 경험을 하게 된다. 나는 이 길을 시 공부하는 학생 열댓 명과 함께 밤 열두시에 선암사에서 걷기 시작하여 햇살이 터오는 시각 송광사에 도착한 적이 있으니 그날 야간산행을 한 학생들은 두고두고 꽃향기, 풀향기 맑게 스민 그날의 밤공기를 이야기하곤 한다.


**5.**

순천은 도시다. 도시 중에서도 별사탕처럼 작고 아담하고 깨끗한 도시다. 시를 가로지르는 동천에는 전국의 하천 중 가장 맑은 물이 흐르고 사람들은 아무 곳에나 낚싯대를 펼치고 앉기도 한다. 순천만 쪽에서 날아온 크고 작은 물새들이 우두커니 물가에 서서 조깅을 하거나 낚시질하는 사람을 바라보기도 한다. 돌로 놓은 징검다리 위를 아이의 손을 잡고 엄마가 건너는 모습이 사랑스럽고 집에서 만들어온 김밥을 강변 모정에 앉아 나눠먹는 젊은이들의 모습도

보기 좋다.

이 도시의 캐치프레이즈가 '대한민국의 생태수도'인 것이 자연스러운 것이다. 연향동과 같은 신도심 지역은 우리나라 여느 도시처럼 난개발의 모습이 보이지 않는 것은 아니나, 이 도시에는 나라 안 다른 도시들에서 보기 힘든 정신적 청량감의 추구로서 모두 서른여섯 개의 크고 작은 도서관이 존재한다. MBC〈느낌표〉프로그램과 연결된 기적의 도서관이 제일 먼저 순천에 건립된 것도 사실은 이 도시가 꿈꾼 정신적인 생태도시로서의 꿈에서 비롯된 것이다.

순천 구도심인 향동에 마련된 한옥글방 도서관은 내게 놀라움의 대상이다. 한정식집을 구입해 순천시가 건립한 이 도서관은 말 그대로 한옥으로 지어졌고 개가식 열람실을 갖추고 있다. 아이들은 그곳 마당에서 금긋기 놀이를 하다가 다시 책을 읽기도 하고 젊은 연인들은 함께 책을 읽으며 데이트를 한다. 전통음악과 전통염색, 전통공예 체험, 생활도자기 체험들이 이 도서관을 중심으로 기획되고 운영되고 있으니 이 동네 사람들은 매일 오가며 이 도서관만 바라보아도 배가 부를 것 같다. 낮은 담장으로 속이 훤히 보이는 도서관길을 걸어가며 나는 우리나라의 관료들이 어떻게 이런 생각을 했을까 신기하기도 하고 한편으론 자랑스럽기도 하다.

이 도시의 사람들은 함께 힘을 모아 영상위원회도 만들고 국비로 지원되는 미디어센터 유치에도 성공했으니 이 모두가 기실은 생태수도를 건립하고자 하는 사람들의 꿈에 다름 아닐 것이다. 아주 오래전 밤기차를 타고 나는 순천에 왔고 그때 외삼촌이 사주었던 별사탕을 생각하며 천천히 동천길을 걷는다. 색색의 별사탕들이여 이 도시 사람들 마음 어디에도 따뜻하게 머무르라.

곽재구    1981년 중앙일보 신춘문예에 시가 당선되어 작품활동을 시작하였으며 2001년 봄부터 순천대학교의 문예창작과에서 시를 가르치고 있다. 순천만의 작은 갯마을인 와온의 따뜻한 개펄과 밤 풍경을 사랑하여 그곳에 작은 문예학교를 내고 싶은 꿈을 지니고 있다. 시집 『사평역에서』『서울 세노야』『참 맑은 물살』, 산문집 『곽재구의 포구기행』『곽재구의 예술기행』 등이 있다.

나를 잃어버리고 갈대처럼 흔들리는 순천만의 초어스름.

## 고향

〈고향의 봄〉을
흥겹게 불렀던 때가 있었다.
시간이 흘러
〈고향의 봄〉이란 노래가
참 아름답다는
생각을 하게 되었다.

그보다 더
시간이 흐른 어느 날,
〈고향의 봄〉을
들으며 나는 울었다.

이 세상
모든 이들의 고향은
되돌아갈 수 없는
유년 시절의
또다른 이름이었기
때문이다.

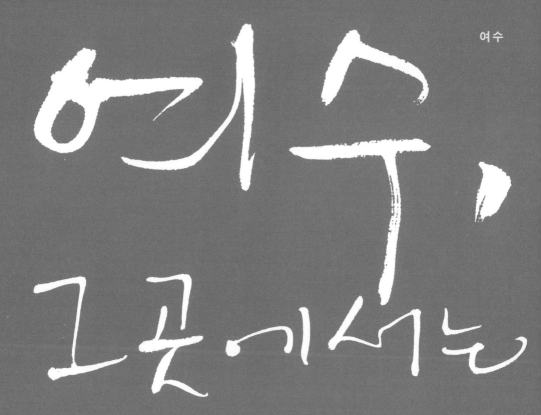

# 여수, 그곳에서는

**한창훈** 소설가

내륙에서의 내 이력에는 늘 항구가 자리하고 있었다.
내륙 사람들은 산과 벌판을 말하고 나는 항구를 이야기했다.
그들에게 나는 먼 바닷가에서 온 사람이었다.
그곳은 해가 뜨거웠고 건조하고 먼지가 많았다.
그럴 때마다 항구가 떠올랐다.

여수. 麗水. 우아한 물의 고장.

그러나, 섬에서 이사하여 마주친 여수는 크고 넓었다. 섬은 몇 뼘의 밭이랑과 수십 채의 집이 영토의 전부였으나 여수항은 끝을 알 수 없는 골목이 연이어 있었고 골목 하나당 수백 채의 집이 달라붙어 있었다.

여수 중앙국민학교로 전학한 첫날, 나는 집과 반대되는 곳으로 하교를 하고 말았다. 어선들 옆구리 부비고 있는 종포바닷가와 냉동공장을 지나며 길을 잃었고 시장 골목을 몇 바퀴 도는 동안 삿갓 쓰고 있는 전봇대 가로등에 불이 들어왔다. 사람의 마을이 이렇게 크고 넓을 수도 있다는 것에 나는 절망했다. 뱃가죽이 등에 붙어 정신이 혼미해질 때쯤, 마침내 집으로 가는 길목의 동일여관을 발견할 수 있었다. 혹독한 신고식이었다. 열 살 때였다.

나는 그 항구와 더불어 성장했다.

노래미를 낚다가 물에 빠져 죽은 소녀를 본 것도, 짜장면을 먹어본 것도, 지구 반대편을 향하여 배가 출발할 수도 있다는 것을 안 것도, 거웃이 돋아난 것도, 맨바닥 뒹굴며 싸움을 한 것도, 폴 모리아를 듣고 넋이 나간 것도, 꽁지머리 여학생을 따라가본 것도, 역전 시장 튀김집 골방에서 소주병 기울여본 것도 모두 항구 여수에서였다.

꽁지머리 여학생은 탁구장에서 처음 봤다. 태어나서 처음으로 낯선 여자에게 말을 건 게 그때였다. 여학생은 웃었다. 왼쪽 볼에 보조개가 패었다. 관문동 우리 집에서 조금 걸어들어가면 이본 동시상영하는 극장이 있었고 극장 옆으로는 이화, 연지, 정 따위의 이름이 붙은 술집이 있었다. 술집은 늘 붉은 커튼으로 가려져 있었다. 나와 헤어진 여학생은 그중 한 곳으로 들어갔다.

내가 다니던 여수중학교는 별칭이 '돼지막'이었다. 일제강점기 일본군이 군용마를 키우던 곳이라서 그렇게 불러댔다. 그곳에서는 여수역과 오동도와 멀리 경남 남해도가, 그리고 그 사이 닻 내려놓고 있는 화물선이 잘 보였다. 역 근처에는 사창가가 있었고 그 가장자리에 있던 교회는 오후에 늘 찬송가를 틀어놓았다.

가수 지망생이었다가 창녀가 되었고 그러다 성가대가 되었다는 여자는 약간 허스키하면서 호소력 깊은 목소리를 가지고 있었다. 나는 초등학교 4학년 크리스마스이브에 단팥빵 얻어

먹으러 딱 한 번 제일교회 가본 게 전부이지만, 그 여자 덕분에 〈내 영혼이 은총 입어〉라는 곡은 지금도 처음부터 끝까지 가사를 알고 있다.

그 노래가 들리면 가막만灣 쪽 노을이 도시를 뒤덮었다. 붉은 저녁 해와 아득한 수평선과 그곳에서 돌아오는 어선과 무리지어 따라오는 갈매기와 시험공부의 지겨움과 시장의 소음이 뒤섞이며 공연히 쓸쓸해지곤 했다. 항구란 쓸쓸할 틈이 없다는 것을 아직 잘 모를 때였다.

중학교 삼 년간 부은 저금을 타던 날 밤, 친구 하나는 서울행 밤기차를 탔다. 우리는 천원씩 걷어 여비에 보탰고 그 아이는 주먹으로 눈물을 훔치며 기차에 올랐다. 그가 가는 곳은 영등포 어느 알루미늄 공장이라고 했다. 육지와 바다의 경계인 항구는, 하긴, 떠나는 일이 일상이 되는 곳이기는 했다.

기차를 보내고 나서 나는 꽁지머리 여학생을 찾아갔다. 어둠이 내려앉은 골목 빈 리어카에 기대앉아 그 아이 집을 바라보았다. 신경질과 피로가 적당히 뒤섞인 사내들이 그곳으로 들어갔고 간혹 입술 붉은 여자가 함지박을 들고 나와 확, 개숫물을 버리기도 했다. 어장, 샛바람, 데리끼선박용 윈치, 간조, 기관장 따위의 용어가 붉은 커튼 너머에서 튀어나왔다.

아닌게 아니라 사내들 배경으로는 늘 기름때 묻은 목장갑과 수리중인 소구기관과 풍화되어가는 갑판 뚜껑, 충격 방지용 폐타이어, 그물과 밧줄 무더기가 있었다. 망치 소리와 용접 불꽃, 욕설과 웃음도 그곳에 같이 있었다.

취한 사내들이 돌아가고 나서야 심부름 나온 여학생은 나를 발견했다. 그애는 기다리라는 눈짓을 하고는 커튼을 젖히며, 금방 들어온당게, 소리를 내질렀다. 우리는 가로등 없는 곳을 골라 걸었다. 긴 골목의 끝에 다다랐을 때 나는 키스를 하고 싶다고 말했다. 그애는 다음에 하자고 했다.

다음이 되었을 때도 그애는 키스는 다음에 하자고 했다. 키스란 늘 다음에 하는 거였다. 나는 끝내 그 여학생과 키스를 하지 못했다. 당시 나는 여자중학교 아이들에게 '아주 뭣 같은 새끼'로 소문이 나 있었다. 한창훈을 조심하자, 가 그녀들이 주고받은 정보였다. 심지어 어떤 반에서는 칠판에 내 이름을 크게 써놓고 빨리 죽어라, 합동으로 저주를 내리기도 했다고 한다. 나만 모르고 있었다.

우리 반 아이들 중 짓궂은 몇몇이 밤길에 여학생들을 만나면 달려들어 브래지어끈을 당기곤 했단다. 그리고 "나는 여수중학교 3학년 9반 한창훈이다"라고 꼬박꼬박 내뱉어온 탓이었다. 그래서 그랬는지 꽁지머리 여학생은 나중에 내 친구와 키스를 했다.

그러는 동안에 키가 컸다. 크는 동안 몇몇 실패를 경험했다. 실패와 함께 술 담배를 배웠고 그리고 음악실을 찾아다녔다. 당시 여수에는 음악실이라는 게 있었다. 음악 듣는 곳이 다른 곳이라고 없었겠는가, 마는 이쪽 동네 것은 좀 유별났다. 술을 마시면서 음악을 듣는 거였다. 주로 클래식을 틀어주는, 다른 지역의 음악감상실에 비하면 술집에 가까웠지만 큰 도시의 학사주점처럼, 신청곡과 라이브가 있되 떠들썩한 곳에 비하면 찻집에 가까웠다. 여수에 여럿 있었다. 사람들은 신청한 음악을 들으며 술을 마셨다. 바다는 사람을 조용하게 만드는 능력이 있어서 더욱 그랬다.

그러다보니 이십대 초반, 나는 바닷가 어느 음악실에서 디제이를 하게 되었다. 한울타리, 마이클 잭슨, 버티 히긴스, 블랙 새버스, 최백호를 주로 틀었다. 영장을 기다리고 있던 때라 몹시 외로웠다. 연애를 하고 싶었다. 검정 티셔츠 단추 한두 개 정도 풀고 박스에 앉아 있곤 했던 이유도 그것 때문이었다. 약간의 우수와 약간의 퇴폐와 약간의 시심詩心을 지니고 있는 그런 아가씨라도 하나 얻어 걸렸으면 싶었던 것이다.

어느 날, 오렌지주스를 들고 온 종업원이 5번 테이블 손님들이 직접 뵙기를 원한다고 전해왔다. 나는 내심 웃으며, 겉으로는 약간 피곤하다는 얼굴로, 러닝타임 칠 분짜리 바클레이 제임스 하비스트Barclay James Harvest의 <Poor man's moody blues>를 턴테이블에 걸어놓고 나갔다. 그러나 5번 테이블에는 떠꺼머리 세 놈이 앉아 있었다. 그들은 느닷없이 일어서서 고개를 숙였다.

"형님으로 모시겠습니다. 받아주십시오."

하나같이, 빠치망멸치배에 갖다놓으면 딱 들어맞을 몰골들이었는데, 그래도 나름대로 음악을 깊이 사랑한다는 고백이 있었다. 그래, 뱃놈이라고 음악 좋아하지 말란 법 있던가. 약간의 우수와 약간의 퇴폐와 약간의 시심이 있어 보이는 여자 앞에는 늘 약간의 여유와 약간의 액션과 약간의 학벌을 가지고 있어 보이는 사내가 앉아 있곤 했다.

팔자에도 없는 사내 동생들과 음악실 빠져나와 막걸리를 마시다보면 밤바다에는 해류가 한정 없이 흘렀고, 달빛과 맞은편 돌산도 조선소 불빛도 함께 따라가고 있었다. 그리고 저 예전의, 알루미늄 공장으로 올라간 친구처럼 사람들도 어딘가로 흘러갔다. 나도 그랬다. 여수는 전라선의 종착역. 기차간에 사람이 자꾸 들어차면 상행선이었고 조금씩 빠지다가 텅 빈 칸이 되면 하행선이었다. 올라간 사람은 훗날 내려왔다. 친구는 세 아이의 아빠가 되어서 내려왔다. 나도 육지 이곳저곳을 떠돌다 돌아오곤 했다.

내륙에서의 내 이력에는 늘 항구가 자리하고 있었다. 내륙 사람들은 산과 벌판을 말하고 나는 항구를 이야기했다. 그들에게 나는 먼 바닷가에서 온 사람이었다. 그곳은 해가 뜨거웠고 건조하고 먼지가 많았다. 그럴 때마다 항구가 떠올랐다. 습습함을 기억하는 것은 마음보다 몸이 먼저였다. 그리고 먼 길을 흘러 마침내 돌아오면 항구는 늘 그만큼의 떠들썩함과 그만큼의 습습함을 지닌 채 그 자리에 있었다. 돌이켜보면 숱하게 떠났고 떠난 횟수만큼 돌아왔다.


여수항은 성장통 다음 코스로 삶의 지난함과 노동을 준비해놓고 있었다.

이십대 중반부터 몇 년간 나는 여수에서 일을 했다. 수산물 가공공장과 현장, 작업선 위가 내 거처였다. 대략 줄잡아보면, 신월동을 중심으로 동쪽으로는 소호항도에서 고진 거쳐 장수면까지, 서쪽으로는 돌산도의 굴전 지나 향일암이 있는 임포까지 숱한 수산물 가공현장을 거쳤다. 뱃놈이 되어서 가막만과 여자만까지 구석구석 돌아다녔다. 가는 곳마다 인정물태가 넘쳐났다.

화려한 과거와 강인한 근력과 술을 장기로 삼은 사내들이 있었고 가난과 정신력과 자식에 대한 애정을 재산으로 갖고 있는 여인네들이 있었다. 그들은 대부분, 나와 꽁지머리 여학생처럼, 시작부터 뭔가가 조금씩 어긋나 있었다.

쥐고기 홍합 굴 장어 서대 독새우 피조개 새조개 키조개, 하여간 바다에서 나는 모든 갯것들이 그들의 손에 의해 벌어지고 벗겨지고 해체되었다. 사내들은 힘으로, 여인네들은 재빠른 손놀림으로 그 일을 해냈다. 쥐고기공장 다니는 여인네는 어깨 힘이 좋았고 새우 까는 할

매는 손등이 맨들맨들했다.

여인네들은 모두 손가락만한 날카로운 칼을 지니고 있었다. 일이 끝나 버스를 기다릴 때 누군가 오만덕이 개미더덕를 주워와 칼로 벗기면 나는 가게로 뛰어가 소주를 사와야 했다. 한잔 마신 여인네가 문득 선창을 하고 뒤이어 다들 따라 불렀다.

생각이 나면 생각이 나면 내 이름을 불러주세요
달과 별이 없는 어두운 밤도 당신이 부르시면 찾아가리다
생각이 나면 생각이 나면 언제든지 불러주세요
(우-우-후 불러주세요)
언제나 이 마음 달맞이꽃 되어 오로지 그대만 기다려요
(우-우-후 불러주세요)

아무도 불러주지 않았기에, 그래서 찾아갈 곳이 따로 없기에, 그들은 그냥 집으로 돌아갔다. 지치고 무거운 발걸음이었다. 거꾸로 들어 털어보면, 철학자 한두 명 가지고는 어떻게 해볼 수 없는 무게의 고통이 쏟아질 것 같았다. 니체 말대로, 세계사 한 편씩 기록될 것 같았다. 그러나 나는 우는 여인네는 한 번도 보지 못했다. 대신 웃었다. 깔깔깔. 대화의 반 이상이 웃음으로 채워졌다. 웃음이 없었다면 여인네들은 말라 죽어버렸을 것이다. 눈물은, 나중에 환갑상 받아놓고서야 한 방울 흘릴 일이었다.

나는 지금도 연등천 포장마차촌을 찾아다닌다. 우선, 안주가 맛있다. 나도 육지에서 포장마차를 했었지만, 그리고 전국 웬만한 곳을 다 다녀봤지만 으뜸이 이곳이다. 포장마차에서 회를 먹는다는 것에 놀라는 방문객들이 많다. 이곳에서는 선어회를 판다. 활어회는 우리나라에만 있단다. 서로 믿지를 못해 살아 있는 놈에 칼 대는 것을 봐야 한다나. 하지만 회는 적당한 시간 동안 냉장된 게 가장 맛있었다. 죽음의 시간이 주는 맛이다.

사실 여수의 음식은 소문나 있다. 한정식집에서 밑반찬 나오는 것 보기만 하다가 체해버

린 손님이 있었다(그 손님이 그날 유일하게 먹은 것은 까스활명수 한 병이었다). 그동안 박해받고 소외받은 곳이라, 언제 죽을지 모르니 우선 먹어 조지는 것으로 위안을 삼았다고도 하고, 예술적 감수성과 풍부한 해산물 때문에 미각이 발달해서 그렇다고도 한다.

아무튼, 그곳에 앉아 병어회 한 접시 놓고 잎새주 한 병 비틀면, 고된 이동 끝에 비로소 집에 도착한 듯싶다. 포장 너머로 항구의 불빛 아른거리고 사람 떠난 시장 골목도 아스라이 잦아든다. 좀더 늙어버린 현장의 여인네들은 지금도 '들고양이들' 노래를 부르고 있을 것이다. 작은방에서는 손자가, 예전에 내가 그랬던 것처럼, 오늘도 이순신 장군을 본받겠다고 또박또박 글쓰기 숙제를 하고 있을 것이다. 변화가 늦는 것, 그래, 그게 항구의 미덕이다.

사람들이 지나간다. 아따, 여기서 한 잔만 더 하잔께? 내일 어장은 어치게 할라고? 말言語도 같이 지나간다. 연등천 검은 수면에 떠 있는 달이 지고 나면 포구에 묶인 저 어선들은 바다로 나갈 것이다. 여객선 터미널에서는 숱한 사람과 곱하기 십 정도의 사연을 싣고 이런저런 섬으로 떠날 것이다. 그리고 무언가를 싣고 다시 돌아올 것이다.

항구란 바다로 나간 자가 되돌아오기 위해 만들어놓은 거처이다.

---

한창훈  소설가. 1963년 전남 여수시 삼산면에서 태어나 열 살 때 여수로 이사 왔다. 그곳에서 세상살이의 이것저것에 눈을 떴고 한동안 벌어먹고 살기도 했다. 그 경험들을 소설로 왕왕 쓰고 있다. 도시와 자연, 육지와 바다의 접점이 주는 매력 때문에 여수가 진짜 살기 좋다, 는 주민들의 말에 이견을 가지고 있지 않다. 지은 책으로 소설집 『바다가 아름다운 이유』 『가던 새 본다』 『세상의 끝으로 간 사람』 『청춘가를 불러요』, 장편소설 『홍합』 『섬, 나는 세상 끝을 산다』 『열여섯의 섬』, 동화 『검은 섬의 전설』, 산문집 『깊고 푸른 바다를 보았지』(공저) 등이 있고, 한겨레문학상, 제비꽃서민소설상을 수상했다.

384.
태풍이 상륙하기 직전의 저녁노을은
미치도록 찬연하다.
돌산대교를 오가는 자동차들 사이로
들리지 않는 탄성이 터져나올 듯한 색의 향연 앞에서
뒤를 이을지도 모를
고통이나 슬픔마저 잠시 숨을 죽인다.

388.
심연의 바다를 딛고 선 천공의 섬,
마음을 닫으면 아무것도 보이지 않는 고도,
여수.

# 시간이 느리게 가는 곳,

서명숙 제주올레 대표

서귀포 사람들의 느린 기질 덕분에
사백 년이 지난 오늘날에도 상전벽해가 되지 않고 어지간히는 남아 있으니,
얼마나 다행스러운 일인가.
눈 밝은 옛사람이 찬미한 서귀포의 아름다움을 이제야 재발견하다니
나는 오죽 어리석은 사람인가.

# 서귀포

어린 시절 시장통에서 식료품가게를 하던 어머니는 네 남매 중 누군가가 말썽을 부리면 늘 '연대 기합'을 주곤 했다. 말썽꾸러기 남동생이 무언가 사고를 친 눈치가 보이면 난 즉각 도망할 태세에 돌입했다. 집 앞 올레를 나서서 기정<sub>절벽</sub> 길을 쏜살같이 내려가서 생수궤길을 지나면 천지연 입구에 이르게 된다.

그 천지연 어느메쯤에서 삥이<sub>삘기</sub>도 훑어보고, 파르르 날개를 떠는 나비도 쳐다보면서 나는 한숨을 쉬었다. 나비가 누리는 그 무한대의 자유가 부러워서. 말로만 듣던 대도시 서울의 교양 있는 부잣집 딸이었으면 얼마나 좋을까, 아니 동화책에서만 보던 서양의 어느 나라에 태어났더라면, 하고 끝없는 공상의 나래를 펴곤 했다.

뭐, 행복한 날도 많았다. 여름날이면 나는 집에서 '꼬닥꼬닥<sub>터벅터벅</sub>' 걸어서 십오 분 정도면 닿을 수 있는 자구리 바닷가로 갔다. 세숫대야에 달랑 갈아입을 팬티 한 장, 수건, 운 좋으면 참외 따위를 집어넣고서. '와랑와랑<sub>이글이글</sub>'한 햇빛에 달궈진 바닷물은 수영하기에 딱 좋은 온도였다. 그래도 물속에 오래 있다보면 입술이 새파래지고 몸이 덜덜 떨려왔다. 추워지면 너럭바위에 올라가서 멀리 섶섬과 문섬을 바라보면서 추운 몸을 말리다가, 따뜻해지면 또 들어가기를 몇 차례.

그러다 어느덧 배가 고파오면 집에 가야 할 시간이다. 바닷가 입구 용천수<sub>땅속에서 솟아나는 민물</sub>에 몸을 씻고 집으로 되돌아오는 길, 흙길이 햇살에 부서져 하얗게 빛난다. 위쪽에서 그제야 집안일에서 벗어나 수영하러 오는 동무들이 한 무더기 내려온다. "맹숙아, 벌써 가멘<sub>가니</sub>?" 그들은 유혹한다. 더 놀다 가자고. 언제 시원한 바닷물에 있었냐는 듯 몸은 다시 뜨뜻하다. 그네들을 따라 다시 자구리로 되돌아가는 나.

해가 뉘엿뉘엿 질 무렵, 온몸이 녹작지근해서 집으로 돌아가는데 배낭을 멘 '육지' 오빠들이 한 무더기 지나간다. 구덕<sub>제주도 대나무로 만든 운반용 바구니</sub>에 익숙한 눈에는 그들이 어깨에 달랑 짊어진 배낭이 무척이나 신기하고 부럽다. 그들이 풍기는 뭍의 분위기는 섬 아이에게는 치명적인 유혹이다. 뒤돌아서서 그들의 뒷모습을 한참 동안 바라본다. 언제쯤이나 나는 저들이 온 그곳으로 떠날 수 있을까, 저 아득한 수평선을 넘어서.

## "이곳이 바로 낙원이죠" 이왈종 화백의 한마디에

*

그토록 탈출하고 싶었던 이곳 서귀포로 귀환한 것은 올해 1월 말. 동경하던 뭍에서, 뭍에서도 가장 큰 도시인 서울에서 삼십 년도 넘게 살고 난 뒤였다. 가톨릭 교도들의 순례길인 '산티아고 가는 길' 800km를 걸으면서 고향 제주에 걷는 길을 만들겠다고 결심했기 때문이었다.

그러나 길을 만드는 일을 구상하면서도 완전히 내려와서 살 생각은 아니었다. 서울과 제주를 왔다 갔다 할 심산이었다. 그런데 고향 서귀포에 살고 있는 한 화가의 말이 내 맘에 화살처럼 꽂혔다. 독특한 화풍으로 많은 이들의 사랑을 받고 있는 한국화가 이왈종 화백이 그 주인공이었다. 오 년간 서귀포에서 그림 작업을 여한 없이 해볼 생각으로 내려왔다가 어느덧 십팔 년째 이곳에 살고 있다는 그에게 물었다. "직접 와서 살아보니 (이곳 서귀포가) 어떻던가"라고.

그는 일말의 망설임도 없이 단호하게 대답했다. "한마디로 천국, 파라다이스가 따로 없어요. 이곳이 생전에 누리는 천국이죠, 뭐." 뭐라, 내 고향 서귀포가 살아서 맛볼 수 있는 천국이라고? 내가 그토록 벗어나고 싶었던 이곳이? 그럼 나는 천국에서 추방된, 아니 천국을 제 발로 벗어난 탕아란 말인가?

그는 내가 느끼는 갈등과 혼란을 눈치채기라도 한 듯 단서를 달았다. "서울에서 누리던 약간의 기득권과 잡다한 이런저런 모임을 포기할 용기만 있다면요." 기득권? 글쎄, 그런 건 있지도 않거니와 별다른 미련도 없다. 잡다한 이런저런 모임? 가끔은 위로도 되고 기운도 주지만 그 반대의 경우가 훨씬 많다는 건 오랜 경험으로 터득한 바다.

사소한 두 가지만 포기하면 천국행 입장권이 생긴다는데, 더군다나 그 천국이 내가 나고 자란 고향인바에야. 몇 달 동안 주변을 정리하고 나서 고향인 서귀포로 이사를 했다. 이화백의 말대로라면, 천국으로의 귀환인 셈이었다.

# 빛과 색과 소리의 거대한 향연

\*

'산전수전 공중전'을 치러가면서 쌓은 나이테 덕분인가, 빌딩숲으로 둘러싸인 대도시에서의 생활이 자연을 향한 그리움을 새삼 일깨워준 것일까. 삼십여 년 만에 귀향해보니 철없는 어린 시절에는 보이지 않았던 서귀포의 매력이 눈에 쏙쏙 들어왔다. 아, 이래서 이화백이 천국이라고 했구나, 싶었다.

무엇보다도 나를 황홀하게 만든 건 서귀포의 색깔이었다. 자연의 색깔은 한결같이 치명적인 아름다움을 지닌 원색이었다. 하늘과 바다빛은 푸르렀고, 식물들은 사시사철 선명한 녹색이었고, 거무죽죽한 현무암 돌담은 녹색과 선명한 대비를 이루었다. 게다가 유채꽃은 노란 병아리색, 먼나무의 열매는 눈부신 빨강이었다. 그뿐인가. 아아, 낙화하는 동백 또한 핏빛처럼 붉디붉었다. 이십여 년이나 광화문통으로 출퇴근하면서 희부연 먼지를 뒤집어쓴 칙칙한 플라타너스와 회색빛 건물에 익숙해진 내게 원색의 향연은 일종의 충격이었다. 서귀포의 자연은 자연의 본디 색깔을 잊어버린 내게 태초의 자연에 대한 기억을 되찾아주었다.

서귀포의 사랑스러움은 겨울에 더욱 빛을 발했다. 육지에서는 침엽수가 다 떨어져서 도시 전체가 회색으로 칠해질 무렵, 이곳 서귀포에는 상록활엽수가 깊고도 윤기 있는 초록으로 건재했다. 11월, 12월에도 노랑과 빨강의 꽃들이 다투어 피는 곳이 바로 파라다이스 서귀포였다.

불운한 천재화가 이중섭은 6·25전쟁 직후 피난을 내려와서 이곳 서귀포에서 일가족이 방 한 칸짜리 누옥에서 일 년여를 살았는데, 훗날 '내 인생에서 가장 행복한 시절'이었다고 술회했다. 그래서 나는 상상해본다. 혹 화가인 그를 행복하게 만든 건 가족과 더불어 이곳의 색채 아니었을까, 하고.

# 햇빛과 바람과 비의 도시

*

원색의 향연은 때로는 다양한 변주를 동반한다. 햇빛과 바람과 비에 힘입어서.

지중해의 태양보다 더 와랑와랑한 서귀포의 눈부신 태양은 모든 원색을 눈앞에서 부서 뜨리면서 수십 개의 프리즘으로 반사한다. 서귀포의 끄트머리, 외돌개로 향하는 산책로에서 햇빛을 받아 거대한 몸을 은빛으로 뒤치는 쪽빛 바다를 바라보노라면 전율에 가까운 행복감이 밀려들었다. 멀리선 쪽빛이었지만, 가까이서 들여다보는 물빛은 고등어등보다도 더 푸르렀다. 이왈종 화백처럼 눈부신 색채를 구사하는 예술가에게 왜 서귀포가 천국인가를 비로소 실감하게 되었다.

한편, 바람은 자연의 색깔에 강렬한 리듬감을 부여한다. 바람 부는 날, 삼매봉에 올라가면 바다도 흔들리고, 들풀들도 흔들리고, 하늘도 흔들린다. 그 흔들림 속에서 사물들은 또다른 모습과 색깔을 띤다. 푸른 비단을 팽팽하게 펼쳐놓은 것 같은 바람 한 점 없는 바다와, 거칠게 몰아치는 바람에 할퀴어서 흰 이빨을 드러내는 바다는 같은 바다가 아니다.

그러나 내가 가장 사랑하는 빛깔은 비 오는 날의 서귀포다. 그런 날이면 빛의 도시에서 모든 사물은 흑백으로 처리되고, 오로지 검푸른 바다빛만이 존재한다. 모든 색깔을 흡수한 모노톤의 아름다움이다.

비바람이 부는 날은 색깔이 사라진 자리에 소리가 들어선다. 비바람 부는 날, 소정방폭포 근처 해안가에서는 어떤 소리가 들린다. 자글자글, 와그락와그락. 해안가에 널린 자갈돌들이 흰빛 파도에 몸을 내맡긴 채, 저들끼리 부딪치면서 우는 소리다. 그 소리에 귀를 기울이면서 하늘과 바다의 경계가 가뭇없이 사라지고, 하늘의 물과 바다의 물이 서로 몸을 섞는 광경을 오래오래 지켜볼 일이다.

# 시간마저 느릿느릿 흐르는 도시

*

겨울도 육지의 봄 같은 곳 서귀포. 워낙 기후가 따뜻해서일까. 자연은 이렇듯 변화무쌍한데, 이곳 사람들은 한없이 느리기만 하다. 어릴 적에는 느리기 짝이 없는 서귀포 기질이 참으로 싫었더랬다. 길에서 동무들을 만나면 "어디 감시니까니" 묻는 말끝이 늘어져서 성미 급한 나는 끝까지 듣지도 않고 대답하기 바빴다.

그들은 지금도 그렇다. 서귀포 상설시장인 아케이드 상가 앞 네거리. 서울로 치면 가장 번화한 '명동' 거리다. 화려한 각종 액세서리숍, 유명 브랜드 옷을 취급하는 가게 들이 즐비하다. 이곳의 유일한 백화점인 동명백화점도 한가운데 자리하고 있다. 그런데도 도심답지 않은 한가로움이 묻어난다.

딱히 오가는 사람이 적어서도 아니다. 몇 번 다녀보고 난 뒤에야 어렴풋이 그 이유를 짐작하게 되었다. 횡단보도는 여럿 있지만, 그 어느 곳에도 신호등이 없기 때문이었다. 보행자들은 자동차가 지나가건 말건, 기다리건 말건, 시도 때도 없이 건너갔다. 그것도 예의 서귀포 특유의 느릿느릿한 걸음걸이로.

가까운 제주시에서 온 자동차들은 서귀포의 이런 풍경을 이해할 수 없어서 답답해한다. 한 관광버스 운전기사는 이렇게 불평을 하더란다. "서귀포에서는 사람만 아니라 개까지도 주인 닮아서 느리다"고 말이다. 같은 제주도 안에서도 유난히 느려터지고 변화에 둔감하다고 비판받는 이들이 바로 서귀포 사람들이다. 6, 70년대 주요 소득원인 밀감이 지난 이십 년 사이에 가격이 백오십 퍼센트나 떨어진 상황에서도 밀감 과수원을 고집하는 사람들이니, 그런 이야기가 나올 만도 하다.

하지만 광속도의 시간이 지배하는, 한두 달 만에도 거리의 풍경이 획획 달라지는 대도시 서울에서 너무 오래 시달린 탓일까. 과거에는 싫어했던 서귀포 기질이 다르게 다가온다. 혹시 우리는 최대한 빨리, 최대한 많은 것을 얻으려고 안달하고 초조하게 구느라고 평화와 여유로움을 잃어버린 건 아닐까. 그래서 스스로 낙원을 상실한 건 아닐까. 서귀포 사람들의 느림이 서귀포를 낙원답게 만드는 건 아닐까. 서귀포 같은 곳이 남아 있어서 현대인들에게 위안을 줄 수 있는 건 아닐까.

나는 오늘도 서귀포 칠십리 해안 올레를 간세다리게으름뱅이처럼 걷는다. 옛사람이 문헌에 이런 기록을 남긴 그 길이다. "칠십 리 길을 걸어오는 동안에 의귀와 우둔지금의 효돈을 제외하고는 인가가 없고 거친 새들만 들판 가득 끝이 없어 보였다. 북으로는 한라산이 남으로는 바다가 수평선까지 이어져서 가끔씩 수백 마리의 소말떼가 풀을 뜯으며 지나가니 마치 비단을 펼쳐놓은 것처럼 아름다웠다."(김성구, 『남천록』, 1679)

서귀포 사람들의 느린 기질 덕분에 사백 년이 지난 오늘날에도 상전벽해가 되지 않고 어지간히는 남아 있으니, 얼마나 다행스러운 일인가. 눈 밝은 옛사람이 찬미한 서귀포의 아름다움을 이제야 재발견하다니 나는 오죽 어리석은 사람인가.

---

서명숙    제주올레 대표. 제주도 서귀포시 천지연 근처 '매일시장통'에서 나고 자랐다. 식료품가게 '서명숙상회' 집 딸로 통했다. 서귀포초등학교, 서귀포여자중학교를 졸업한 뒤 제주시와 서울로 진출했다. 그리고 삼십여 년 만인 2007년 1월 서귀포시로 귀환했다.

404.
"아주멍들,
　그 곱닥헌 얼굴 좀 보여줍서게."
"매깨라,
　보름이 하영 불엄쩌!"
"아주머니들,
　그 예쁜 얼굴 좀 보여주세요."
"아이고,
　바람이 엄청 부네!"

410.
보느니,
해 저무는 서녘의 반대편에
부신 꽃구름 일편一片,
제주 하늘을 수놓다.

# 에필로그

2004년 2월 모 항공사 기내지에 사진을 기고할 당시, 김경범씨는 기내지의 작업을 맡은 회사의 디자인팀장이었다. '인사이드 코리아'라는 코너에 들어갈 사진 작업이었는데, 두번째 작업이 끝난 뒤 편집장이 클라이언트로부터 '내 사진들이 대부분 가난하고 오래된 동네를 촬영한 것이라 기내지에 싣기에는 곤란하다'는 말을 들었다며 사진 색깔을 달리해서 고급하고 화려한 공간을 담아주는 게 어떻겠냐고 제안해왔다. 나는 거절했고, 더이상 그 기내지에 사진을 기고하지 않았다. 내 사진 색깔은 곧 내 삶의 본질이기 때문이다.

몇 달 뒤 김경범씨가 사직했다는 소식을 전해왔다. 만나서 이유를 물으니 다른 일을 해보고 싶었다는 말과 함께 내 사진을 고르고 편집했던 때가 제일 좋았다고 했다. 숱한 사진들을 봐왔던 디자인 전문가가 한 말이었기에 나는 참으로 고마웠고, 가슴 한편이 뜨거워지는 것을 느꼈다. 몇 잔의 술이 오간 뒤, 김경범씨가 말했다. 만일 내가 책을 내게 된다면 자신이 디자인을 해주고 싶다고. 나는 "그렇게 된다면 우리 공저자로 책을 냅시다"란 말로 고마움을 표했다.

그로부터 사 년 뒤 우리는 정말 그 약속대로 공저자가 되어 이 책을 세상에 내놓게 되었다. 이 기쁨과 감회를 느끼게 해준 김경범씨에게 고마움을 전한다. 더불어 약속을 지킬 수 있도록 도와주신 문학동네 강병선 대표님과 기획자 변경혜님, 편집자 고경화님, 그리고 도움 주신 모든 문학동네 식구들께 감사드린다.

열네 살 때부터 사진가의 삶을 꿈꾸기 시작해 몇 차례의 곡절을 거친 후 정식으로 사진가 직함을 단 지 이제 팔 년째다. 아직 배워야 할 것도, 해야 할 일도 많은 지금, 한 가지 바람이 있다면, 이 책을 계기로 수박 겉핥기식으로밖에 작업할 수 없었던 우리 도시들을 좀더 진중하고 심도 깊게 촬영하고 싶다는 것이다. 부디 그리 할 수 있기를. 그리고 이 책이 독자들로부터 많은 사랑을 받게 된다면 그것은 모두 스무 명 필자 분들의 빛나는 글 덕분이다. 이 자리를 빌려 깊은 감사의 인사를 올린다.

2008년 8월 임재천

# 감사의 글

그동안 사진 촬영에 물심양면으로 도움 주신 분들의 이름을 감사의 마음으로 남깁니다.

강병구, 국수용, 길태호, 김병국, 김윤희, 김종오, 김진옥, 김철회, 김태정, 김학원, 노순택, 노영철, 민만기, 박정훈, 박진우, 서영원, 손영호, 신강현, 신기준, 신명진, 유성태, 유옥희, 유주석, 윤석보, 윤재경, 윤종현, 윤혜정, 이갑철, 이상구, 이상엽, 이완재, 이준호, 임용수, 임종선, 조문영, 최삼경, 최성규, 최원근, 최재균, 최주식, 최주영, 하연, 홍순창(가나다순) / 촬영 기자재 후원 : 우리사 www.wooricamera.com

사실 디자이너가 저자로 이름을 올리기에는 참 애매한 부분이 있다. 사진가나 필자들처럼 세상에 없는 콘텐츠를 생산하는 게 아니라, 이미 생산된 콘텐츠를 가지고 어떻게 하면 더 좋은 방식으로 독자들과 만나게 할 수 있을까를 고민하는 직업이기에 그러하다. 임재천씨가 공저자로 이 책을 만들자고 제안한 건 그런 역할 또한 책이 나오는 과정에서 중요하다는 것을 인정해주었기에 가능했다. 아마도 우리나라에서는 전례가 없었던 것으로 안다.

이 책은 2003년, 임재천씨와의 첫 작업을 진행하는 순간부터 욕심이 났으니 나로서는 벌써 오 년을 기다린 셈이다. 첫 직장을 그만둔 뒤 본격적으로 책 이야기가 나오고도 사 년, 실제 진행과정만 일 년 반이 넘게 걸렸다. 나름대로 숙성의 시간이 길었던 작업이다. 몇천 장의 사진들 중 일차로 사진을 고르는 일은 이미 작년 봄에 끝낸 상태였고, 후에 문학동네에서 출판을 하기로 했다는 연락을 받았다. 힘든 군 시절에 위로가 되어주었던 출판사라 내심 기뻤다. 책이 실제로 세상에 나올 수 있게 된 것은 문학동네 변경혜님과 고경화님의 노력 덕분이다. 두 분께 감사드린다.

내가 좋아하는 사진가의 원본 사진을 근 일 년이나 집에 모셔두고 아무 때고 볼 수 있었던 것은 큰 행복이었다. 사진가의 믿음이 없었다면 불가능한 일이었을 것이다. 또한 스무 분의 다양한 원고들을 재미있게 읽어가면서 작업할 수 있었던 것도 큰 즐거움이었다. 잘 쓰지는 못해도 직접 각 글의 제목 글씨를 쓴 것은 이 책에 대해 내가 할 수 있었던 애정 표현으로 너그럽게 받아들여주셨으면 한다.

마지막으로, 모든 진행과정을 옆에서 지켜보며 힘들어할 때마다 용기를 북돋워준 나의 영원한 정신적 동반자인 아내 장경희에게 감사를 전한다.

2008년 8월 마지막 수정작업을 마치며  김경범

# 인덱스

62.
2003년 12월, 송도유원지

63.
2003년 12월, 월미도

64.
2003년 12월, 영종도

길

66.
2006년 7월, 경남 거창군 거창읍

67.
2002년 9월, 경북 의성군 금성면 대리4리

68.
2004년 8월, 경북 안동시 풍천면 하회리

69.
2006년 7월, 전남 해남군 송지면 송호리

춘천

70.
2003년 9월, 남이섬

78.
2003년 9월, 춘천역. 2007년 12월에
철거되었다.

80.
2005년 1월, 남이섬 오가는 배 안

81.
2003년 9월, 청평사 선착장

82.
2003년 9월, 청평사

83.
2005년 1월, 강촌역.

84.
2003년 9월, 소양강댐

보령

86.
2005년 1월, 성주사지

94.
2005년 1월, 성주사지 석불입상

96.
2005년 1월, 오천성 내 폐허가 된 교회당

97.
2005년 1월, 대천항

98.
2005년 3월, 오천면

99.
2005년 3월, 대천항

100.
2005년 3월, 대천항

101.
2005년 1월, 성주면 성주리

사람

102.
2006년 7월, 전남 해남군 현산면 시등리

103.
2006년 7월, 전남 해남군 현산면 시등리

104.
2006년 7월, 전남 해남군 현산면 시등리

105.
2006년 5월, 경남 남해군 남면

속초

106.
2004년 6월, 청호동 방파제에 써놓은
이름 모를 중국 식당 배달광고

114.
2003년 12월, 대포항

116.
2004년 6월, 동명항. 랜턴 불빛과 갈고리로
문어를 잡는 사람

118.
2004년 6월, 신흥사 청동불좌상

119.
2004년 6월, 설악산 권금성

120.
2004년 6월, 동명항 영금정

122.
2003년 12월, 대포항 어판장

123.
2003년 12월, 대포항 어판장

124.
2004년 6월, 설악케이블카 안

강릉. 동해. 태백. 삼척

126.
2007년 9월, 강릉시 경포해수욕장

136.
2005년 6월, 강릉시 선교장. 다도를 배우는
여학생들

138.
2005년 6월, 강릉시 초당동

140.
2008년 3월, 동해시 북평오일장

142.
2003년 12월, 동해시 추암 촛대바위

143.
2005년 6월, 강릉시 경포해수욕장

144.
2005년 12월, 삼척시 삼척항

146.
2005년 12월, 태백시 철암역

147.
2005년 12월, 태백시 철암역

꽃

148.
2006년 4월, 전남 나주시 영산동

149.
2004년 9월, 전북 김제시 교동

150.
2005년 6월, 강원 강릉시 초당동

151.
2005년 6월, 강원 강릉시 초당동.
허난설헌 생가

군산. 김제

152.
2003년 6월, 명산시장

160.
2003년 6월, 군산시 개복동

161.
2003년 5월, 군산역 앞.
2008년 1월 1일, 군산화물역으로 바뀌었다.

162.
2003년 5월, 군산시 내항. 얼음공장의
얼음 공급시설

164.
2003년 6월, 군산시 내항

165.
2008년 2월, 군산시 해망동 서부어판장

166.
2005년 3월, 김제시 일원

168.
2008년 2월, 김제시 금산사

169.
2005년 3월, 김제시 만경강

170.
2005년 3월, 김제시 만경강

172.
2005년 3월, 김제시 망해사

## 남원

174.
2004년 11월(이하 동일),
실상사 석장승

182.
실상사 삼층석탑(보물 제37호)

183.
광한루 오작교

184.
광한루. 배를 젓는 이는 광한루 관리인이다.

185.
광한루

186.
지리산 자락이 보이는 실상사 건너편

187.
실상사 가는 길. 길의 끄트머리에서 오른편으로
들어서면 실상사가 보인다.

188.
실상사가 위치한 남원시 산내면. 지리산에서
비롯된 만수천에 여명의 빛이 흐르고 있다.

## 안동

190.
2004년 8월, 병산서원

200.
2008년 6월, 하회마을

202.
2008년 5월, 도산서원 경내

203.
2004년 8월, 안동댐

204.
2004년 8월, 하회마을

206.
2004년 8월, 병산서원 입교당 뒷마당

207.
2004년 8월, 만휴정 건너가는 다리 위에서
바라본 풍경

208.
2004년 8월, 하회마을

## 바다

210.
2008년 2월, 전북 군산시

212.
2005년 6월, 강원 강릉시

## 대구

214.
2003년 7월(이하 동일),
서문시장 2지구. 2005년 12월 29일 화재로
인해 모두 전소되었다.

418

222.
대구역 인근. 현재 문을 닫은 상태다.

223.
동성로

224.
교동시장

225.
칠성시장

226.
대구역 지하차도

228.
팔공산 갓바위(관봉석조여래좌상) 앞

229.
팔공산 갓바위(관봉석조여래좌상) 앞

경주

230.
2004년 7월, 불국사

240.
2004년 7월, 노서리고분군(사적 제39호)

242.
2006년 4월, 반월성

243.
2006년 4월, 반월성

244.
2006년 6월, 불국사

245.
2004년 7월, 분황사 모전석탑

246.
2006년 6월, 내물왕릉(교동 소재)

부산

248.
2003년 10월, 영도 도선장

256.
2007년 10월, 영도를 오가는 통통배

258.
2003년 10월, 자갈치시장

259.
2003년 10월, 영도

260.
2003년 10월, 용호농장. 2008년 현재
용호농장은 재개발로 인해 사라졌다.

262.
2003년 10월, 영도다리

264.
2003년 10월, 영도

264.
2007년 10월, 영도

265.
2006년 12월, 광안리해수욕장

265.
2003년 10월, 광안리해수욕장

266.
2003년 10월, 달맞이고개 아래 동해남부선
철길 옆

포구

268.
2008년 3월, 강원 고성군 대진항

269.
2004년 3월, 경남 사천시 삼천포항

270.
2006년 1월, 전북 부안군 곰소항

271.
2004년 3월, 경남 사천시 삼천포항

진주

272.
2005년 10월(이하 동일), 투우장이 보이는
남강변

280.
진양호 전망대

282.
중앙시장

283.
유등제가 열리는 남강변

284.
해질 무렵 유등제가 열리는 남강

286.
중앙시장

287.
남강변 투우장

288.
촉석루

통영

290.
2005년 5월(이하 동일),
소매물도 유람선상

300.
해저터널 입구

302.
명정골 우물. 이 쌍둥이 우물은 고 박경리
선생의 『김약국의 딸들』에도 나온다.

303.
통영항 강구안

304.
구 통영대교에서 내려다본 풍경

305.
중앙동

306.
해저터널 안

나주

308.
2004년 9월(이하 동일), 영산동

318.
영산포 원정통 거리

320.
영산동

321.
영산동

322.
금성교 아래 나주천변

324.
반남면 대안리

325.
반남면 대안리

326.
구 나주역 앞

327.
반남고분 앞

우포

328.
2007년 5월, 목포

329.
2007년 6월, 우포

330.
2007년 6월, 우포. '우포민박' 주인이자 어부인
노기열씨(67세)

332.
2007년 6월, 우포. 노기열씨와 환경감시원
주영학씨(60세)

333.
2007년 6월, 우포. 논우렁을 잡기 위해 늪으로
들어서는 유신권씨(75세)

## 목포

334.
2005년 2월(이하 동일),
유달산 노적봉 아래

344.
북항

346.
온금동

347.
서산동

348.
연안 여객선터미널

350.
낙조대에서 내려다본 고하도 용머리와
다도해 일몰

## 순천

352.
2006년 10월(이하 동일), 낙안읍성

364.
선암사 오르는 길

365.
낙안읍성

366.
용산에서 내려다본 순천만

368.
순천만

369.
순천만

370.
순천만 선착장

## 고향

372.
2004년 11월, 경북 의성군 금성면 탑리2리

373.
2002년 10월, 경북 의성군 금성면 탑리2리

374.
2002년 9월, 경북 의성군 금성면 탑리리

375.
2002년 9월, 경북 의성군 금성면 대리4리

## 여수

376.
2005년 9월(이하 동일),
돌산공원

384.
돌산공원에서 내려다본 돌산대교 전경

386.
남산동

387.
남산동

388.
남산동

390.
돌산공원

407.
2005년 6월, 제주시 협재해수욕장

408.
2005년 6월, 제주시 사라봉공원

409.
2006년 8월, 제주시 조천읍 조천리

410.
2006년 8월, 제주시 애월읍 애월리
일주도로 인근

## 제주

392.
2006년 8월, 서귀포시 대정읍

400.
2005년 6월, 제주시 용두암 일대

401.
2001년 4월, 제주시 우도

402.
2006년 8월, 정확한 지명과 이름을
알 수 없는 폐성당

404.
2006년 8월, 제주시 구좌읍 행원리.
풍력발전기 그늘 아래

406.
2005년 6월, 제주시 협재해수욕장

나의 도시, 당신의 풍경
20편의 글, 187장의 사진으로 떠나는 우리. 도시. 풍경. 기행.
ⓒ임재천 김경범 2008

1판 1쇄  2008년 8월 22일
1판 2쇄  2014년 4월  4일

지은이 임재천 김경범 | 펴낸이 강병선
기획 변경혜 | 책임편집 고경화 오경철
마케팅 정민호 이연실 정현민 지문희 김주원 | 온라인마케팅 김희숙 김상만 한수진 이천희
제작 강신은 김동욱 임현식 | 제작처 영신사

펴낸곳 (주)문학동네
출판등록 1993년 10월 22일 제406-2003-000045호
주소 413-120 경기도 파주시 회동길 210
전자우편 editor@munhak.com | 대표전화 031) 955-8888 | 팩스 031) 955-8855
문의전화 031) 955-1933(마케팅), 031) 955-2697(편집)
문학동네카페 http://cafe.naver.com/mhdn | 문학동네트위터 @munhakdongne

ISBN 978-89-546-0647-9 03810

www.munhak.com